生命密码

钟愧傲 ● 著

中国言实出版社

图书在版编目(CIP)数据

生命密码 / 钟愧傲著 . -- 北京：中国言实出版社，
2023.10

ISBN 978-7-5171-4610-0

Ⅰ.①生… Ⅱ.①钟… Ⅲ.①幻想小说—中国—当代
Ⅳ.① I247.5

中国国家版本馆 CIP 数据核字 (2023) 第 189965 号

生命密码

责任编辑：李　颖
责任校对：李　岩

出版发行：中国言实出版社
　　地　　址：北京市朝阳区北苑路180号加利大厦5号楼105室
　　邮　　编：100101
　　编辑部：北京市海淀区花园路6号院B座6层
　　邮　　编：100088
　　电　　话：010-64924853（总编室）　010-64924716（发行部）
　　网　　址：www.zgyscbs.cn　电子邮箱：zgyscbs@263.net

经　　销：新华书店
印　　刷：三河市华东印刷有限公司
版　　次：2024年1月第1版　2024年1月第1次印刷
规　　格：710毫米×1000毫米　1/16　20印张
字　　数：327千字

定　　价：89.00元
书　　号：ISBN 978-7-5171-4610-0

目 录

C O N T E N T S

生命密码

致命生物

抹不去的记忆

生命密码

爱折腾的小宇

马小宇的妈妈刘新悠闲地坐在客厅柔软的沙发上，一边嗑瓜子，一边津津有味地欣赏着电视连续剧。突然，从儿子做作业的房中传来重物倒地的声音。"小宇，你在做什么？"

这个好动的儿子经常在做作业的时候想着法儿玩花样，但今天反常的是，怪声发出之后，好久都没有动静。今天又是什么情况，儿子该不是做着作业睡着了吧？这一下子就拨动了她的好奇心，心想还是去现场探个究竟，不知儿子这次又弄出什么幺蛾子来。

她轻手轻脚地靠近了儿子的小房间，想彻底弄清楚儿子到底在干些什么。要是不做功课在玩耍，自己可不能再这样惯着他了。

她用手轻轻推开房门，眼前出现了不可思议的一幕！刘新一时呆在原地，有点手足无措。

原来是小宇出了点儿意外。没有任何征兆，他一个人伏在地上，口吐白沫，样子显得十分狼狈，一脸的痛苦。

"小宇，你、你怎么啦？"突然间看到这种状况，刘新心里一时着急起来，说话一向十分利索的她，情急之下也变得结巴起来，生怕小宇有个什么好歹。

此时的小宇，脸色寡白得犹如一张蜡纸般难看，没有一点儿血色，看了都让人感觉到担心和害怕。

过了好一阵子，在刘新的护理下，小宇才慢慢缓过神来，看着流泪的妈妈，他有点不解地问道："妈妈，您怎么啦？"

刘新擦擦眼泪，回答："我没事，关键是你，刚才是怎么回事？"

"我也没事啊，只是头有点疼而已。"

"小宇，你怎么这样不小心呢？弄得自己倒在地上也不知道，以后可不能再玩这样的游戏来吓妈妈啊！"

"没有啊，我只是有点不舒服，您不用担心。"

刘新听了，知道小宇暂时无大碍，心里才宽了一些。不过，此时担惊受怕的她，看到这从未经历过的一幕，狂跳的心还是不能平静，眼泪也不由自主地流了出来。

她一把抱起小宇，将他的头深深地靠在自己的怀里。

慌乱的刘新，又是摸摸小宇的头，又是亲吻他的脸，感觉小宇没有受伤，也没有发高烧的迹象，一切还比较正常，如此好一会儿，她揪紧了的心才逐渐恢复平静。

静静休息了一会儿，小宇才慢慢缓过神来，有气无力地对妈妈说："妈妈，刚、刚才，并不是我想那样的，只是突然之间浑身感到万分疼痛，疼到不能支持，一下子就倒在地上，失去了知觉，不过，这会儿好多了。你看，连我自己都不知得的是哪门子病，你说奇不奇怪。"

"原来是我错怪你了，我还以为你是跟我闹着玩呢。"

"这怎么可能，你看我的样子是不是装的？我确实是非常难受。"

"那倒也是，以前你有没有过这样的感觉？"刘新通过分析前后的因果关系，清楚了事情发生的真实性，并不是小宇故意玩的恶作剧，于是就心疼地问他的具体情况。

"一向没有！但产生胸闷、不太舒服的感觉，最近还是时不时会有一些，为此我也感到非常奇怪。"

"那现在好点了吗？"小宇妈妈心疼地抚摸着儿子的头，眼里满是爱怜。

"嗯嗯，现在没事了。"休息了一阵儿，小宇感觉自己变得好受了一点，为了不让妈妈担心，装着没事似的对妈妈说。他不想妈妈因自己不舒服而担惊受怕。

听到这儿，刘新观察了一番，好似也真是那么回事。

刘新悬着的一颗心总算落地了，她如释重负地说："今天这个突发状况太吓人了。得抽空去大医院检查检查了，看看你到底是哪儿出了毛病。"

小宇无力地点点头，算是代替回答。

"那好，今天晚上你早点休息，我先跟你爸爸联系一下，问问他什么时候有空，我们一起带你去大医院进行一次全面检查，看看到底是怎么回事，好不好？"

小宇又懂事地点点头。

且说童年时代的马小宇，可不是一个令人省心的孩子，他的学生经历中充满了传奇色彩。他是商城实验学校七年级八班赫赫有名的学生，他最拿手的就是玩电脑，是个"超级玩家"。他每天总要玩上一阵子电脑。别看他年纪小，可是一个电脑奇才，对电脑程序特别感兴趣，还是一个组装电脑、维修网站的天才。

十分顽皮好动、十分讨厌学校教育的他，好像智力没有得到全部的激发，注定了他在学校成绩一般，经常不受人待见。有时成绩不好，自己都感觉对不住班集体，因此他在学校没有多少人气，不被大家看好。

爱孩子是母亲的天性，妈妈刘新始终没有放弃他，孩子永远是她心中的宝，她只是在心里暗暗希望，儿子能度过人生中的一个暂时灰暗的时期，风雨过后，就可以看见更美的风景，享受更加快乐的时光。

刘新在当地一家大型超市担任会计工作，她不管自己多忙多累，只要是对孩子成长有利的，她都全心全意去做，从没有产生过放任的念头。尽管别人对小宇有太多的非议，说他是少年多动症，说他年少轻狂，说他神经过敏，说他不太正常，如此等等不一而足，刘新却一直认为小宇是最棒的，是天底下最聪明的孩子，一旦逆袭，儿子绝不是现在这个样子。刘新经常给自己鼓气，小宇可能是被暂时放错了地方的宝贝，她坚信，只要是金子，迟早会发光。特别是从他鼓捣的一些独具创意的小物件、新发明来看，他一点也不笨。他对电脑的精通程度，不但能做到游刃有余，而且奇迹不断，这才是真正的聪明。

当然也不是没有人说小宇好：有人说他智商特高，将来肯定前途无量；还有的说他是中国未来的"爱因斯坦"，因为他从小就爱提一些奇奇怪怪的问题，有时弄得老师都不知怎样来回答，只好顾左右而言他地来转移话题。

熊孩子背后的家庭

马小宇在校园里给人的印象，好像是属于不合群的另类学生。他一个人孤单零落的身影经常在不惹眼的地方游走。

其实不是他不愿意与同学们在一起，而是他在别人的眼里，分明看到了一种轻视，一种格格不入的冷漠。因此，他在学校显得孤单，缺少朋友，这也是他妈妈十分揪心的事情。

忘了跟大家介绍小宇的爸爸马知欢了，他可是神锐研究所的知名学者，在研究所一个特别神秘的部门上班。他正与全国闻名的科学家马明起博士一道，共同开发生命科学研究的超前课题——一个能改变人类生存现状与铆接未来的高科技软件，代号叫作生命密码，并且已经进入最后攻坚的阶段。

这个暂时被保密的生命工程，一旦研究成功，不但可以解答人类许多未知领域的疑难问题，还可以解开人类的生命密码，绘出人类的基因图谱。这可是医药与生命科学划时代的尖端成果，对人类的生存影响之大不言而喻。

到时，人类的寿命就可以按照自己的意愿适当延长，由不可控变为适当可控，这样就由宿命论不可改变而转变为真正意义上的延年益寿，甚至人类一直苦苦追求的长生不老之术，都会在这一科研成果的庇护下变为一种可能。

但是，作为工作狂的科学家，一旦碰到突击任务忙碌起来，就完全忘记了时间的存在，更不会想到后方的家庭还需要他们的照顾与呵护，有时几个月甚至是一年都难得回家一趟。

倾向工作，势必就会亏待家庭，因此管教孩子的重任就落在妻子刘新等家人的肩上。

其实生活中根本就没有什么岁月静好，只是有人在默默地为我们负重前行罢了。这些无私的奉献者，才是最值得我们敬佩的人。

刘新就是这样的一个人，丈夫马知欢作为神锐研究所的首席研究员，身份比较特殊，且有特殊的保密要求，对外联系还要受到一定的限制，经常不在身边，她除了上班，其余时间是既当爸又当妈，教育孩子的重任只能一个人承担，她任劳任怨地照看着儿子的一切。

生活苦点累点，她都可以忍受，但她最烦恼的事，就是要经常操心儿子的学业，经常要解决儿子在学校惹来的麻烦。刘新经常被传唤到学校，接受班主任刘佳丽老师的谈话，这是最令她难受的。这样的次数多了，刘新也感到有点尴尬，每次接到班主任老师的电话，犹如被牵着上屠宰场的羔羊，心里是一千个不乐意，一万个不情愿。如此折腾，经常弄得她眉头紧锁心事重重。

儿子不争气的成绩老是提不高，面对现状，刘新也无能为力。

平静也是一种幸福，安于现状吧，毕竟成功的道路不止这一条，条条大路通罗马。刘新经常这样自我安慰。

生活本来就平淡得有如柴米油盐，充满了酸甜苦辣咸，但再多的困难，总是需要解决的。她想自己还得振作起来，任何事儿，在这样一个特别的家庭，都只能暂时由自己一个人默默承担。

但现在儿子的身体又出了问题，偶尔发一下怪病，她被吓得差点崩溃。瘦弱的她只能暗自伤心掉泪，失望时感到特别无助，孤独时感觉心灵空落。多重烦恼的折磨，长时间的担忧，使她有点承受不住了，她感觉自己随时可能会累倒，会精神崩溃。

在夜深人静之际，趁小宇睡熟之后，她一个人静静地想：要是知欢在身边，这一切都不需要自己过多操心，有个可以依靠的肩膀，那该多好！他用自己的经验和智慧瞧出个端倪来，或许就能针对小宇的病情想出最好的解决方案。

但看着空荡荡的房间，这只能是个美丽的空想而已。

生活总是喜欢开各种玩笑，在特殊的时期会给她出无数道难题，她自己真的想不出好办法来解决。只有慢慢度过这个漫漫长夜，凡事都只能等到明天再说！

或许一切都会好起来的！她只能宽慰自己，给自己鼓劲加油。

阿米巴病毒

蜿蜒穿过城市的美丽商河，两岸长满柔嫩的绿草，微风吹过，不断翻起一层层绿色的波浪。

近山一抹新霞染翠，点缀万千奇花异卉，特别是奇秀宜人的五彩峰，在春来江水绿如蓝的映衬之下更显青绿，让人无比向往山里的神奇风光。

在这样美好的日子里，刘新带着儿子一路驱车，开始了去神锐研究所的旅程。花巷观鱼，柳堤揽胜，沿途看景，如沐春风，久受压抑的心情也因无限美好的春光抚慰而变得轻松愉悦起来。

到研究所的路途比较好走，整个行程一点儿也不乏味。不久，刘新与小宇母子俩来到神锐研究所。马知欢早早就出来接他们。经过一些程序化检查后，快速办理了手续，然后他们就被授权可以进入研究所。

得知小宇昨天突然暴发的状况，马知欢认为最好的处理方式还是来研究所，他们研究所本身就是研究医药科技的，如果顺利的话，还可以采用特殊的医疗仪器进行检查，或许这才是目前最好的观察与治疗方法。

这儿可是一个神奇的实验室，除了研究基因、生命科学等前瞻性的课题，对人类疾病的预防与治疗也有多个相关子课题。对于疑难杂症，都可以通过电脑终端医疗仪器来进行诊治，而且技术已经十分成熟。小宇来这儿检验治疗，算是来对地方了。

今天的马小宇特别高兴，这是他第一次来爸爸工作的地方。他看到了这么多的高级电脑，还有好多尖端的科技设备，面对这些神奇的东西，他感到万分新奇。

特别是来到这个神奇的诊疗室后，他感到异常兴奋，不断闪烁着奇异光芒的仪器，让他的精神立马显得亢奋起来，仿佛来到了一个令人怦然心动的电脑王国。

爸爸与几位穿着白大褂的叔叔商量一番后，有几位叔叔微笑着走来，将他带到一些不知名的仪器前面，准备来做个全身检查。

一切就绪，他们马上投入工作中，开始紧张地忙碌起来，安排视角切入，调整线路圈查，一切都显得忙碌而又有序。

特别令小宇感到惊奇的是，他们用一个不断闪着光的东西，也不知叫什么的一个仪器，将他全身一遍又一遍地进行扫描，仿佛要将他身上的灰尘全部清除干净似的，他们过分严谨的表情，令小宇都有点想要发笑了。

不过小宇忍住了，他可没有笑出来，他知道研究人员正在检查他的身体状况，他不想给这些叔叔们制造麻烦。

后来小宇才知道，不停地在他身上翻来滚去的仪器，不是在除尘扫灰，那是神奇的五维扫描仪，每一个扫描仪都连着高速运转的智能电脑。在诊疗室前面的正上方，还有一个电脑显示大屏幕和多个广角全息镜头，当人走到它的扫描范围内，马上就会被摄录进去，身体上各个部位的全景活性信息就会被储存进电脑。

通过扫描，数据源源不断地进入终端电脑，电脑快速运转，加上专家操作控制程序，不停地将收集进来的数据进行比对分析、重组检验，综合扫描数据矩阵，将收集起来的信息进行归类汇集，最终敲定、开出治病的良方，用电脑来进行全息治病，让疑难病症无处隐形，这可是人类医疗事业的一大进步。

不过，从整个过程来看，跟我们传统中医的"望、闻、问、切"有点相似，不做详细观察了解病情，就不能对症下药地治好病人。

看来治病救人万变不离其宗，与传统中医治疗原理差不多，有着异曲同工之妙。也只有对人体掌握了比较全面的数据之后，对各个病灶区进行全息的数据掌控，才可以判断出病者所患何疾，从而对症下药地进行科学治疗，这样就可以节省传统治病过程中边治边试验的重复环节，为治病赢得宝贵的时间，也减少不必要的人身伤害。

小宇好奇地看着这一切，配合着他们的工作。

长时间置身于电脑仪器之下，小宇好动的个性也开始慢慢复苏，但稍有出格之处，机器就会及时进行提示："请保持最佳姿态，配合我们的工作。"

这时小宇就会很快恢复原态。

他知道，自己的任何动作、出格的想法，都可能影响到医生的判断。

他这种自以为是的小聪明，以及装着很配合的样子，令这儿的叔叔阿姨们也感到滑稽可笑，从而给严肃的工作气氛带来了一丝丝的轻松。

其实，小宇所做的这一切不会产生任何影响，这一点他可是判断错了，因为他被仪器骗了，这是他没有想到的地方。

机器提醒小宇，不过是以短暂的脑波电流记录测定瞬间的脉冲神经元活动情况，借此观察神经中枢细微的波纹扩张、病理变化状况，从而用超级电脑计算出他的病灶区域。

经过叔叔们的反复检查之后，在仪器前折腾了一阵，初查算是结束了。这时，小宇绷着的神经才放松了下来。

不一会儿，小宇的病状就在大屏幕上全部显示出来了。

神锐研究所担纲研究新型纳米医药科技的首席专家马明起博士，在检测过程中一直坐在电脑前关注着屏幕的数据变化。

这时，他长长地叹了一口气，让人感到有一丝丝的不安，大家的表情也跟着变得凝重起来，这一切，说明小宇的这个病并不简单。

马博士看到大家的表情，心里一紧：敏感的他们是不是知道了问题的棘手？为了打消大家的担忧，他装着很轻松的样子，准备来给大家公布一下小宇的病况。

他慢慢踱步，走到马知欢、刘新的面前，为了不引起他们的恐慌，尽量装作若无其事的样子。他轻轻地舒了一口气，然后轻描淡写地对马知欢夫妇说："通过观察与分析，我认为小宇得的病与最近爆发的一种叫作阿米巴的脑类病毒有着惊人的相似，中标率在 96% 以上。这类病毒侵害人类以后，不但迷幻人的头脑，还让人痛苦不堪，像中邪一样难受。此病在国内外还没有找到治疗它的克星，当前做保守治疗也只是处于探索阶段。"

他喝了口茶，看到大家张大了嘴巴，便调整了一下说话的语气，继续说："小宇的情况，在国内还是首例。我认为运用现在的药物治疗，甚至心理疗法，所起的作用应该都是极其微弱的。我看，当务之急是要保持良好的心态，不能操之过急，疑病只能通过特殊的途径来进行处理。"

刘新有点着急地问："博士，那有什么最好的治疗方法没有？"

"不用着急,只要思想不滑坡,办法总比困难多嘛!我们会想到解决办法的。"马博士安慰大家,想用表面的轻松来消除大家对于新病毒的顾虑。

关键时刻他想到了自己的生命密码。生命密码,即能破解人类生命密码的新纳软件——纳米智能机器人医生。他想采用研究所特殊的医疗设备来试试,或许能发挥应有的作用。

他将自己的想法说出来,与马知欢等科研人员一起商量。

现在没有其他办法,只好试一试了,刘新与马知欢见大家都认可,于是都默默点头。

现如今每年都有无数种新病毒爆发,让人类的健康大受影响,不知这又是从何而来的恶魔。

阿米巴!是不是一种特耐药性的超级病毒?还是什么新的变异毒株?现在对此可以说是一无所知,马知欢的头脑中也是一片空白。对这种新病毒,当前没有任何第一手资料,更不用谈明确的治疗办法了,马知欢心中难免产生一丝不易觉察的隐忧。

不过,马明起博士说可以使用新的研究成果——生命密码来进行干预性治疗,他认为小宇的病应该没有问题,因此他没有继续被困在失望之中。这样一放松,久皱的眉头就在不经意间逐渐舒展开了。

无法预料的结果

生命密码可是马明起博士研究医药科学的毕生心血，他不提出来使用，马知欢是绝对不会提出来的。

现在，马博士准备首次使用生命密码给小宇做最稳妥的保守治疗，他对小宇真是有再造之恩啊。

想到这，马知欢心中有数了，他将情况向妻子作了解释，安慰她说："儿子的病是小毛病，不用担心，马博士完全有办法把儿子的病治好。不过，现在不能着急，必须先进行观察与测试，我们有句俗话叫作'病急不能乱投医'，否则就犯了治病之大忌。"

刘新理解地点点头，她相信丈夫的能力，知道他有办法，一定能将孩子的怪病治好。

在使用生命密码之前，马明起博士需要一段时间来做准备。因为这种特殊情况，马知欢也被特批了几天假期，让他一家人可以团聚。他虽然在家休假，但一直没有停歇，总是忙着搜集这方面的各种资料和信息，希望能从纷繁的数据库中找到解决的办法。他在电脑中多次输入诊疗数据，开动搜索引擎，看世界医疗系统里最近有没有其他的方法可以清除这种阿米巴病毒，不过通过探索发现，没有任何的治疗记录。至今世界上也没有研究出治疗的特效药。

最近几日，马小宇反而有点庆幸了，自从得了这种奇怪的病，不但可以暂时不用去上课，而且十分自由，不用读记那些令他感到讨厌的古诗和烦人的公式定律了。要是在平时，早早就被妈妈催促着进了让他度日如年的书房，那才是让他感觉最痛苦的时刻。

最焦虑的还是刘新，小宇的病还须经过漫长的研究，等待着治疗，她心中的那份担心，老是让人揪心不已，做母亲的痛苦感受，可以说是无人能够理解的。

再则她在超市从事会计工作，这里的事务又特别繁忙，一心悬两头，真是心力交瘁，再这样下去，她感觉瘦弱的自己都有点支持不住了，面对现状不知如何是好。

唯一感觉有点欣慰的是，现在有丈夫在身边，要是再碰到疑难问题，一切还可以商量，有他作坚强的后盾。

刘新将丈夫拉到一旁说："知欢，你说说看，孩子学习不好，又不想到学校上课，长此下去，学习将更不得了，这该如何是好？"

马知欢安慰妻子说："不用着急，我暂且借回家休息的这几天辅导他，成绩应该不会受多大影响。另外，马博士说过，小宇不会有事的，你也不用担心。这一段时间太难为你了，你不要太操心小宇，别让自己受不了啊！"

刘新点点头，她理解自己的丈夫，他说没事就应该没事，他在应对家庭的一些重大问题上总有自己独到的见解，有比较到位的处理方法。

小宇回家的这几日，他的病没有多大反复，几次症状都不是太明显太吓人，只是有轻微的不适。照此下去，小宇也不能太长时间留在家里，应该可以去上课了。

因此，刘新还是决定让他继续到学校上课，等待时机成熟之后再去治疗。

孩子对于病痛根本不在意，他们一旦没事，就会将所有的不快丢到爪哇国去，小宇就是一个明显的例子，虽然看病耽误了一点功课，但这并不影响他活泼好动的天性。

重返研究所

阳春布德泽，万物生光辉。一场春雨过后，天空显得格外的美。

整个大地经受了一次洗涤，一切污浊之物被一场雨水冲洗得干干净净。房前屋后的各种风景林，低垂的树叶上挂着一些晶莹剔透的水珠儿，仿佛风儿一吹，它们就会叮当作响。几只小鸟扑闪着沾满雨水的翅膀，在青翠欲滴的树叶下飞来斗去，表演着最完美的轻功，和谐的一幕成为一道迷人的自然风景。

远处柔柔软软的柳树枝条显得婀娜多姿，一阵微风吹来，点点柳芽飘逸飞舞，给人一种吹面不寒杨柳风的感受。

到处清清爽爽，到处明明朗朗，看着分外舒服。

此时马知欢不由想起有位诗人写给春天的赞美诗来：

如果你要捕捉风
我愿是那杨花柳絮
让你看见我
就知道风从哪里来
要到哪里去

如果你要感受雨
我便是那如剑的霹雳
劈开云朵的外衣
让你感受
初春的缠绵淅沥和

盛夏的痛快淋漓

如果你想做陶艺
我便是那百变不离的泥
揉捏点染间
变现你的心意
高矮胖瘦花红柳绿
直到你满意

如果你想闯迷宫
我便是出口处的旗
一路引领你的好奇与智慧
让你欲罢不能
历经曲折走向胜利

其实，我不是风也不是雨
我不是泥也不是旗
我只是大自然的使者
向人类通报和谐的惬意
我也是大自然的朋友
正向大自然传达
美美与共的消息

读着这样优美的诗歌，眼前都是春天最美的景象，感觉既有快乐，又有对未来的期盼，不知写诗者当时有着怎样的心境与感受，浓浓的诗意，让人看到他内心的欢快与舒畅。稍作回味，生活中所有的不快，在如此充满诗意的春天都会消散。

今天是周末，又是一个晴好的日子，在家待了几天的马知欢，其实心早就飞到了研究所。他是个工作狂，离不开自己正在进行的实验。目前小宇的问题，他在观察中发现有着相似的区块链，要是解决了一些融合难题，这种病毒可能会逐步得到解决。

与马博士协商后，他们决定让小宇到研究所做全面检测后接受治疗，从而让他早日解除病痛的折磨，方便他进入学校继续完成学业。

天刚蒙蒙亮，他与刘新就带着小宇驱车，心急火燎地赶到研究所，走进了研究所里属于特级保护的一个隐蔽场所，这儿是一个小小的地下迷宫，一般人很难找准进入的路径。

首先要经过回旋往复的迷惑匝道，穿过按计划设立的多堵绿色造型、可移动自动组合的安全篱笆墙，然后再经过几道特别的门，转过几条特殊的玻璃通道，才可以进入地下迷宫的入口。

小宇从未来过，也没有看过这样神奇的地方，前次来了，还只是进入普通的地下房间，这次通过如此严密措施保护的区域，进入的可是研究所的核心基地。

今天，经过七弯八绕，有如进入迷宫般产生晕头转向的感觉，稍不注意就弄不清行走的路径，让他重新刷新了对研究所的认知。

小宇虽然自己也不知道到底得的是哪种病，但来到这样一个新鲜而又十分神奇的地方，他感到特别兴奋，一时也就忘记了病痛给自己带来的不快。

走了一段路程之后，好不容易才来到了地下迷宫的入口，虽说是入口，但隐蔽得使人看不出可从什么地方进去，从哪个地方出来。

这时，他看到从前面突然升起一台大型升降机，原来入口设计得如此隐蔽，难怪一般人不注意根本就发现不了这里的进出通道。

他们三人坐上升降机，下降到地下一个很深的地方就停住了，电门打开，又是一条透明的通道，外面全是水。原来他们来到了一座湖的底下，这儿才是研究所最隐秘最安全的实验室。

不久，他们就像捉迷藏一样，穿过了地下迷宫的多重关口，走过几环水下密道之后，来到一处有人把守的门前，好不容易才进到了一间特别的房子里。

小宇不但看到了许多神奇的东西，而且看到了好几个戴着眼镜的专家，还有上次看到的十分友善的马明起博士也在其中，他们正在忙碌着，完全没有因他们的进来而放下手头的工作。

这可是周末啊，居然没有人因此而放松工作，他们可能根本就没有什么节假日和双休日的概念，在他们的心中只有工作间与寝室这两点一线的风景，或许也不是那么明显，小宇不禁对这些科学家们生出无限的敬意来。

实验室的两边摆满了各种神奇透明的密封小坛子，但看不明白里面的东西，因此一时也不知里面装的是些什么宝贝。

这儿的研究员们好久都没有放松一下了，见有客人到，他们对这个突然造访的小男孩可感兴趣了。有一个叫方必文的小伙子，特别喜欢逗小孩子，并且总能找到开玩笑的突破口，每次有特别的客人来研究所，都离不开他的快乐逗趣。

今天也不例外，他知道小宇是马研究员的孩子，十分调皮，还听说是学校里的一个奇葩，因此就想与他开开玩笑，舒缓一下研究所里严谨而有点沉闷的空气。

特别是瞧他那看得入神发呆的样子，更感到特别有趣。

"小宇，来，我们到另一边去。"爸爸喊着催促他，但小宇此时显得恋恋不舍，十分不愿意离开。看着小宇这个可爱的样子，研究员们都有点忍俊不禁，但都没有流露出来。

方必文看着小宇这个认真的怪样子，故作正经地走过来，微笑着对小宇说："小朋友，欢迎来我们这儿参观，要不要我先带你逛一逛这儿的商店。"

"商店，商店在哪儿？叔叔您这不是忽悠我、欺骗小孩子的吧！哪儿有商店啊？！"

"我怎么会骗小孩子呢，你看我像骗子吗！我们这儿本来就有商店。不过，你这个小朋友，我可从来没有见过你啊！你是从哪儿突然冒出来的，快快从实招来！否则，嘿嘿！休想混进我们的研究所来捣乱！"

方必文说完，狡黠一笑，装作十分严肃的样子，看小宇接下来有什么反应。

"叔叔，我可不是随随便便地从哪里冒出来的，我是研究所里马知欢的儿子。"小宇看到自己被轻视，心里也有点不高兴，不过，他很快就调整过来了，他在想着办法，开始用理由来反驳这个刁难他的叔叔了。

"马知欢？那我怎么从来都没有看见过你呢，马知欢的儿子我可认识啊，他是一个叫作小宇的、十分可爱的孩子，你，呆头呆脑的，一点也不像，怎么会是你呢，不可能呀！"

"我、我真的是、是马知欢的儿子！不信你到外面去打听一下就知道了。"小宇的脸色有点苍白了，刚进入研究所就不被人理解、不被人认可，好似受了委屈，眼睛都湿润起来，甚至变得有点潮红了，他显得有点着急，心里乱得有点口吃起来。

看着小孩子着急的样子，在这儿工作的研究人员都开心起来，个个笑逐颜开。一向严谨的实验室，呈现出难得的欢快气氛。

"小方，算了，再弄就会——"在一旁的马知欢微笑着对方必文提醒道。他知道小方特喜欢与小孩子逗着玩，最喜欢开玩笑。因为方必文凡事都喜欢多问一个为什么，渐渐地，叫他"必文"的少了，叫他"必问"的人却很多，他也乐意接受。

看看挑逗小宇差不多了，再这样下去，孩子会委屈得受不了的。方必文于是找了一个台阶给小宇，说："小宇，其实我们都认识你，你是马研究员的儿子对不对，刚才是与你开玩笑闹着玩的。"

"我知道，你们与我爸爸是同一个研究所的人员，不可能不认识我，我可是一个成名很久的人，你刚才的表演，其实我根本就不信。"说到这里，城府很深的小宇狡黠一笑，这一关过了，他如释重负，神情一下子变得开朗起来。

方必文这时神神秘秘地对小宇说："要不要我给你作些介绍，这儿的东西都好神奇好有味的，你可得注意啦，例如刚才你看到的那些神奇坛子里，可都装着一些小人物啊！"

"叔叔，刚才捉弄我，现在又来吓唬我，我在学校里可是被吓大的啊！你如此危言耸听，我根本不吃你这一套。"

"叔叔怎么会骗你呢？你知道里面装的是什么吗？那可是我们最好的宝贝，是所里最新的科研成果啊！"

"我不信，除非你告诉我那到底是些什么东西？"小宇也开始调侃起方必文来，"再说人怎么能装在这么小的坛子里呢？人根本就进不了这么小的坛子里，除非他们都是孙悟空变的！"

"可以这么说，其实这些就是小小的'孙悟空'，不过他们的名字不叫孙悟空，我们都叫他们为纳米小机器人。"

"我可从来没有听说过。纳米小机器人又是什么东西，它们到底有怎样的特殊作用呢？"小宇好奇地反问他。

方必文一时语塞，说不出话来，好久才笑着说："纳米小机器人当然有用啦，他是——"

小宇不等他说完，马上接口说："那你先说一说，纳米是一种什么米，可不可以给人吃啊！纳米小机器人真的很神奇吗？是不是可以拿来给小朋友们玩的那种玩具？"小宇不容方必文接话，连珠炮似的发问，直弄得方必文都有点招架不住了。

方必文看着小宇，摇摇头，心想：谁说自己爱问为什么，与小宇相比，他比自己还要爱问为什么。

不过方必文可是一个热心人，他摆开架势，准备给小宇上一堂科学知识的普及课："那可是不能用来玩的东西，这是一种高科技产品，我们这儿就是一个纳米技术研究所，纳米是——"正在兴头上，他的话就被马知欢打断了。

不相匹配的智商

"小宇、小宇快过来。"当小宇还在缠着方必文问这问那时，爸爸却催促他快点过去，小宇朝那儿一看，发现爸爸正在与马明起博士说话。

上次小宇可没有仔细观察马博士，今天一看，他的样子显得好和善好平易，就是头有点秃。

人们常说：热闹的马路不长草，聪明的脑袋不长毛。这个人头有点微秃，面色红润，眼睛炯炯有神，肯定特别聪明。小宇在心里这样想着。

令小宇没想到的是，后来他还与马博士结成了一对忘年交呢，这是后话，在此表过不提。

马明起博士与小宇爸爸一道，将他带入专门的医疗试验病室，博士将一个特殊的装置打开，让小宇坐在一条小凳上，上面的机器马上从各个侧位对他进行全面的扫描，微波电流进入身体，然后通过电流感应收集信息并分析数据，复杂的过程使人一刻也不能走神分心。

马博士专注地看着显示屏，突然，他被一组数据吸引住了，上面显示了小宇的智商是 171，这可是他测试过的聪明人中最高的纪录。连世界著名的科学家爱因斯坦，其智商也不过为 167，还有许多无比聪明的人，他们的智商也不过是处在 140—160 这个区间。小宇的智商这么高，这简直是一个奇迹，完全颠覆了小宇在博士心目中的印象。

为什么呢？这明显与现实中的小宇不符啊，听说小宇在学校的表现可不太好。难道是机器有故障，还是小宇又有了新问题，看来今天还不能盲目快速地给小宇下结论了，还要慢慢研究，找到最好的解决办法才好。

因此他迫切需要了解小宇的过去，知道小宇正常的学习生活，于是马博士就开始与小宇扯起了话题，认真地询问小宇以前的学习情况，希望能从中得到有关小宇的更多信息。

在得知小宇的成绩糟糕透了的时候，马博士都感到有点莫名其妙了，他被这个反常的现象搞迷糊了。高智商与低成绩，这可是两个极端呀，完全不可能呀！这简直太不可思议，太令人难以置信了，到底是哪个环节出了问题？马博士在心中不解地思考着。

马博士将上述扫描获得的数据保存在电脑中，并对小宇做了全息摄影录存。这样保存的好处，就好像留下了小宇的肉身，方便以后随时进行数据重现式查找，让研究分析过程得以保持，不会中断。

在科学面前，可得注重实际，来不得半点马虎。对小宇做全面而彻底的剖析，才能找到问题的关键，才能对症下药，最终揭开庐山的真面目。一旦清除了这个病毒，或许能还原真正聪明的那个小宇，那时，他可能就是世界上最聪明的人了。甚至可以预言，他不久就会成为爱因斯坦第二，也可能是中国获诺贝尔奖最多的人呢！

马明起博士保存好资料，将情况与马知欢简单交流了一下，就当机立断，今天暂缓治疗，再等待时机确定如何给小宇进行治疗。

本来马上就可以治疗的，现在又碰到了新的变化，马知欢心中有些顾虑。但了解到病情并不严重，稍稍推后对儿子影响不大，加上专家说小宇智商极高，他心中反而有点暗喜。心急吃不了热豆腐，现在最好的治疗就是谨慎，在科学面前，小心行得万年船。

平静下自己的心之后，马知欢只好劝慰妻子刘新带着小宇先回去，静等最好的时机来临，再来解除病痛对小宇的折磨。

从研究所出来，小宇好像变了个人似的，人变得精神多了，头脑也清醒了不少，有一种说不清道不明的轻松感。他认为是那台强对子机扫描电脑给他头脑清凌凌的一激起了作用，而且本来的疼痛也好似轻松了不少，仿佛进入了一个特别神奇的世界。这样的感觉可是人生第一次碰到的佳境，不知以后还会不会有这样的机缘，感受到这样的微妙冲击。

当然，他也不确定自己到底怎么了，是病毒减轻了对自己的折磨，还是受到那台神奇医疗机器的激活与唤醒，总之与以往有了明显的不同。要是多经受一些照射，或许自己的感觉还要更加美妙。

不管这些，他回想自己已有一个多星期未去学校，也不知功课能不能赶上去。以往因为成绩差，在班级老拖后腿，影响整个班集体的评分，没少受同学们的另眼相看。

　　并不是自己不努力，实在是没办法提升呀。现在感觉头脑清晰了许多，看来自己也要更努力，争取多进步点，这样才能改变他们对自己的看法。让他们对自己刮目相看岂不更好？马小宇心里这样想着，不由得从嘴里发出笑声来。

奇怪的人工湖

马知欢是神锐研究所的研究员，他所参与的研究项目，其实就是国家高度保密的纳米医疗科技，就是前面提到的能使人延长寿命的新纳软件"生命密码"，马明起博士是首席研究专家。

为了保证研究的核心机密不被他人窃取，早在多年以前，上级部门就选取了五彩峰旁这样一个特殊的地方，堵住西南方一个低洼的出口，建成了一个巨大的人工湖。多年蓄水之后，原先耸立的小山包就成了湖中大小不一的岛屿。如此特别的环境、秘密的设计，非常方便他们进行带有保密性质的研究工作。

这个人工湖的形成还有一个比较特别的原因：石油。

据地质资料记载，在几百万年以前，这里曾经是一片水泽深湖，后来经过地壳变动，地势才慢慢开始上升，在岁月的洗礼中，形成了现在独特的丘陵地形。

曾经有一段时间，在这里生活的人们有一种不舒服的感觉，从外表观察，好像得了怪病，状况越来越严重，好似中了疫病一样，加之不断冒出的各种症状，大有星星之火四处蔓延扩大之势，一时弄得人心惶惶。

发生这种群体性染疫事件，很快引起了上级的重视。国家疾控中心派遣工作组来做深层调研，经过抽样化验，分析许多个病例之后，调查人员怀疑人们所患的奇怪疾病与水源有关，因为他们发现，这片区域的饮用水中所含的油性矿物质成分、矿物质类微量元素和重金属等含量都超出安全饮用水标准好多倍。

不分析不知道，一分析吓了一大跳，在联合地质勘探等部门综合调研后，大家都得到了一个意外的惊喜，原来这里是高含量的新生富集性油田地貌，正因为油层埋藏线浅，原油呈现轻质化迹象，不断漏冒转而成为一种有害物质，因而影响人们的健康。从意外惊喜方面来考虑，这是上天送给人类的大礼物，为国家找到了又一个大油田，可解决当前能源紧缺的问题。

惊喜值得庆贺，但好事多磨，通过生化专家多次取样研究与分析，得出的结论是其成油时间不够，还不能为人类所使用。

关于石油的形成，以往科学家们的观点是：在远古时代，由于地球遭受灾变，发生剧烈的地壳运动，海洋升高变成了陆地，大量的海洋生物被埋入土层深处，长时间经受高温高压的化学反应，最后它们变成了现在的黑色黄金——石油。

这种说法当然只是科学家们的一种猜测，毕竟他们也没有亲身经历过。换句话说，到现在我们也不能准确地说石油就是由海洋生物变成的。越来越多的人对生物成油论产生疑惑，认为它缺少科学根据。

试想一下，如果石油都是由海洋生物遗体变成的，那在有着"石油宝库"之称的波斯湾，一个长达1041公里，最宽处320多公里，最厚处达70多公里的石油分布密集带，这样一个巨大的深坑，按照生物成油论的说法，这个石油宝库都是由海洋生物被深埋而形成的，那么，这里得需要多么巨量的海洋生物来充塞填埋啊！那时的海洋生物本就十分单调匮乏，根本就没有这么多的海洋生物可供填埋，也不可能将全球的海洋动物都集中在这一片海域吧。

而五彩峰的石油状况，给科学探索提供了一个新的研究方向：年轻的石油还没有完全形成，是否有办法改变石油成油的过程，实现成油的蜕变？

这可是值得尝试的一种新科学试验。现在不是有许多新的发明吗，植物可以直接生产成柴油，酒也可以被当作汽油来驱动机械而短暂运动。有能生成石油的原料，或许加些催化剂，人工也可以生产出石油来……

对此，科学家们进行了多次调研与尝试，上级部门也进行了多次实地勘测、研究论证，虽然在石油完全形成之前，大家心里都没有标准答案，但总的方向是有了，那就是暂时不开采，不打乱石油形成的最佳时机，只对五彩峰的石油进行加水保压。

最终决定在此修一个大型人工湖，一个集灌溉、发电、防洪及保障一百多万人日常生活用水于一体的综合枢纽工程，通过科学计算湖的最佳容量，拟定为130亿立方米，这样一来，深度与面积正好可以覆盖整个石油区。

正式定位后，政府前前后后花了六年时间，不惜投入巨额资金，在全球气候变暖、降水减少的情况下，还将周边的优质水源引流调入人工湖。现在，这儿已成为这座新兴城市的一个新景区，风光秀丽、碧波荡漾、温馨旖旎，可供人们休闲疗养。

神锐研究所

因为这儿有特殊的地理状貌，从修建人工湖那时起，上级部门就在人工湖中心的上百个小山头中选取了一些可供连片建设的山头小岛，隐蔽地建成了一个特别的地下迷宫——神锐研究所。研究所地面上的部分，对外宣称是一家食品加工企业，用来掩护真正绝密的高科技研究。

他们在内外部做了许多改造，从地表建筑来看，这个企业没有什么特别之处，但地下部分却另有乾坤，俨然是一个科研、工作与生活等各项设施齐全的微小世界。地下建筑的外围进行了隐蔽掩藏，在几座小山（即现在的小岛）湖底相连通的山体里面挖了一些弯曲隐蔽的通道，采用特种玻璃和防爆抗震的特别设计，并以一个巨大的升降机与地面相连。这样，既加强了场所设备的保密性，又增加了透光性。

其上部临水的一面，还用特制的网箱养鱼做掩饰，既能保证不被人发现，又能避免外界的一切干扰。同时专门开辟了一块不让人接近的广大水域，用玻璃穹顶组成一个特别的天幕，用围墙圈出了受保护的范围，在里面透过玻璃穹顶可以看到水上的世界。

这样建成的微重力密封实验室，同时又是一个非常好的水底赏景场所。让生活在里面的人们在工作之余能娱乐休闲，不至于太枯燥。来到这里，简直就是来到了别有洞天的世外桃源。

就是在这里，马明起博士主导的研究项目生命密码已取得了突破性进展，马上就可以开发出成果进行试用，临床试验一旦成功，就可以在全球大范围推广，那将是造福人类的最伟大的科研成果！也必将填补世界医学史的空白，给人类生命科学带来一场颠覆性革命。

让我们这样来设想一下吧：一旦生命密码解开了人类长寿基因的谜题，

任何疾病都可以得到最好的治疗，人类的寿命将由不可控变为可控，人类对生老病死的狭隘定义将会改变，可以说真正颠覆了脆弱生命强加给人类的噩梦，同时各大医疗机构、药店等单位都将面临严重的萎缩和衰退危机。

当然，他们希望新兴科技造成的社会影响面不要太大，适当加以限制，应该还能给靠此为生的医院一些生存机会。

马博士在研究所的工作例会上兴奋地对全体工作人员说："我们的纳米机器人医生基本研制成功，现在即将进入临床试验阶段，如果使用者没有任何不适应症状，没有过多的反应，那就标志着大功告成。这项成果一旦成功，我们将为人类解除病痛，还人类以健康，在医疗上作出伟大的贡献，给整个人类社会带来一次全新的医学革命。"

听到这个振奋人心的消息，会堂里立刻响起了一阵长久而热烈的掌声，这是自己给自己的鼓励，好多人的眼里都溢出了泪花，这是成功的喜悦，也是付出心血收获硕果的自豪。

会议结束后，马博士叫住了马知欢，并对他说："对于小宇的病情，我通过对全息克隆影像进行多次分析，找到了最好的解决办法，你儿子没有多大问题，现在关键是等待分析数据的比对和最后的确定，找准时机就可以进行治疗。"

马知欢听了，大叫一声："那太好了！"他像一个小孩子那样，十分激动，差点跳起来了。

马博士继续说："我分析阿米巴病毒之后发现，它只会压抑大脑中的部分活跃神经，看似严重，其实只是脑部的区块链有点小毛病，不要紧，很容易解决，因此你不用着急。你看我，一忙起来就什么都忘记了，应该早点将这个好消息告诉你们的。"

"没关系，没关系，有您这个好消息，我们的心里也变得踏实了！"

博士喝了一口水，点点头又继续说："他的症状就如我们看武侠小说中所说的那样搞笑，只要打通了练武者肌体中的某些关节，使他的经络保持畅通就可恢复正常。"

马知欢也学他的样，不住地点头表示感激。

然后，博士又不忘向马知欢祝贺："知欢，你儿子不是一个普通人，从他的高智商来看，你儿子将来必定能成为一个了不起的人才。"

　　"谢谢您，那什么时候可以开始为他治疗呢？"马知欢听了，总算吃下了一颗定心丸，人也变得高兴起来。他希望能早点解决儿子的治疗问题，在这一段等待的时光里，真是度日如年。他有点迫不及待了。

　　"从下周开始，你可以安排一个合适的时间，我这儿随时欢迎，只要小宇做好准备就能进行治疗。"

　　"那太好了，谢谢博士。"

　　"我们是同行，还是同一个研究所的，你儿子的事就是我们大家的事，用不着客气，我想，我还会与你儿子成为好朋友的。"

　　马知欢看着马博士微笑着离开了实验室，他紧绷的心也放松了不少，看来，他可得抓住时机，尽快为儿子的治疗做好准备。

纳米医生

在家度过了一些揪心的日子，一天，小宇天真地问刘新："妈妈，你说，假如我考试得了 100 分，你会怎样奖励我？"马小宇带点调皮地看着妈妈。

"如果考试能得 100 分，我就带你去看海底世界，怎么样？"刘新看着天真的儿子，抚摸着他的头笑着说。

"真的！"

"当然了，妈妈什么时候骗过你。"

"嗯，那倒是，但你说过的话可要记得啊！"

"一定！"

"你看我这次语文数学考试成绩刚好是 100 分，你说过的，考 100 分就带我去看海底世界的，妈妈可得兑现承诺啊！"

刘新看了看儿子的成绩，语文 56 分，数学 44 分，两门功课加起来刚好是 100 分，连及格分都没捞着。但她还是不忘幽默地对小宇说："儿子，你的语文好点，但是以后可不能偏科呀！"

小宇说："我会努力的，力争在以后的学习中考得更好！"

刘新点点头，不过此时有点口是心非的她一脸委屈，有一肚子的苦水要倾倒。面对这样令人失望的成绩，儿子还是那么幼稚与天真，丝毫没有成长起来的样子。她好想对着老天大喊大叫，好好发泄一下自己的情绪。

但不能呀，她努力克制住自己。现在儿子因患有怪病才造成学习成绩差，这不能全怪他。刘新将心中的苦恼压下去，十分无奈地答应："以后有机会，一定带你去看海底世界，怎么样？"

小宇听了，脸上露出了天真的笑容。

且说马知欢在研究所里做好安排之后，难抑心中的快乐，从研究所给刘新打电话，马上将喜讯告诉刘新，告诉她马明起博士已经找到了治疗小宇的良方，这边已经全部准备就绪，希望她安排时间早点带小宇来，马上给他做治疗。

听到这个惊天的好消息，久压刘新心头的巨石终于落地了，刘新从面对小宇的无奈中回过神来，慌忙向小宇的班主任刘佳丽老师请了假，简单收拾一下，准备出门。

刘新对小宇说："小宇，只要你成绩好，不管提什么要求，只要妈妈能办到的，都会满足你。刚才妈妈承诺带你去看海底世界，现在就给你兑现，妈妈带你去看特别的海底世界——到爸爸的研究所那儿去看，你认为好不好？"

"好的，妈妈，你真好！我太喜欢去看那儿的海底世界了，这样我又可以与博士爷爷在一起开心地交谈啦，真是太好了！妈妈，我以后会考得更好的，你相信我吧！"

"当然相信，妈妈知道小宇是最棒的，我也希望你以后门门功课都能考100分，那妈妈就更高兴更满足了。"

小宇懂事地点了点头。其实他早就想去看爸爸研究所里的海底世界了，那儿有太多吸引他、让他感到神奇的东西。

刘新马上驱车一路紧赶慢赶带着儿子去研究所，汽车在宽阔的公路上疾驰，路边的绿化行道树快速向后面倒退，此时小宇的心早已飞向了研究所。

他默默地看着周围的景物，全神贯注地思考着一些困扰他很久的问题：坛子里的小纳米机器人到底是些什么东西，研制它们是干什么用的，对我们人类到底有什么作用？爸爸他们为什么要在这样神秘的水下世界进行研究？这些问题不解决，其他任何东西都不能引起他的兴趣。

嘀嘀——嘀嘀——随着汽车的鸣笛声响起，妈妈驾驶的别克汽车早已安稳地停在研究所的内部停车场。

"小宇，到啦，下车。"爸爸大声地叫他下车，他才回过神来。

随后马知欢就带着他们经过几道曲廊，转过几个透光通道，进入上次来过的那台升降机，小宇机灵地闪进电门中，顺着原先来过的路径，再次进入了核心实验室。

小宇一路小跑着找到了曾给他摄像的马博士，甜甜地叫着："马爷爷！马爷爷！"

马博士一看是小宇，也十分高兴，他停下手中的工作，抱着小宇说："好孩子，小宇，欢迎你，欢迎你。"

他顿了顿，接着说："今天你来了，我先给你介绍一下我们所里的新科研成果，你已经见过这些可爱的小东西了，慢慢地你会喜欢上它们的，或许你也会迷上我们这个神奇的地方。"

马博士带小宇来到陈列室，详细地向他介绍这些神奇的产品——生命密码："这些都是新研究出来的纳米医生，我们用特殊的容器将它们收集，采用特别的填塞液体让它们漂浮在上面，这样一来可以让它们不受到任何损害。处于完全密封保护状态的小纳米医生，就如一个个有活力的生命，一旦通过特别的方式进行能量激活，它们就可以重新变得活跃起来，担当为人类无痛苦治病的重任。运用它们来治疗各种疾病，简直方便极了，根本不用到医院去排队挂号，经历一些烦琐的过程，又是打针又是吃药，严重时还得做手术，也不用闻那些特别令人作呕的气味，忍受那份痛苦。"

他停了一下，指着陈列着的器皿继续对小宇说："你看，这是脑科纳米医生，那边是肠道清除卫生医生，左边是肝脏类修复纳米医生，右边是心脏疾病矫正纳米医生。还有心血管疏通、皮肤复原美容、口腔清洁等名目繁多的纳米小机器人，人类需要治什么病，我们就可以生产适合人类治病需要的那类纳米医生。

他们好像知道人类生命的密码一样，可以逐一去化解生命过程中遇到的各种疑难杂症。运用他们可以与最顽固的病毒性细胞和癌细胞作坚决的斗争，从而将病毒、癌细胞等危害人类健康的敌人消灭掉。这些顽强的战士，一旦投入战斗，必定抗战到底，就算是被判了'死刑'的癌症，还有无药可救无方可治的艾滋病、白血病等，都可在这些纳米医生的手中得到根治，相当于我们已经解开了人类生老病死的密码。

"那真是太伟大了，马爷爷，您真是太了不起啦！"小宇感觉好像在听马爷爷讲《天方夜谭》的故事，但不知为何，这些一经点化他都明白，都理解。

马明起博士看着小宇十分高兴的样子，知道他完全沉浸在浮想未来的美好和喜悦之中。

电视连续剧《戏说乾隆》中的主题曲唱得多好："我真的还想再活五百年。"可以设想，医药中的难关攻破之后，一个人活个一两百岁甚至三五百年都会成为常事，一点也不稀奇。不再受病痛的威胁，人类将拥有更加强壮更加健康的身体从事工作，开开心心地学习与休闲，好好地享受每一天，这才是真正的理想世界呀。

是呀，将来人类想活多久可完全由生命科学来控制，甚至可以获得永生。博士想到这儿，眼中不由得滑过一丝阴影，他想，真的达到这个效果，不知会不会打破自然规律。另外，生命密码掌握在充满正义的人手里可以造福人类，要是落在坏人的手中，那将是一场巨大的灾难。

不过，他很快又回归到阳光快乐的一面，人类应该是美好的东西占主体，假恶丑的东西只能成为令人唾弃的垃圾，毕竟没有它们适宜生存的土壤，这个道理他是明白的。

"马爷爷，这么小的东西，我们肉眼都看不到，不知是什么形状？"小宇看着这些神秘的小坛子，天真地向马博士请教。

"傻孩子，纳米是当今世界最先进的高科技，你知道纳米是什么吗？"

小宇摇了摇头。

"纳米是一个表示长度的单位，好比我们知道一米相当于三尺一样，一纳米只相当于一米的十万分之一，小到就是用高倍放大镜也难看见，所以我们用肉眼根本就看不见。"

"这么小，人们又看不见，怎么使用呢？"

医生中的特战部队

"这个问题很简单，当然要靠我们研究机构来提供方便了，运用特别的真空自动吸注器，才能真正应用到临床医学中去。"

"就跟打针一样，将纳米机器人医生注入病人的体内，让它们在血管中发挥特殊的作用吗？"小宇有点理解似的抢先回答。

"对！我一说你就明白，小宇真聪明。我打个比方，假如你头脑中有些地方出现了有害的东西，阻碍了血液循环，就像我们前进的道路中发生了塌方，道路已经不通，那就必须马上派人去清理路障，疏通道路。我将被激活带着能量的纳米医生注入你脑海之中的血管，这些被输入指令的忠诚小卫士顺着血管快速前进，四处出动按指令去寻找病灶，一旦发现哪儿有病毒就会及时清理，让任何病毒无处遁形，让你很快恢复正常。它们就如一支特别能战斗的部队，有的打歼灭战、消灭病毒，有的保养，使人在不知不觉中得到康复，有的……"

"我懂了，如果能达到这样的效果，那真是太神奇了。"小宇点点头。

这时，博士继续进行补充："而且这样治疗，病人感觉很轻松，就不必再受手术之苦了，也不必再忍受放疗化疗等带来的常人难以忍受的痛苦，你说这样科学的医疗好不好？"

"那太好了。"小宇迫不及待地说，"那我脑袋中的东西，是不是也可以用这些小机器人医生来治疗呢？"

"当然可以！现在我带你到高倍显示屏前，来看看这些神奇的医生吧！你看这台是曾经给你扫描过的多功能激发器，这可是一台万能机，有许许多多的神奇功能，以后你了解了，会更加喜欢这台超级电脑激发器。好了，来看看这些可爱的小东西到底是怎样的一番模样吧！"

"好！"小宇一下子感到特别高兴，蹦跳着来到显示屏前，看着那些被放大的纳米小机器人。

他不敢相信，这些都是被装在特殊容器中的小不点，漂浮于保护它们的真空溶液层面上，有如一个个活生生的生命机体，真是奇形怪状：有的背上有包，有的头上有尖角，还有的头上长有奇特的眼睛，形式各样，各有千秋，这可能是因分工不同而特别设计的奇特构造吧！

小宇又看了另外一些被激活的纳米医生模拟工作的影像，简直就是一次逼真的战斗场面。纳米医生被带能量的电能软件激活后，通体透明，能量束闪闪发光，且马上由静止模样转为活跃状态。被真空抽注器吸入，注射到患者需要治疗的部位后，首先出发的是探寻者，它们很快找到病灶区域，接着就是歼击战士与病毒作殊死的搏斗，医药战士就接替安抚疗伤、修复工作，使病变处转危为安，最后出动的是修复者，不停地抚慰受伤害部位，保证在一定时期内完全康复。等病人完全解除病痛，这些小医生也就全部完成了任务，消耗了所有能量，它们最后随着病人的体液排出体外，而不会在身体内长期停留。

这些完成使命失去能量的纳米小医生，要是条件允许，也可以收集消毒之后再重复激活使用。不过，因为到时候是批量生产，个人也比较容易得到纳米医生，加之难以跟踪病人进行收集处理，如果重复使用，还有人嫌不卫生，因此一般情况下，还是让它们直接报废，不再收集。

整个过程就是如此简单，病人的正常生活一点也不受影响，连一点病痛的感觉都没有，真能实现无痛治疗快乐而愈，这才是科学研究带给人类的最好福音。

小宇听了博士爷爷的介绍，看了纳米小机器人医生治病的过程，感觉纳米世界真是一个令人着迷的微妙世界。这一切打开了他的另一扇心窗，至此，他才知科学的神奇、科学的无穷魅力、科学天地的无限广阔。

自己不过是一个学习成绩差的小孩子而已，渺小得就如辽阔海滩上的一粒小沙子，不被任何人重视。跟这些杰出的科学家相比，自己真是枉来尘世。看来自己不能再放任，必须得到新的发展，有新的人生定位，才能让人生获得新的突破。在世上有一番作为，有让人尊重和需要的本领，如此才不会虚度年华。此时，他的心灵受到了巨大的震动。

　　马博士看着小宇这个样子，知道他已完全被这里的一切迷住了，于是对小宇说："现在已基本研制成功，正准备进入临床试验。假若临床试验能成功，我们将大批量生产纳米小机器人医生，到时候还可以简化过程，操作更加容易。就像开药店一样设立纳米机器人医生体验店，一方面，人们生病了只需要到体验店经过特殊的仪器简单测试，就知道自己哪儿出了问题，进而购买符合自己需要的纳米机器人医生来治病；另一方面，纳米机器人医生可以明码标价，公开销售，人人都能得到便利。到那时，人们再也不用吃药做手术，再也不用面对一些吓人的医疗器械频繁检查了，这也是我们对未来的美好设想。"

　　"简直太神奇了，到那时，博士爷爷，你们将是世界上最了不起的科学家，我要将全世界最高的奖都颁给你们，特别是诺贝尔科学与生理医学奖，让你们每个人都得十次。"

　　"太谢谢你啦！小宇。"博士搂着他，非常欣慰地亲了他一下，他的脸上满是幸福的笑。

　　且说马知欢夫妇在神锐研究所待了很长一段时间，调取了影像资料反复观察比对，对整个治疗过程进行了仔细分析和考虑，特别是听了博士的解释后，对于用纳米机器人医生给小宇治疗已经没有任何顾虑了。

　　小宇听了马博士的讲解，看了电脑的模拟演示，也感觉自己浑身变得轻松起来。

　　由于是首次真人试用，马明起博士还是慎之又慎，做好了一切前期准备工作，确保对小宇的治疗不发生任何意外。

　　他再一次将小宇带到了高能电脑激发器前，运用电脑进行全息扫描。

　　突然，一道奇怪的电流信号又被小宇捕捉到了，他感觉好似进入了仙境一般，身体变得有点飘飘然，心里也是万分舒服。

　　特别是头脑在此时有种被激活被重造的奇怪感觉，稍一凝神思索，平时许多难以解决的问题，什么解析方程、英语语法，此时在脑海中都融会贯通，迎刃而解。

　　其实这是因为脑电波被高智能电脑激活后，小宇的某些穴道被解开，那些堵塞的思维被打通，一些久被封闭的神经得到激活。

　　此时，小宇全身都处于兴奋状态，实现了某些思维被修复被激活而产生共振的神奇功效。他的潜能被激发出来，从而接通了大脑中的神经快速反应区，实现了偶然的瞬间对接。

　　马博士通过看小宇的大脑信息图，发现小宇的神经此时十分活跃，异常兴奋，并且很快找到了他大脑的敏感兴奋点，好似看到了一个巨大的信息网络，里面的思维显得异常活跃，这可是治疗的最佳时机。一丝笑意浮现在马博士的脸庞。

这样的治疗好神奇

准备治疗之时，马明起博士有一搭没一搭地问着小宇他们学校近来发生的趣事，用来转移他的注意力。

小宇看着博士爷爷，现在的马博士显得特别和蔼可亲，与他交流起来没有一点生疏感，小宇感觉博士爷爷像自己的爷爷，心里暖洋洋的。

马博士看到小宇有点精神不集中，以为他有什么不适，于是抚摸着他的头说："好孩子，没事的，你这只是一个小问题，很快就会好的。"

小宇点点头说："爷爷，我不怕，我相信经过您这一次精心治疗，我很快就会没事的，谢谢您！"

"小宇，你真招人喜爱，你知道爷爷有多喜欢你吗？"

"谢谢爷爷，我也十分钦佩您，从见到您的那一刻开始，我就好像有似曾相识的感觉。"

博士听了，觉得全身上下几万个毛孔都异常舒服，心里如吃了蜜糖一样，其实他是爱屋及乌啊，喜欢马知欢，自然就喜欢小宇了。

要不是自己可爱的儿子早年惨遭不幸，现在孙子可能也与小宇一般大了。当时因为医学落后，没有将儿子救活，这成为他人生中一段最无奈最惨痛的记忆。

当时他整个人似乎生活在灰色的空间，他的精神崩溃了，人也麻木了，只好以忘我的工作来麻醉自己、释放自己，让过度的劳累来稀释自己的失子之痛。好在时间可以慢慢淡化一切，工作又使他的精神生活变得无比充实。

从那时起，他将悲痛全部转化为对工作的执着追求，他万分狂热，希望医药科技能够研究出更多更好的药品，来拯救像儿子一样惨遭疾病折磨的不幸的人们。

因此，他投身于医药高科技的研究与开发，数十年来，他攻克了医学中的一个又一个难关。现在，他又成功研制了纳米机器人医生，成功的喜悦表露于脸上，开朗的笑声时时传送在实验室的每一个角落。

他想："这些纳米机器人医生临床试验成功后，希望能给患者带来更大的福音。"想着想着，一丝笑意又开始在脸上自然绽现。

看着这没有任何间隙的祖孙俩，马知欢心里也升起一股异常甜美的感受，马博士如此看重小宇，相信小宇的治疗是不用担心了，他也乐得在旁边为小宇感到高兴。

马博士沉浸在与小宇的天伦之乐中，过了好久才从这种亲密的状态中清醒过来。

他一拍自己有点光秃的脑袋，不好意思地说："你看我，只顾着和小宇聊天，却忘记了办正事，来，小宇，你来这台仪器前面，我们再进行一次全域性的检查！"

"好的爷爷！"小宇愉快地答应着。刚才他观看整个治疗过程展示时，本来有点畏惧的情绪，想通了原理之后，现在一点也不怕了。

博士为了以防万一，又用高倍扫描仪进行了一次全域性的检查，确定没有任何问题之后，他让小宇进入特殊的除菌室，等待着实验员将那些被激活的纳米小机器人医生注入小宇的体内。

这次博士专门选择的是歼击类纳米机器人医生，因为是第一次在人体内进行灭杀顽固病毒细胞的试验，剂量与注入的频度都十分细致，考虑周全。再选择一些专治脑类疾病的纳米机器人医生，将它们慢慢注入小宇的血液之中。整个过程，只有刺破皮肤注入带能量的纳米医生时有轻微的痛感，没有其他任何不适，更不会有恶心、抽筋那类不良反应。

在高倍放大镜下，这些充满活力的纳米机器人医生一个个浑身发亮，被注入血管后，瞬间变成一股股可以进入身体各个部位的能量束，真是英雄有了用武之地，它们在身体里肆意流动。

刚开始小宇还有点紧张，待情绪缓解之后，一切都归于平稳状态。他知道纳米医生正在清除他身体内的病毒，他在心里一次次默念，希望彻底清除病毒，好让自己快点好起来。他感觉身体里好像有一股真气在上下运行、左右补充，腾挪有力，令人产生一种十分舒服的感觉。

此时，小宇的脑海里浮现出在学校学习的一幕幕来，想着想着，他的心里很不是滋味，唯一令他感到欣慰的是，班中还有叶梦琪和丁努努一直把他当朋友看待，他们的关怀让他感受到在这个班级里的温暖。想到这儿，他的眼里不由地流出了幸福的泪水。

"小宇，你已经恢复正常，恭喜你！"博士的喊声打断了小宇的沉思与遐想。

"啊！这么快就治好了我的怪病，真的太神奇了！"

"而且比预期的治疗效果更好喔，你有没有什么不舒服的感觉？"马博士突然看到小宇眼里流出来的泪水，于是急切地问他的感受。

"没有，我一点不舒服的感觉也没有，您真了不起，谢谢爷爷！"

"好孩子，不用谢，看到你恢复正常，我们太高兴了！"马博士估计这个小子也是太激动了，泪水是幸福的真情流露。看来这一次临床治疗效果很不错。

小宇被治疗后，静观了很长一段时间，一直也没有发现任何不适反应。检查之后，一切数据正常，最后马博士长长地舒了一口气，大声宣布说："此次实验治疗圆满成功！"

研究所响起了热烈的掌声，接着大家都欢呼起来，庆祝他们的研究成果首次临床实验成功，并取得了超过预期的效果。他们相信，这将是神锐研究所一个划时代的高科技成果，必将在全世界产生巨大的冲击波，带来人类生命史上最伟大的革命。

马知欢一家更是高兴，三个人紧紧地抱在一起，热泪盈眶，心潮澎湃，毕竟他们心中久悬的大石头终于落地了。小宇一切恢复正常，标志着他们家的新生活开始了。

"谢谢您的精心治疗，马博士，您是我们家的大恩人！"刘新充满感激地对马明起博士说。

"不要客气，这是我应该做的。好了，你们可以回家了，我祝你们越来越好，更加幸福。"马博士又转向小宇说，"欢迎经常来玩，来看爷爷，好吗？"

"好的，一定。"小宇高兴地点点头回答。

少年心事当拿云

　　小宇经过治疗之后，一切看起来都恢复了正常，他很快就返回学校开始读书了。好长一段时间，他在班级中与同学相安无事，老师对他的评价也有了好转，特别是在今天的课堂上，原先从不宁静的小宇破天荒地坐得端端正正规规矩矩，因此班主任刘老师还表扬了他。

　　放学后，小宇还沉浸在惬意的回忆之中，他背好书包，走走停停。突然，他在校园的花坛旁边停了下来，好奇心促使他停下来观察花坛中有趣的一幕。

　　"小宇，你在花坛边做什么？"看着小宇正入迷地观察着花坛里的月季花，丁努努大大咧咧地走过来对他喊道。

　　"嘘！不要惊动这些花。"小宇神秘地向努努打招呼，做出制止的动作。

　　"干什么啊！这么神秘？"努努感到他的行为有点好笑。

　　"我发现这些美丽的花儿好像得了一种什么病，太可怜了。"小宇伤感地对努努说。

　　"花有什么病，是不是你病了？"努努用手试了一下小宇的额头，一点儿烧也没有，更不像是在说胡话，"走，别管它，放学好久了，回家吧。"

　　努努拉着他，一边说一边朝回家的方向走去。

　　他们两人可是一对好伙伴，丁努努在班级中学习比较刻苦，成绩更是名列前茅，是老师们心目中公认的学习尖子，更是同学们羡慕的学习标兵。他还精于语言辩论和演讲，擅长于智力思维对决。班主任看到他俩这么要好，总是要努努多为小宇出出主意，看有什么办法可使小宇的成绩提高。渐渐地，努努就成了小宇的帮扶对象，关系也更加亲密。

　　他俩一边走一边有说有笑的，讲着学校里的趣事。

　　这时，另一位好友叶梦琪也赶上了他们，这位女生是一个令人不可思议的全面发展的人，她的成绩特别棒，课余喜欢搜集一些植物的标本，是不折不扣的植物迷。她不但长得姣美清秀，有一双有魔力的大眼睛，说起话来声音也分外甜润，还能唱会跳。因此，全班的同学都喜欢她，全校老师都器重她，她是大家公认的大美女、小公主，可以说是学校最漂亮最迷人的校花了，也是学校里人缘最好、最受欢迎的人。

他们三人放学回家有一大段是同路，渐渐地就成了好朋友，周末还经常相约一起做作业、逛公园、搞野炊、进行冒险旅游，就是不出去也相约在网上远程冲浪、看电影，他们三人还被同学们戏称为商城实验学校的"校园三侠"。

其实说起来，梦琪原本对小宇没有什么好感，小宇其貌不扬、能力不强，没有什么突出的地方可以吸引人，他的成绩更是十分的糟，经常排在班上靠后的位置，令老师叹气使集体蒙羞，成了一个很尴尬的角色。好在他待人真诚，古道热肠，梦琪就是被他这一点感动而逐渐与他成为朋友的。

记得有一次，班级组织学生去搞春游活动，她和小宇及其他几个同学分在同一个小组。正当大家有说有笑、没有任何防备的时候，突然斜刺里蹿出一条浑身长满大斑点的狗，气势汹汹地对着他们一顿狂叫乱吠，并在快速逼近，差一点就要咬上他们了，其他同学吓得想作鸟兽而散，自顾自地四处逃命，眼看一场惨祸就要发生。

小宇快速从地上捡起一块大石头，与疯狂的大斑点狗对峙着，受到启发，其余同学也加入与大斑点狗对峙的行列，很快恶狗的气焰就被压下去了。

其实狗的劣根性也就是有点仗势欺人，它看到现在有这么多人一起来对付它，嚣张的气焰一下子就瘪了，怯懦地叫了几声，然后在众目睽睽之下夹着尾巴慌慌张张地逃走了。

事后小宇向同学们介绍他的临急处险经验说道："遇到疯狗不能乱跑，更不能怕，狗也是个恃强凌弱的家伙，要用气势来镇住它，这样狗才不会伤到人。人是最聪明的动物，如此镇定对之，才能好好保全自己，要不就只能吃亏了。"

从这次活动中发生的意外一幕来看，梦琪认为小宇虽然成绩差点，但一点儿也不笨，甚至特别有头脑，善于思考，生活经验很足。经历那次险情之后，她就逐渐加入小宇和努努，三人成了好朋友。

过不了的考试关

"小宇，明天又要考语文了，你可要加油啊！"好朋友叶梦琪在课间看到小宇情绪不怎么好，关切地提醒小宇。

小宇感激地点了点头说："我会尽力的。"

努努也围拢过来，安慰他说："没关系的，只要努力，一切都会变好的！"

小宇看看努努，点点头，在心里十分感谢这两个最好的朋友。

一提到考试，小宇就十分头痛，他心中对所学过的各种知识都似曾相识，仔细一想又模糊不清，好久都理不出一个清晰的轮廓来。

不管怎样，考试这一关还是要过的，他努力回忆学过的知识，隐隐约约有点感觉，特别是学过的语文中的诗词知识，曾经在头脑中有过活跃的闪现。那是什么时候呢？——

啊！那是通过电脑强力扫描的时候，被一道奇异的电流击中，头脑中产生了片刻的清晰感觉，消失之后又立马陷入混沌状态。自己在博士爷爷那台超强电脑前的反应，不知到底是出于什么原因，为什么会有灵光一现的感觉？以后有机会可得好好跟博士爷爷说说，或许能从那儿找到突破口。

丁零零，丁零零，急促的上课铃声响起。第二天第二节课就是语文考试，刘佳丽老师很早就拿着试卷等在门外了，同学们一坐定，她就对考场纪律喋喋不休地强调再强调。

开考后，刘老师一遍又一遍地巡视，只听见教室里"沙沙，沙沙"写字作答的声音，而小宇却度日如年，原先有点印象的东西，心里一急一紧张，现在好像被洗了脑似的，什么也记不起来了。

似是而非，似曾相识，心里如此反复折腾，做起试卷来总是迷迷糊糊，手也特别不听使唤，等到终考铃声响起，才发觉自己试卷上什么也没有留下。

不能交白卷，他胡乱地在试卷上做一点，才心不甘情不愿地交了试卷。他有点泄气，更多的是灰心，垂头丧气地走出了教室，他不知未来的自己将面临怎样的一场暴风骤雨。

自由的下课时间，别人都在谈论着答案，谈论着自己哪个题目做得如何好、答得怎样巧妙，那份喜悦的劲儿让小宇感到无地自容。这次考试小宇发挥得一点也不好，这时要是地上有一条裂缝，他巴不得快点钻进去，这样就不会听到有关考试的各种议论了。

这时，努努、梦琪向他走来，问他考得如何。他失望地摇了摇头，不停地叹气。他们知道小宇肯定考得不理想，极有可能是一塌糊涂，这也与他近来常常生病请假有关，于是都安慰他说："治病耽误了学习，不要紧，没关系的，以后有的是机会，我们有空的时候来帮你补补，一定会没事的，因为你很有潜力。"

好朋友这样一劝，犹如一剂开心药，本来小宇伤心得眼泪都快出来了，得到安慰后，他的心情稍稍放宽了一些，心里也慢慢好过了一点。已到这个地步，该来的就让它来吧，他心中有点壮士荆轲"风萧萧兮易水寒，壮士一去兮不复还"的英雄气概了。

考试结果出来那天，刘佳丽老师还是作了忍耐，对于他的零分试卷未作过多的渲染，只是提议要梦琪、努努等多为小宇补补功课，另外替他多开开小灶，要不这么差的成绩，怎么对得起老师和全班同学，如何向家长交差，更严重的是，再这样下去，到了下学期就有可能需要自动留级了。

小宇也在心中暗想，自己可得努力啊，再这样下去，不但对不住好友，也对不住辛勤培育自己的老师，更对不住自己的爸爸妈妈，更严重的是下学期有可能降级，那样的话自己就不能与好友同在一个年级同一个班了，想想心中也是非常难过。他摇摇头、咬着牙、叹着气，显得心事不宁而又万般无奈，不停地在桌子上画着道道，原来，他一直在用力写着"努力"这两个字！他希望自己能在以后严峻的学习征途中杀出一条重拾尊严的大路来。

没过多久，又到了去神锐研究所复查的时间了，马知欢早早就联系好了马博士，并将一切的程序进行了简化。

在双休日，刘新驱车带着小宇再次来到研究所，见到了马明起博士，在强大的超级电脑面前，马博士一次次地仔细查看小宇的治疗结果，整个综合数据和各项健康指标都比较好，看来治疗的结果堪称完美。于是小宇的复查算是做了一个小结，从此他就可以过上正常人的生活了。

轻松做完全部检查之后，小宇被博士留了下来，开始了祖孙俩的亲密家常。当马博士问到小宇最近的学习情况时，小宇有点不好意思地说："不太好！"

"到底怎样一个不好法，你具体说说看！"博士继续鼓励他。

小宇犹豫了好久，才十分不情愿地说："这次语文考试，本来自己头脑中还有点印象，但一急，一个也没做出来。"

"交了白卷？"

小宇点点头。

"那太遗憾了！怎么会出现这种情况，你完全不应该是这个样子的呀！"小宇的回答让博士有点猝不及防，高智商的聪明大脑，语文考试居然得了零分，这简直是闹了一个天大的笑话。怎么会这样呢？

博士一时不知问题到底出在哪儿，他坐在桌子旁边陷入了沉思：是不是治疗烧坏了脑子，还是没有彻底打通脑袋中的神经？或者是小宇没有认真学习？这可是个棘手的问题。新科技不太可能会出问题，看来还得先从小宇的自身来找原因。于是他问小宇："小宇，你这次考试这么差，是自己一点儿也记不住，还是另有原因？"

"考试前我认真学了，考试时就是一点也记不住，不，好像偶有灵光，但过细思索，稍纵即逝，还是一片糊涂，中间好像缺少有效的沟通联系环节。"

"以前有过这样的感觉吗？"

"从没有过！"

"是不是治疗之后才有的？"

"是呀，我想起来了——"

"想起什么来了？"

"就是前次在您这儿治疗，被那台超级电脑扫描过后，有过特别清醒的时刻。"

"真的，原来你的问题在这，是不是你还有个地方未打通，还是这台电脑有可以打开你智慧的那个宝盒，你的聪明只是暂时被尘封了呢？"

"我也不知道，经历那种稍纵即逝的感觉，真是太神奇了。从那以后，我再也没有碰到过这样思维敏捷清醒的时刻。"

"我明白了，你被激活过，只是现在头脑还处于死机或是待机状态，不如再试一次，看看具体要达到怎样的力度才能全部激活你的智慧？"

"我也不知道是不是这原因，反正产生那样奇妙的感觉，应该是与那次治疗有关。"

马博士听了，心里重新升起了希望，原来这个小屁孩是这样的原因，看来奇迹应该就要出现，他不由看向小宇问："愿不愿意再激活一次，我也不知结果如何，这可是有风险的啊！"

"愿意！只要能改变自己，我愿意冒任何风险，如果还是现在这个样子，我都不想再学习了。"小宇想想自己语文考试零分的试卷，心里迫切想改变自己存在的方式，好希望自己改头换面，做一个真正的自己。不管在这次诊疗中遇到什么困难，他绝不后悔。

"那好，我们去那台超级电脑前，再给你仔细检查一下，或许你会碰到奇迹的！"

小宇没有再回答，只是点点头，就跟着博士爷爷重新进入了诊疗室，在博士的引导下，他很快就站到了那台超级电脑前，默默地注视着仪器的摄录口。

马博士看到小宇已做好了一切准备，他踱步来到超级电脑前，深吸了一口气，调整了一下自己的状态，然后开始了对小宇的新一轮检查调试。让机器运转进入正常状态后，眼前突然出现一团柔和的光，很快就将小宇全部包裹，这样一来就与原先小宇的全息影像重合了。

他仔细地在电脑中运用快速扫描来分析小宇的脑电流运行情况，被放大的网格化的血液与神经运行图，有如四通八达的交通网，开始在电脑中模拟运作。身体其他部位比较正常，在通往脑部的位置，他看到有一个不断闪动的红色光点，好似到那儿，所有的运行都有所阻隔，变得时断时续。难怪小宇说脑壳中经常会出现断断续续的思索，原来问题出在这儿。通道被阻隔，就有如头脑中的交通被堵塞，思维因此不畅，就会出现断片儿，但又未完全堵塞，过会儿又有思维的连接，因此知识在脑海中出现碎片化。看来只要打通了这条通道，小宇的问题就能迎刃而解了。他心想一定要将问题解决，让小宇快点恢复正常，这才是他最想要的结果。

他尝试将电流束转化为一股安全的能量，慢慢靠近那个鲜红的光点，一遍遍小心谨慎地剥离和驱赶。处理了一会儿，稍微有所改变，但收效还是不够明显。那又怎么办呢？是不是可以加大能量？但小宇能承受得住吗？万一有不好的后果可怎么办？

看来得换一种思维了。咦，何不用纳米机器人医生直接进行疏通，这样不就更直接更安全吗！

对！就这样办。他马上吩咐身边的助手，准备再次用纳米小机器人医生来帮助小宇打通脑部血管的通道。

一番忙碌之后，机器人医生到达预定的位置，开始给脑部进行疏通治疗，堵塞的光点在电脑放大的演示图中变得越来越小，最后慢慢消失了。

被阻塞的血流又畅通运行了，此时小宇有如清除了头脑中的千斤重担，神色一下子变好了。等研究员们清理完一切仪器，小宇也从紧张的状态中释放出来，人也变得轻松了。

他运用自己以前经常断片的大脑回顾往事，发现印象都十分清晰，刘佳丽老师讲过的古诗，以往老记不牢固，现在回忆起来，脉络清晰，都能完整地背诵出来。看来自己已经不再是原先的那个自己了，他通过涅槃获得重生了，想到这儿，他的脸上不由露出笑意来。

看到小宇的变化，马博士知道他已经脱胎换骨了，他抱着小宇，轻轻地抚摸着他的头，眼里满是欣慰，激动得一句话都说不出来。他将小宇交给了马知欢夫妇，擦拭了一下湿润的眼睛，转身离开了他们。

尽管世间有最美最打动人心的语言，可受到恩泽的他们，此时一个字也说不出来。此时真是无声胜有声，即使千言万语也不能表达他们一家对博士的感谢。他们只能在心里默默地念叨：马博士，您的恩情，我们会永世不忘的！平静了心情，马知欢和刘新带着小宇离开了诊疗室。

多彩校园生活

　　随着工业化加快和人口的大迁移，不少城市都已经人满为患。商城是一座由中心向边缘延伸的新兴城市，由于远离省城，不至于过分繁华，但相应的基础设施都已经具备，绿化布局科学多样化。许多科研机构都选择在这个山清水秀的风水宝地进行拓展，甚至将生活居所修建于此。经济压力不大，环境又好，幸福指数高，商城已经成为大家比较理想的生活乐园，成为许多人向往的幸福之城、希望之城。

　　小宇的家位于商城市新月小区，一栋三层的小洋楼，一个十分吉利的门牌号码——南街138号。屋前有一个大地坪，留出的绿地里长满密密的小草，各种绿化树点缀其间，美丽的风景一直向河边延伸。地坪坎下是弯弯曲曲的商河，一条环城的观光大道沿着商河，消失在弯曲的交汇处。流水淙淙，在绿草茵茵的陪衬下，每天都演奏出动听的音乐，一路唱着欢快的歌儿流向远方。

　　小宇最喜欢的就是到水不甚深的小河中捡鹅卵石、翻螃蟹，与努努、梦琪玩水仗、做游戏了，在小河中处处留下了他们童年的美好记忆。

　　刚放学没多久，小宇、梦琪、努努三个人就会合在一起，慢慢腾腾地往回家的方向走去。穿过几条林荫大道，拐进了一条小胡同，他们有说有笑，不停地谈论着学校与班级里的趣事，路上不时留下一串串银铃般的笑声。校园生活总是充满了乐趣，学习、生活、交友，都可以成为大家口中谈论的热门话题。

　　正当他们陶醉在校园趣事之中时，突然从前面狭窄的胡同里传来一阵带着哭音的求救声，他们走近一看，原来有几个毛头小青年正在欺负一个女孩。

　　女孩子正用各种办法做着无力的反抗，看着她害怕的样子，这些人更认为可欺，如果继续这样下去，那这个女孩子就真的有危险了，在万般无奈之下，她一边进行抵抗，一边朝小宇他们这边大声呼救，希望能够碰到解救她的人。

小宇他们看到这么多人欺侮一个女孩，路见不平的他们快步冲上前去，大喝一声："你们干什么，这么多人欺负一个女孩，还有没有王法？"

对面的小青年受此一吓，收敛了一点，朝小宇他们看过来，一看小宇他们也只有三个人，真要打架肯定不是自己的对手。嚣张的他们对"校园三侠"嗤之以鼻，其中一个有撮黄毛的高个子轻蔑地看了他们三人一眼，恶狠狠地说："想多管闲事吗？先撒泡尿照照自己，识相的自动滚开，不怕死的，就只管放马过来！"

"你想怎么样，还想打架不成。"小宇最不喜欢这样恃强凌弱轻视他的人，特别不吃激将法这一套。

那伙人看到有人强出头，且一个个毫不畏惧，顿时气焰就低了一些，其中一个有点怕事的小个子开始打退堂鼓，轻轻地对同伴说："走，算了，以后有机会再找他们算账。"然后一伙人灰溜溜地跑了。

那个受到欺侮的女孩子站起来向他们道谢，说是幸好有他们及时为她解围，才使她免受侮辱，否则后果不堪设想。

小宇问："刚才那一伙人是干什么的，他们为什么找上你了？"

她回答说："这是社会上的一伙流氓，专门在一些偏僻的地方堵着落单的人，然后借机勒索他人的钱物，甚至做些见不得人的勾当，刚好我不幸与他们相遇了，今天要不是碰到你们，我肯定要吃大亏，我真不知该怎样来感谢你们。"

"只要没事就好，小事一桩，不用记挂在心里。"小宇轻描淡写地说着。

"我还是要感谢你们，太谢谢了！"女孩继续客气地朝他们三人鞠躬致谢。

"没事，这些人真可恶，以后再遇到他们，一定要好好教训他们一顿。幸亏你没事，要不然，我们决不放过他们！"在一旁的努努也是一脸的义愤填膺，显得正气凛然。

通过了解，小宇他们得知这个女孩叫白雪，是一个超市的收银员，这伙社会青年知道她是干什么的，已经踩点很久了，看她老实可欺，特别是在这个特殊的地方落单，于是就想借机敲诈一下，想从她那儿弄点钱花。但刚好就碰到了马小宇他们三人，只好放弃本次行动。

几人客套一番之后，他们三人与白雪一道有说有笑，很快就走出了这个胡同，各自回家了。

事后小宇想，如果真的打架，他们三人还真不是那伙人的对手，毕竟那伙人是在社会历久磨练过的地痞，以狠出名，而自己不过是手无缚鸡之力的学生。若发生真正的冲突，他们三个想行侠仗义的学生伢子一定会吃亏的。好希望这样的事情以后永远都不要再发生。

小宇回到家中，想起今天刘佳丽老师特别提醒他，明天语文考试，希望他不要再令大家失望。他想着明天的语文考试一定要努力，不能再像以前那样随便放任了。经过马博士的再次诊疗，小宇早已不是原先那个自己了，他有信心在学习上重新站起来，成为真正的自己。以前没有一次考试令自己满意，现在争取来一次与众不同的表现，别再让爸爸妈妈和老师操心了。

晚上，小宇拿出语文课本，认真地看着最近所学单元的内容，这一个单元全部是文言文的学习与理解，其中有几篇文章，自己在课堂上不求甚解，现在看来还得努力消化一下，例如《陋室铭》这样一篇语言及意境都十分优美的文章，满篇骈体，读来朗朗上口，极容易熟读成诵，可当作自己转变的突破口。

今天学习的感觉与以往有明显的不同，头脑特别好使，好多学过的东西只要稍稍意念一动，就会融会贯通，学习起来异常轻松。看来自己以前所得的怪病已经不存在了。

他凝神默读一遍《陋室铭》之后，感觉自己不但一下子就理解了课文的主旨，以前不太懂的地方稍用心读也很快就弄懂了。再仔细一推敲，就是一些晦涩的文言虚词他也理解得非常透彻，再也没有以前学习的那种吃力感了，真是太神奇了。

就这样，他将本单元需要考试的文章一篇篇读下去，感到从未有过如此清爽、如此轻松的感觉，闭目回忆，居然都能背诵，真是达到了过目不忘、一读成诵、心领神会的微妙境界，他为自己的这些变化而感到高兴。

这应该得益于上次的"洗脑"。他又试着回忆以前学过的其他功课和一些非常难懂的数学问题，他一接触，有如一把大梳，对曾经杂乱无章的头绪进行了到位的梳理，所有难题迎刃而解。这一切都在向他证明，真正的自己已经回来了。

他在心中暗暗高兴，以后学习可得再加把劲，千万不能掉以轻心，成为别人的笑柄，这样想着，做了一会儿功课后，认为复习得差不多了，才甜甜地进入了梦乡。

第二天，头两节课就是语文考试，刘老师和以往一样，早早地就来到了教室布置，然后忙着给大家分发试卷。

随着上课铃声响起，考试开始了。刘老师不停地在教室中穿巡，她可不喜欢学生们作弊，同学们也最怕她的威严，教室中只听见沙沙作响书写的声音。

小宇这次考试感觉特别轻松，开始一些填空题，有许多是要考熟记的，以往他最怕的就是记不住这些东西，他最没耐心来搞这些死记硬背的知识了，但今天他稍一回忆，这些知识马上就呈现在脑海中，他一条条写进试卷中，有如打开了一条信息高速公路，正确的答案一个个快速填入试卷的那些空白之处。

接下来判断、解释、文字分析题都是一路绿灯，好似关云长过五关斩六将，一路畅通，难关一个个都被他轻松地攻克了。最后是作文，围绕《孙权劝学》中的"士别三日，当刮目相看"，写一篇如何努力奋斗最终成功的有关励志的文章。

小宇想想现在的自己，感觉与以前相比有太大的改变，于是决定用自己的转变来诠释"士别三日，当刮目相看"这个话题。思路想通了，立意明晰了，写起来感觉一气呵成，一挥而就。很快就完成了试卷的全部作答，此时，他轻轻地嘘了一口气，他对自己今天的表现十分满意。眼睛默默地注视着刘老师，思绪有如脱缰的野马。他坐不住了，好想快速离开教室，过自己追求的那种无拘无束心灵放松的生活。

不过，他的小动作逃不过班主任刘老师那双异常犀利的眼睛，她及时提醒小宇说："马小宇，你全部做完了吗？可别跟上次一样啊！"

"老师，我全部做完了，可不可以交卷？"

刘老师一听，几步就跨到马小宇的课桌前，拿起他的试卷开始瞧起来。不看不知道，一看吓一跳，真是应了今天作文讨论的话题——士别三日，当刮目相看。

逆转人生

看到试卷前面的题目全都做对了，刘老师有点不敢相信自己的眼睛，心想：今天怎么啦，我亲自监考，他也没有抄袭，怎么做得这么好？

她弄不明白这到底是怎么回事，但认为全班还得统一行动，于是抑制住自己的激动，拉下脸，装着很严肃的样子对小宇说："不允许提前交卷，做完了一定要用心检查。"

小宇碰了个钉子，感到十分无奈，只好极不情愿地待在座位上检查起来。但他从未养成静下来认真检查的习惯，因此感觉非常难受，只好不停地想着一些与考试无关的事，来冲淡自己心中的不快。

此时，他的思绪一下子飞到了爸爸工作的神锐研究所，仿佛自己又进入了那可以催生快乐、让自己放飞梦想的神奇世界。就是在那里治疗后，自己的智力潜能被激发，头脑好使了，开始有了比较清晰的思维，有了不一般的想法，好像一下子真正成长起来了，变得懂事了。想着这些美好的事情，心里也就不由自主地笑起来。

叮铃铃！叮铃铃！轻松的下课铃声一响，刘老师大喊一声"交卷"，于是各组最后一个同学就将一张张试卷全部收上去了。

小宇终于如释重负，轻轻地舒了一口气，然后逃也似的快速离开了教室。

接下来的上课，小宇明显感觉与以往不同，自己再也没有先前的压抑感了。少了一份心理负担的他，从此变得活跃、快乐起来。

且说这次考试之后，在全班出现了一个特别的现象，让大家对小宇的印象来了个180°的大转弯，对他刮目相看。而且刘老师对小宇态度的转变，弄得大家都产生了轻度的不适应感。

这一戏剧性的变化，还得从刘老师在班上公布马小宇的出色成绩开始。"今天要向大家报告一个好消息，"刘老师一走进教室，就神采飞扬地向同学们大声宣布，"这次考试，我们班的马小宇同学有了巨大的进步，取得了全班的第一名，我们为他表示祝贺，大家鼓掌！"

随后教室里响起雷鸣般的掌声，有真心表示祝贺的，也有起哄式看热闹的，不过，这些都不重要，小宇的语文考试成绩确实是最好的，事实就摆在那里。

小宇没有见过这样的场面，不好意思地红着脸站了起来，向同学们深深地鞠了一躬，用不高的声音对大家说："谢谢同学们的帮助，我这只是偶然，希望继续向你们学习。"

这一节课，小宇是在刘老师多次的表扬中愉快度过的，每提到小宇一个好的答题方法，她就要称赞一番，说小宇的思维方式好，问题剖解得有创意，弄得班上其他同学不住地向小宇投来嫉妒的眼光。连小宇最要好的朋友努努、梦琪都有点弄不懂了，他们心里想：为什么小宇在短期内会有如此突飞猛进的变化，不知是吃了什么灵丹妙药，还是受了哪路神仙的点化，功力得到吹气球式的大提升。课后可得让他老实交代，还对他们这样装聋作哑，瞒得不透风不透雨的，找机会一定得好好修理修理他。

今天是一个好日子，学校与红日实验学校举行教师篮球友谊赛，学生们最喜欢这类活动了。每日沉浸于学习中，没有时间放松，不让他们参加比赛活动，他们有太多的难过与遗憾，今天能安安心心地看一场篮球赛，他们显得无比快乐。

刚好比赛时间是小宇他们七年级八班的体育课时间，为了保障比赛的顺利进行，体育课老师给他们放假，因此他们就有机会观看比赛的全过程。这么走运能欣赏到充满青春活力的球赛，他们个个都感到十分荣幸，脸上都洋溢着幸福和快乐。

于是他们组成了啦啦队，为运动员们加油鼓劲，小宇与努努、梦琪坐在一起，一边喊着加油，一边环视四周。此时李狄同学眼珠子一转，现场创作了一首恶搞诗："春眠不觉晓，处处蚊子咬。彼此吆喝中，输赢知多少？"

周围的同学听了之后都大笑起来。紧张的比赛调动着大家的兴趣，宣泄着大家的情绪，同学们一边看着比赛，一边听着恶搞诗，个个心里都万分高兴，现场洋溢着一种十分轻松诙谐的气氛。

听到"输赢知多少"这一句，大家一看记分牌，56∶48，商城实验学校明显占优势，取胜应该是没有悬念的。

"好球！好球！"此时不断传来的叫好声，使小宇他们几个更热烈地呐喊与助威。时间已经不多，现在比分相差 20 分，商城实验学校队马上就要赢了。

比赛还没结束，上课的铃声却响了，他们只好意犹未尽地回到教室。

刘佳丽老师早已进来了，今天她可能是心情特好，以前那种令人望而生畏的威严不见了，马小宇感觉她比以前和善多了，也好看多了，对她的态度也来了个 180°的大转弯，小宇感觉自己现在的心态好极了。

成名之累

今天要不是马小宇考试考出了水平，刘佳丽老师绝对没有这样的好心情，马小宇也不会如此轻松。

看来成绩好才是硬道理，小宇在心里这样想，以后自己可得更加努力啊，奋进的人生才有尊严！对一个人来说，实力是一种最好的生存哲学，各方面优秀，有被别人忌讳的本领和别人不敢轻视的能力，最起码会受人尊重，也会被人记在心中，而不会被他人当作软柿子，经常挂在嘴上而当作反面典型。

刘佳丽老师和小宇是心情愉悦了，同学们可是对小宇的变化好奇得不得了。喜欢八卦是庸俗界的基本生存状态，尤其面对生活中的怪现象时，大多数人都会好奇。一个常得零分的小宇，突然之间考出了全班第一的好成绩，这确实让人不解。这是什么原因呢？难道他有什么异境奇遇？

于是同学们总是围着小宇问他一些稀奇古怪的问题，想探他的口风，想知道他到底是怎样由丑小鸭变成今天的金凤凰的，弄得小宇也有点找不着头绪了，不知如何来应付他们。

梦琪和努努一天来都在思考，想解开这个疑团，连上课都心神不宁的，于是也趁下课的时间"审问"小宇。"为什么你会突然之间发生这么大的变化，一下子变得这么聪明，到底有什么诀窍，还是吃了什么仙丹，能不能教我们一招，让我们也风光一下，变得跟你一样聪明。"

小宇知道他们的心思，他何尝不想告诉好朋友，但博士爷爷一再对他说，他们的工作要保密，不能泄露，也不能外传，他也答应了博士爷爷，遵守诺言。所以现在他还不能将秘密告诉他们，尽管他们是自己最要好的朋友。

面对询问，小宇都以装糊涂的方式将问题岔开，梦琪和努努没有从小宇的口中获得任何有价值的东西，只好作罢。

此后一段时间，小宇接连几次在学校出尽了风头，几乎由以前的愣头青转变为学校的小达人，大家都把小宇当作学校今年最有影响力的新闻人物，已有一部分人成为他的粉丝了。他奇特的转变也令老师们对他刮目相看。尤其数学老师，每次见到小宇都是笑眯眯的，因为数学考试成绩从未超过 60 分的小宇，最近几次考试都得了满分。书中一些难题只要输入小宇的大脑，不管多繁复，他稍作运转之后就能很快得到答案，其中有一个题目"怎样证明 0.9 的循环小数结果等于 1"，数学老师想了好久都没有做出来，小宇一看，他将 0.9 的循环小数看作是 0.9 的循环，而三个 0.3 的循环小数相加，正好可组成 0.9 的循环，0.3 的循环小数化作分数就是 1/3，这样三个 1/3 相加不就正好等于 1 吗？他稍稍灵活用脑，就如此简单地将这个困扰大家的难题解决了，如此简便清晰的讲解，使大家都头脑一阵清醒，有种大彻大悟的感觉。

他还说可用方程来证明，其结果也是等于 1，并且想出了六种不同的证明方法。他凭借那碾压一切的气势，那种奔涌而出的超强智慧，让老师们都不敢相信自己的眼睛，感到自己远远不及。一向呆笨迟钝的小宇，现在怎么一下子变得这么聪明灵敏厉害起来？看来小宇真的进步神速，他已经不是一般人的头脑了，这样反常的智力，简直就是一个天才，值得大家好好研究和反思。看来，以后可得好好培养了，老师在心中为他的这种巨大变化感到既高兴又十分吃惊。

八年级同学有学习上的困难也都拿来向马小宇请教，虽然小宇还只是一个七年级的学生，但这些问题他用大脑进行快速扫描之后，马上就会在头脑中形成独特的解题方法。其中有道题目他还想出了十种解法，有一份数学杂志还为此刊登了一篇介绍他解题技巧的文章，题目就是《一题十解》，将思维发散得相当出色，十分到位，从而引发了学校数学发散性思维的一次大讨论，激发了学校数学沙龙文化的空前繁荣，校园数学气氛变得异常活跃起来。

马小宇一下子成了学校的风云人物，大家有什么不懂的难题都来向他请教，小宇对于学习问题从不推辞，总是有求必应，他也为自己的转变而感到高兴和自豪。

人怕出名猪怕壮，小宇一出名，麻烦事也真的不少，商城的娱乐小报记者们来了，联系了一些比较正规的报社，一起来想对小宇做新闻报道，将他作为"神童少年"的典型，作为学校解难题的数学家来进行宣传，为了验证小宇是否真的变聪明了，还出了一些奇奇怪怪的问题来考他。其中一家《生活导报》的记者出了这样一个题目："记得在 20 世纪 60 年代，那时我爸爸还很小，当时经济特别困难，因此家庭开支总是节省了又节省。有一次，爷爷硬要爸爸去买东西，给一角二分钱，要买一斤盐和一盒火柴回来（当时盐是一角二分钱一斤，火柴是两分钱一盒），要求只能凭自己的智慧和所学的知识来解决，不能走歪门邪道，更不能坑蒙拐骗强买强要，但一定要保证只用一角二分钱，堂堂正正，大大方方的，一定要买一角四分钱的东西回来，这样才可以得到奖励。这道题可难坏了当时还比较年幼的爸爸，但令人遗憾的是，爸爸一直到现在都没有做出来，这已经成了他心里最大的一道鸿沟。小宇同学，不如请你来帮我解解围好吗？"

其实某省在一次高考中就出过类似的题目，这是一个难倒过多少参加大学考试高手的智力题，题目牵涉一些相关的数学知识，需要用开放的思维去解决，而不是想当然，胡搅蛮缠。

不过想通了又十分简单。

马小宇就是这么牛，听完之后没有停顿，他微微一笑，对记者说："这个问题相当简单，不用求他人，也不用采取不正当的手段，我们可以大大方方理直气壮，就用一角二分钱将需要购买的东西全部买回来，帮助你爸爸完成任务。"说着，他就提出自己的解决思路："你可以这样去做，买盐先买二两，那么需要付钱是二分四厘，采用四舍五入法，售货员只收你两分钱，这样做五次之后，你总共只需要付他一角钱，按照你爷爷的要求就买回了一斤盐。当然，为了避免售货员说你的闲话，你也可以在不同的商店购买，这样你就能完成任务，还可省下二分钱去买火柴。按照如此的操作，你既不受他人指责，又不违规，用自己的智慧刚好可以买好一斤盐和一盒火柴，对不对？"

"佩服，佩服！你真了不起，这可是我去试过好多大学生，请教过许多自称聪明的人，好久都没有做出来的题目啊！小宇你真神，我算是服了你。"说着还对他鞠躬，不住地赞叹，一脸的崇拜。

许多人见识了小宇的非凡智力之后，又有更多的人围住了小宇，从未见过如此阵势的马小宇有点心烦了，他可没有太多的精力来应付这样一群无聊记者的提问，说是智力大冲关，其实大多是一些简单极了的问题。幸亏这时努努和梦琪来了，总算找到救星的他虚晃一招才匆忙脱身，跟着他们离开了这群难缠的烦人记者。

这可是成为名人之后的大烦恼，原来做名人也这样累啊！以往还好奇那些名头大的人为什么需要那么多的人保护，为什么还要遮头盖脸，现在总算是亲身体验过了。小宇看着一脸失望的记者们，心中十分无奈地想。

感应跟踪

　　马小宇成为商城实验学校的名人之后，每天都有许多新闻媒体的记者来采访，小宇一度被称为学校近期最出色的天才式学生，被大肆吹捧。小宇的照片已经登上了全城的各种报刊，"神勇小少年""校园小奇侠"等光荣称号一个接一个铺天盖地而来。学校也乐得将他作为一种骄傲的资本，暂且让他为学校做些免费的宣传，提升学校的知名度，这未尝不是一件好事！

　　近日因为相关的几件事，加上媒体造势，小宇被推到了荣誉的最前面，快速走上了充满传奇的辉煌人生。其中最不解的还是他的两个好友，作为最要好的朋友，小宇对他俩确实不够意思，如此大事瞒得滴水不漏，他们想尽办法也没有掌握到任何一点关于小宇的有用信息。还说是什么最要好的朋友呢！

　　想归想，但他们理解，或许小宇真的有什么苦衷吧，他不说，也不用为难他，何不想个办法暗中侦察，或者对他进行秘密跟踪，或许会有另一番收获。要说这两个朋友确实不错，自己找答案，不违背小宇的初衷，也不影响友情。

　　梦琪与努努两人是吃了秤砣铁了心，不弄他个水落石出就决不收兵，他们暗暗在心里分析，开始有了观察与跟踪的计划了。

　　其实对小宇感兴趣的不只他们两人，还有一些嗅觉十分灵敏的记者，他们也迫切想弄清楚马小宇突然之间变聪明的原因，这可是作为记者能一炮打响的重磅新闻素材。

　　螳螂捕蝉，黄雀在后。除了这些人，还有许多人也对马小宇感兴趣，他们是活跃在商城的一些特殊人群，了解到马小宇的神奇变化后，他们马上联想到马博士的研究成果"生命密码"。他们是否有更大的阴谋？现在不得而知。

一时之间商城暗流涌动，波谲云诡，有了一些不可捉摸的因素。

自从马小宇出名之后，对他改观最明显的是班主任刘佳丽老师，不仅对他关注得较多，还每天一到班上就大大咧咧地说："我们班的马小宇同学不错啊，完全改头换面，你们可得向他学习，以他为荣啊！"她的心意很明确，就是希望大家都能做得好些，不求最好，但可以追求更好。不可能人人都成为小宇那样的非凡人物，但可以超越自己。

她的话说得大家的耳朵都起茧了，听着浑身就会因刺激而起鸡皮疙瘩。大家都在苦恼：为什么小宇这个丑小鸭会有这样的奇遇，而自己没有，太不幸了。

他们想不到，现在的小宇也非常苦恼。"累死啦，要是还像以前一样能过平静的生活，该多好啊！"一回到家，小宇就不停地发出无奈的感慨。现在真烦，自己的正常学习生活都受到影响了，不少人总是没事找事地来干扰他，使他感觉到生活的自由受到限制，原先的宁静再也找不到了，现在到家了，或许可以好好松一口气了。

他往沙发上一躺，准备美美地休息一会儿，突然家中的电话响了。这是谁啊？还让不让人清静啊？他懒懒的想着，到底要不要接听？但电话一直响个不停，只好走上前去，拿起电话正准备发火："你有完没完——"

这时一个有些苍老的声音传来，是马明起博士亲切说话的声音："小宇，是你吗？你在跟谁说话？"

"啊，是马爷爷，我没有跟别人说话，我现在感觉特别烦，生活都被人打扰了，刚才我以为又是那些无聊的记者呢，他们无孔不入，真是太令人讨厌了，我不胜其烦，所以发火。"

"那为什么？不会是因为你出名了吧！你现在还好吧！好久都没有看到你了。"

"爷爷，我从你们那儿回来之后，全部生活都变了，这不，现在我都成了整个商城的名人了，我正为此事心烦呢！"

"啊，是这样，好孩子，怪不得你发这么大的火，你的一些情况我都知道啦！这是好事，应该理性面对嘛！"

"嗯，我会处理好的，您找我，是有什么事儿吗？"

"对，光顾着说话，差点儿忘了，我研究成功了一款新软件——生命密码的升级版，你想不想来看看？"

"什么新软件，好不好玩？"

"你来看了就知道了。"

"那好，刚好今天下午没有正课，我也正想请个假到外面去躲一下，清静清静，去您哪儿，那真是再好不过了。"

"那就这样说定了，到时来了就直接找我。"

"好的，爷爷，再见！"

"再见！"

马小宇下午向刘老师请了假，说要跟妈妈到爸爸那儿看看，爸爸好像有点不舒服。一向不准假的刘老师此次破例没任何推辞就笑着答应了。

下午小宇搞定妈妈，让妈妈开车带他到神锐研究所去。现在没有了记者没完没了的采访，也没有同学跟屁虫似的讨好，一个人要多自由就有多自由，小宇心中十分惬意。

沿路的风景他看过多次，但每一次的感觉都不同，公路两边的行道树快速向后倒退，站成一排排坚强的卫士，十分吸引人的眼球。好些随风吹落的种子分散落在不同的地方，它们发芽生长，不经意间，这些小树苗就会长成参天大树。

延伸到远山的翠绿映入眼帘，使人感到特别舒服，风儿从飞速前进的车窗中吹进来，一丝凉爽直冲心窝，让小宇感觉到现在所有的疲劳全被吹跑了。

与他们一同前行的有几辆小汽车，其中有一辆黑色的本田，马小宇观察着，他好像一直跟着他们不放，已有半小时之久。其他的车同行了一会儿，一般都超车向前或另走其他车道了，而这辆黑色的本田好似没有离开的打算，这引起了小宇的注意。

他心中有了疑问，多了一个心眼。所以，不要认为他还只是个不懂事的孩子，其实他已经长大了，开始变得成熟起来，俨然就是一个小大人。他心想，等下倒要看看对方的葫芦里到底卖的是什么药。

正当他还在分析遇到的问题时，刘新妈妈已将汽车停到神锐研究所的停车坪，小宇随着妈妈下了车。

在爸爸的带领下，他们经过几道熟悉的关口，进入了研究所的内部，见到了爸爸的同事们，他们个个和蔼可亲，小宇热情地与他们打着招呼，然后径直去找马博士了。

看到博士之后，小宇甜甜地叫着："马爷爷。"言语间声音甜甜的，显得特别亲切。

马博士高兴地应着，欣慰地抚摸着小宇的头，幸福地微笑着说："小宇，听说你已经成了学校的风云人物，我真为你感到高兴啊！"

"别说了，马爷爷，正为这事，你不知我有多心烦，好朋友不能解释，记者与同学总是不停地想着法儿套我的话，真的弄的自己不是自己了。"

"这倒也是，别人感到新奇可以理解。今天我又有了新的想法，你来看看这个新研究出来的软件，感觉有没有什么特别新奇的地方？"

听马博士如此一说，小宇心中的好奇又被调动起来，"那是什么呢？快让我看看。"他简直有点迫不及待了。

"这是我用几十年心血研究出来的一个超级计算机软件，功能十分神奇，当然其中就包含新纳智能软件——纳米机器人医生的制作机密，也就是生命密码的核心软件，并且它还可以不断升级，可以说是具有了一定的人工智能，这可是我最看重的宝贝了。你来看看，试试就知道它到底能给你带来多大的惊喜。"

小宇坐在电脑前认真地看着，马博士一边操作，让他按照指令穿戴像头盔一样的设备，一边点击电脑，用程序连接设备。小宇此时感觉自己与电脑已经接驳在一起，俨然就连成一个整体了，产生了一种本体好像消失了的不存在的虚幻感觉。

看到连接成功，博士慢慢地向小宇解说："这是我们神锐研究所的最新科研成果，也是前次纳米机器人医生成果的再一次深度开发。我们已经将纳米技术打包，准备报送中国科学院进行审核，一旦通过，我们就有可能获得国家科技进步奖，到时就可以将我们的纳米医疗技术申请专利，成为世界上最先进的尖端医药开发研究了。而这个软件是我多年努力的心血，通过转换开发成为一个游戏软件，你或许可以从有益的游戏中获得一些特别的感受，从中享受到意外的惊喜。"

"那到底有哪些特殊功能呢？"

"怎么说呢，主要看你需要它有什么功能。你先说说想得到什么，看看能不能满足你的愿望。"

　　小宇想到来的途中好似被人跟踪，心想何不让它给自己输入一种神奇的特异功能，能产生心灵感应，预先知道他人的想法，那就可以防患于未然，做好应对的准备工作了。于是他对博士爷爷说："我想人要是有一种心灵感应的特异功能，不仅能知道别人的想法，还能预知未来，那该多好。"

　　"这很简单。"博士面带微笑地点点头，告诉坐在电脑前的他，"刚才你已经进行人体与电脑的对接，接下来，你随时都可以实施人机对话与愿望的转换，只要点击输入'特异功能'几个字，你就会得到想要的东西了。"马博士在旁边指点着小宇说。

　　小宇听了，快速将指令输入，人一旦与电脑成功组建人机共同体，小宇马上就感觉到有一股神奇的电子流涌遍全身，心中升腾起一股不可抗拒的神奇力量，他感觉自己不是自己了，电脑就是他，他就是电脑。

　　此时，他特别清醒的头脑有如翻江倒海般不停地快速运转，他将以前的一切像放电影似的重新放一遍，对于其中有疑点的问题，总是不断地重复出现，引起自己的注意，从而对这些疑问进行仔细地分析，他的内心世界被彻底打开了，并且通过这个电脑软件看到了许多问题的清晰脉络。

下载神功

近来学校发生了很多事，到学校采访他的那些记者中，似乎有一些不怀好意的人，仿佛对他另有企图，他们是不是有着不可告人的目的？心中一想，电子流就将他的思维带到了那一个扫描区。其中有一个记者总是有些与众不同的举动，通过脑电流的资料整合，发现他原来是一个由外资机构雇用的人。

那么今天跟踪的那辆黑色本田又是怎么回事呢？小宇这样一想，电脑扫描马上又将思维的敏感区打到连接点，一下子就弄清了，原来他们与那个记者是同伙，他们经常在一起做攫取他人商业秘密的勾当，专门剽窃他人的劳动成果。

怪不得今天小宇感觉有点不对头，原来是他的直觉在提醒他。他们到底是冲着什么来的？是不是开始打研究所里值钱东西的主意了，还是有什么阴谋诡计？那马爷爷的研究所会不会有危险？

小宇在电脑的世界里百思不得其解，此时又不能与博士交谈，想到这儿，他可有点心急了。怎样才能停下来呢？心里不再想问题应该就可以停止，就可以回到现实生活中来吧。果然，他这样想，电脑马上就停止了信号的输入，电脑加上人的意念控制马上就停了，小宇终于从虚拟的世界里回到了现实。

马博士带着微笑问他："刚才感觉怎么样，有收获吗？如果你对此感兴趣，我可以将这个软件复制一份给你，稍稍作改进，只要配上敏感线圈就行，省去了穿戴设备的麻烦。你回去还可以慢慢琢磨，让它自行升级，一旦形成了智能识别，以后你就不用像现在这样频繁穿戴，需要这么复杂的程序了，用口令就可以进入，操作更简单方便快捷，要是达到了那个境界，你还可以实现在电脑中转换，遁入时空，从而避免跑来跑去奔波的麻烦。"

听博士说得这么神奇，马小宇睁大双眼，有点不相信地问："马爷爷，你说的这些都是真的吗？"

"那当然！"

"如果是这样，那太好了，我太喜欢这个神奇的软件了！"

"其实还不止这些呢，你还可以随时在普通电脑上操作，获取你所需要的东西，如果运用得好，这个软件或许会对你以后的人生有较大的帮助。"

小宇点点头，心里的喜悦直接表露出来，感觉特别愉快。

"不过你千万要保密，并对软件进行特殊的保存，千万不能落入坏人或是不法分子的手中，一旦落入不法分子手中，后果将不堪设想，因此要像保护生命一样保护好它。"

"好的，我会好好保护它的！"

"我相信你。我也会提高它的安全系数，设计一个比较难破译的密码，除了要用密码外，还必须要有指纹和意念才能打开，这样，全世界就只有我们两人才能打开，其他人甚至黑客都没有办法打开。可以说，防火墙的保护措施达到最高级别。"

"嗯，我全记住了！"小宇一边听一边回应着。

"如此尽全力保护，应该没有任何问题的。以后有难解的问题可以随时来找我，我会帮你，为你解决一切疑难问题。"

小宇点点头，现在他开始学会整理自己的思维了，分析近来的一些反常事情，他觉得可能有不好的事情要发生。那些打他主意的人，看来并不仅仅是冲着他一个人来的，最大的可能性是他们想从自己这儿寻找突破口，进而打博士爷爷他们的神锐研究所的主意，特别是打他们的新科技成果生命密码的主意，这才是他们不惜代价最想获取的东西。

在回家的时候，小宇多了个心眼，他让妈妈驾车直接从门口上了大道，然后停在湖边，装着若无其事的样子，打开车窗，沐着阵阵微风，欣赏美得有如处子的人工湖。自己却从神锐研究所另一个不太引人注目的出口悄悄地溜出来，往四周一看，发觉没有人注意自己，就慢慢地走向门口的大道，想先去摸一摸那伙人的底细。

借着街道上行道树与绿篱浓荫的掩护，不太引人注意的他，拐过几个曲形花坛，刚才追踪他们的人终于出现了，他远远地就看到了那辆讨厌的黑色本田，正静静地停在人工湖旁边一个比较隐蔽的树荫下，车子里面有两个家伙正在全神贯注地盯着妈妈的车子，好像在窃窃私语着什么，可惜离得太远，小宇还不能完全听清楚他们在说些什么。通过观察他们的神态可以看出，他们对这儿很熟悉，应该已经掌握了神锐研究所的一些秘密。或许两个愚蠢的家伙正在窃笑，认为小宇娘俩是煮熟的鸭子，逃不出他们周密的掌控，认为只要抓住他们，从小宇这里入手，一定可以拿到自己需要的东西。

小宇观察了一会儿，思维飞速运转，已经可以肯定他们是在打研究所里新成果的鬼主意。小宇觉得现在的形势不容乐观，神锐研究所开始有风险了，可不能再粗心大意躺着睡大觉了。焦急的小宇想给马爷爷打电话，提醒他们做好更严密的防备，但想到神锐研究所已经有比较高级的防护装置和保安措施，进入内部也非常艰难，得穿过一道又一道带高科技设置的关卡，还有没有被特许就不能通过的密室通道。即使混进去了，深藏湖底的绝密实验室以及错综复杂的迷宫也会让他们插翅难飞。没有孙悟空七十二变的神通，这伙歹人想要得手简直是妄想。

这样一想，小宇心中缓了一口气。

刘新妈妈看了一阵风景之后，感觉小宇的事儿也做得差不多了，于是将车倒开回来一段路，找到小宇之后带上他，开足马力就往家赶。

那辆黑色本田也马上启动，尾随其后，与他们耗着时间。毕竟母子俩势单力薄，且不知他们葫芦里卖的是什么药，如果长时间这样，他们还是有点害怕，生怕出现意外。刘新加快车速，一路狂奔之后，很快就进入了城区。

进入城区，刚好前面出现了几个交警在值勤，刘新妈妈就停车与交警耳语了几句，说了那辆黑色本田车的反常举动，让他们拦下问问，之后便开车快速离开了。后面跟踪的黑色本田车一到，马上就被交警故意拦下了，他们查问那辆黑色本田，拖延了小小一段时间，小宇他们才得以甩掉对方，顺利回到家中。

在路上他一再思考，马爷爷设计的这个新软件到底有哪些特异功能呢？可不可以真正达到智能的自然升级？

现在已经到家了，何不拿出来试试？或许能有什么奇特的收获呢！刚好妈妈到隔壁奶奶家串门去了，正是自己试试这个神奇软件的绝好机会。

马小宇进入爸爸的电脑间，迫不及待地打开电脑，按照马博士提示的，先将敏感线圈佩戴在头上，然后再将软件放进了电脑的接收位置，等着接入，一会儿电脑中出现了一个输入界面，有点像我们常用的百度搜索，小宇快速移动着鼠标，随便想了个词"武功"输进去，指令一键进入。电脑马上开始快速运转，进入了一个神奇的界面，里面仿佛有一股股力量在向外辐射，小宇心里一阵激动，看来这个软件真是个好东西。

他移动鼠标，继续进入，终于在屏幕上出现了武功下载的入口，五花八门的功夫名称瞬时不停地呈现在页面上，一个个轮流映入眼帘：什么华山剑诀、少林武术、太极武当神功，甚至武侠小说中虚构的降龙十八掌、乾坤大挪移等都有。

小宇虽然不太喜欢学武术，但还是喜欢看武打一类的影视与书籍，同时也想到生活中处处存在不和谐，有些坏人要教训甚至铲除，需要与他们作斗争，何不随便学一点武功试试，或许还真有防身的好处呢！

他最崇拜少林武功，一看到相关字幕，马上点击捕捉。点开这个奇特的通道，仿佛能进行能量的转换，仿佛进入了真人游戏的境界，他随着对战的人慢慢进入了少林武功的实景演练场景，手一接触到键盘，马上就产生一种被胶着的感觉，浑身有如触电般的灵敏，到了这个仿真的幻影中，他整个人为之精神一振。

接着他就静心准备接受对练，此时一股神奇的电流加能火速涌遍全身，胸腔中顿时生起一股股真气，肌肉有种被吹起来强行游走的感觉，自己一想到哪个套路，电脑中就会出现哪个武功的练习版式，并带动自身进行一次完整操演。

一会儿，一股股真气从头项冒出，身体有种被折腾得近乎虚脱的感觉，又像被吹着气儿在快速膨胀、长大变强，肌肉也好似变得更加雄健，让人产生一种想与人较量的冲动。这一番神奇的经历，如梦似幻。这番神奇的感觉使他充满了无限的力量。

为了检验一下自己获得的奇异感觉，他一拳打向身边的墙壁，墙上立马出现了一个深深的洞。看来功夫不假，拳头有如铁板般坚硬，显得威力巨大。

他又尝试检验一下自己的力气，先吸了一口气，运气之后，原先没有一点力气的他，现在感觉到有万钧之力。稍用力一击眼前的桌面，上面立马留下几个指印，用手一捏，几颗坚硬的核桃都一颗颗的碎裂开来。他为自己的神奇变化而感到不可思议，看来自己刚才通过电脑下载，真的已经有了一身神功。

他这样想着，看来以后可以靠此闯荡江湖了，心里感到万分高兴。

通过这次验证，他终于知道了这个软件确实有着高度的智能，是可以自动升级的宝贝了。更加神奇的是，使用这个软件，只要实现人与电脑的对接，你就可以将你需要的任何东西下载传输到你的身体内，实现自己各项指标的完美升级。

既然如此完美，何不再试试其他功能？于是，小宇又在电脑中键入"身体电能"这几个字。他想，一个人除了用武功防身之外，要是本身具有一种神奇的电能，对自己没有任何妨碍，但从身体中发出的电流却可以将他人电倒，又不会置人于死地，那该多好。

他这样想着，随着"身体电能"四个字的输入与点击，电脑又是一阵轻微的抖动，键盘上仿佛有烟幕升腾，阵阵电流闪着白光，股股导入小宇体内，他感觉自己的身体好像成了一个巨大的蓄电池，他知道自己已经心想事成，具有了放电麻痹敌人以自保的特异功能了。

等到一切都平静之后，他才从电脑下载功夫的神奇境界中回归现实。小宇感觉与以前已经截然不同了。现在他有了点功夫，以后不仅防身不用怕了，必要时还可以打抱不平，当当英雄。

这样的机会说到就到，很快他就过了一回路见不平拔刀相助的大侠之瘾。

梦琪遇险

放学铃声刚响过，同学们如潮水般拥出校门，喧哗的校园，随着人流的不断分散，很快就重归平静。

小宇与努努、梦琪一道，有说有笑地谈论着今天课堂上那幽默的一幕。一向滑稽的周娜，今天在课堂上出了一次洋相，不小心将"岂有此理"读成了"岂有此埋"，如此发表了一通高见，弄得全班同学哄堂大笑。

她还讲了个开家长会的笑话："六年级的小米同学犯了错误，老师让她家长来，小米说：'家长不在，我舅舅来可以吗？'老师说：'行！'第二天，小米背着只有2岁的舅舅早早地来到了学校，将他交给老师，然后自己就溜之大吉，将照看的任务交给老师。到现在小米还记得老师那欲哭无泪的表情。外公和外婆四处寻找不得时的那种鬼哭狼嚎的样子，还真是一场人间惨剧。"

大家听了这样的笑话，久久沉浸在温馨与快乐的回味中。

好久没有逛街了，今天是一个难得的好天气，校园三侠决定抓住放学后的时间到最繁华热闹的五一广场逛一逛，溜达溜达，放松一下心情。

此时正是下班高峰，人们顾不得多看一眼周围的景色，都急匆匆赶着回家，只有他们三个闲来无事，一路上东张西望的。沿途商店里的商品琳琅满目，令人目不暇接。

天色渐渐暗了下来，梦琪开始觉得这样瞎逛没有多少乐趣，她提出回家的想法，但小宇和努努感到意犹未尽，还想去地下游乐场玩玩。

于是三个约定明天再见、便分开了，梦琪一个人向家的方向走去。此时天已逐渐开始模糊，行人也十分稀少。她口里虽然说自己什么也不怕，但毕竟是一个女孩子，又是黄昏时候，心中还是有点发毛。

小宇和努努有点贪玩，家里对他们的约束也相对少一点，因此玩耍起来也就没有时间观念，他俩转身向地下游乐场走去。

在大白天，她可什么也不怕，但现在，心里好比有只小鹿在撞一样，一直扑扑地跳。只顾着急匆匆地低头赶路一不小心就撞上了一个人。

"你这个人怎么走路的，没长眼睛吗！"被撞的小青年有点恼火地对着梦琪怒吼。

"对不起，对不起，我不是故意的。"梦琪抬头看到，三个流里流气的小青年如铁塔般站在自己面前。看到这个阵势，梦琪的心中有点发毛了，想快点逃离这是非之地。

"这样说说就想走，可没那么容易？"其中一个青年皮笑肉不笑地看着她，做好拦住梦琪的架势。

"你们想怎么样？"

"我们不要钱，不过你要走得先陪我们玩玩才行。"一直没有作声的另一个黄头发青年，此时有点不怀好意地在旁边帮腔，仿佛从他嘴巴里出来的不是人话，而是一串串恶毒侮辱的噪音。

"无耻——"梦琪知道自己碰上了流氓，她努力让自己保持镇定，给自己鼓气，边说边向马小宇他们那个方向跑去。

三个小青年可不是善茬，开始向她包抄过来。

"快来抓坏人啊——"梦琪放开喉咙大声呼喊起来。刚好马小宇他们正朝这边走来，其实他们刚走进地下游乐场，小宇还是有些不放心，担心会发生什么事情，担心梦琪会出事。凭着他的预感，他和努努快速赶来了。

正当梦琪感到绝望时，远处两道身影向这边飞速赶来，她仔细一看，是小宇他们，才将悬着的心放了下来。有了援手，她也不怕了，情绪很快就稳定了下来。

马小宇看到眼前的情况顿时火冒三丈。刚刚学会的少林真功夫正愁没有发挥之地，现在不正是可以施展身手的大好机会吗？那就让这三个愣头青小混混好好感受一番吧！

眼看三个小青年已逼近自己，马小宇不想轻易放过他们，大喝一声迎了上去："你们这三个臭流氓，真是狗胆包天，敢公然欺负我的人，让我来好好教训教训你们三个败类，三堆垃圾，看你们以后还敢不敢为所欲为？"

为首的是一个有撮黄毛的高个子，他围着马小宇看了一下，嘿嘿冷笑一声说："哪里来的小瘦猴，也不拿镜子照照自己，还想玩英雄救美，满嘴还喜欢喷粪，啰啰唆唆的，那好，出招呀，我们来成全你。"

他招呼另外两人一起上，想以多欺少快点结束。

马小宇受他们一激，两眼一瞪，决定先让他们尝尝自己的功夫再说。

他摆出一个架势，冲上前去，顺手抓住身边的小个子，以力拔千钧之势，一下子将他重重地摔在两丈开外的地上。由于用了暗劲，小个子摔倒在地后一时"哎哟！哎哟"的叫个不停，挣扎几次想站起来都没能爬起来。

另外两个弄不明白，还没有看清马小宇是怎样出手的，一个就已被打得趴下了，于是两人一同上前，想以多取胜。此时的小宇正好进入状态，一个扫堂腿就将有撮黄毛的高个子踢倒在地，另一个用手反抓，马上又手到擒来，有如老鹰拎小鸡似的将他捏在手中，稍稍用力，对方的骨骼就开始咯咯发响，痛苦万分的他没有了人的一切尊严，口里不住地发出求饶的声音，看他疼痛难忍的样子，小宇狠狠地将他扔在地上，眼里全是蔑视的目光。

得饶人处且饶人，凡事不可太过分，小宇懂得分寸，三人只是社会上不入流的渣滓，经此一折腾教训，他们已经完全失去了战斗力。小宇遗憾没有试试下载的特异电能。不过，自己有这样的能力，深藏不露最安稳，还是不要太过于暴露张扬，如此更好。

这时三个小青年都已失去了战斗力，刚巧有巡逻的警察来了，他将这三个坏蛋交给了他们。做了一份简单的笔录之后，小宇和努努护送梦琪回了家。

刚才还惊魂未定的梦琪，此时情绪已经稳定下来了，她对小宇与努努说："感谢你们及时相救，要不我就吃大亏了。"

"这没什么，其实我们也有过失，不该让你一个人独自回家的。"小宇有点不好意思地说。

"这不能怪你们，无须自责，不过，此事千万不能向我妈妈他们提起，要不，以后就再也不准我一个人到外面走动了。"

"好，我们保密。"小宇说。

"不过，小宇，到现在我都有点想不通，你又是怎样想到我有危险的，而且你以前好像是手无缚鸡之力的暖男呀，怎么几日的变化，现在倒成了一个出手不凡的功夫高手，这简直不可思议啊！"叶梦琪好奇地问。

努努也带着怀疑的口吻说："是呀，这可是以前没有过的事儿，你可得向我们解释清楚啊！"

"这没有什么，我不过是装出一个吓人的样子罢了，真的不是你们所想象的那样高大威猛，也没有你们说的那么神乎其神。"马小宇轻描淡写地搪塞着。他知道，现在还不是说这些的时候。为了保守马爷爷的秘密，为了信守对马爷爷的承诺，他现在不能对任何人说，尽管他们是自己最要好的朋友。

梦琪看着小宇，知道他现在还不能说清楚其中的缘由，因此不好勉强，只好作罢。

这样，三人各怀心事，在分岔路口分手后平安无事地回家了。

校园黑马

近日，在商城实验学校，总有不少怪事发生，听学校值班保卫科的人说，学校外围有人总是没事找事地往学校里钻，说是想对马小宇进行重点采访，但学校出于安全与加强管理方面的考虑，谢绝了他们的请求。

此时七年级八班的教室像往常一样，开始了课间的热闹，个子矮矮的李狄笑着对大家讲生活中的笑话。看来世间只要互相信任，彼此尊重，就会处处充满和谐。正当大家沉浸在愉悦里时，突然传来一阵高分贝的叫喊。

"快来听，快来瞧，我有特大消息要发布，特大好消息，精彩不容错过啊！"一向以传播小道消息为乐的周娜，为了吸引大家的注意力，扯开嗓门，将当时平静的氛围打碎。

七年级八班的大部分同学一下子都围拢过来了，七嘴八舌地问。

周娜向四周一看，发现马小宇好像不在，正好可以借机神秘地说说自己的重大发现。

她压低声音向大家说："我爸爸向我透露说，我们学校出了一位武功极高的大侠。昨日傍晚，他一个人就轻松将三个凶狠的歹徒制服了，真是了不起，你们知道这位大侠是谁吗？"

大家本来有点不相信周娜，但都知道她爸爸是一位警察，听她这么一说，都将信将疑。

"不知道。"大家都摇摇头，异口同声地回应她动作表情都相当一致。

不过，这时大家都在心中开始对全班同学逐一进行筛选，大个子徐争，大力士吴天康，这些人平时都没有什么特殊本领呀，更别说逞什么英雄之能了，那到底是谁呢？

"不用猜了，我说你们无论如何也是不可能猜到的，其实这位奇侠不是别人，正是马小宇，说到他的武功，我爸爸就在现场目睹了他的迷人风采，那简直是太潇洒太精彩了。"

"怎么，马小宇是我们学校的大侠，你没有说胡话吧？真是让人笑掉大牙了，他是大侠！"抢话较快的曾阳打趣她说，并且用手试了试周娜的额头，"没有发烧呀，这可不是我们一向认可的快嘴周娜的风格呀？"

"马小宇？一个弱不禁风的病秧子，你还说他一人就漂亮地制服三个穷凶极恶的歹徒，就是打死我也不会相信，除非我亲眼看见。"一向以怀疑的眼光看人的王经伦不相信地否定她。

"好了，我又不是硬要你们相信，只不过是说说罢了。要证明什么，你能证明你是你爸生的吗？吃多了没事做。你们鼻子下面都长了嘴巴，不信，自己去问问他不就成了。总之，马小宇已不是以前的那个马小宇了，这有什么值得如此大惊小怪的呢，引得大家像吵架一样不停地争论？大家说对不对。"周娜有意转移话题方向，不想再与喜欢钻牛角尖的这一伙同学多磨嘴皮子，抛下一句话就借故抽身走开了。

下一堂课是体育课，杨乐老师说要组织大家训练，说是学校准备组队到外校进行篮球友谊赛，所以从现在开始，特意挑选男同学组队进行篮球热身训练。

他此话一出，男同学都欢呼起来。

这可是男孩子们最喜欢的运动项目了，女孩子们也不想在太阳底下暴晒，也乐意做男生的啦啦队，于是大家都叫阿乐老师（这是同学们送给年轻英俊的杨乐老师的昵称）快点开始。

开始挑选运动员，努努、小宇、朱明明等六人临时组成了一个比较强的"飞虎队"，对抗另一个以李威、方成基等六人组成的"强人队"。不过这个强人队很不一般，他们可是专业的参加过培训的"职业球队"，经常活跃在学校的球场上。论实力，小宇他们这一队明显处于下风，若想打赢强人队，确实没有多少胜算。

稍作准备后，双方进入场地，比赛正式开始。

强人队中的队员都是经过训练的，因此，一进入比赛，他们就表现得相当出色，一直将场上的比分保持在领先15分之上，飞虎队明显落后。

时间已经不多了，再不反击，飞虎队就不可能翻身了。正在这时，奇迹出现了，马小宇与队友努努、朱明明互相配合，一个强攻，一个掩护，一个远距离投篮，三人配合得天衣无缝，很快将比分逼近。

好家伙，小宇又一次从对方手中争抢到一个球，跨过中场线，一个漂亮的曲线远投，球好像受了遥控似的直入篮圈，好一记漂亮的三分球！"好球，好球！"此时看台上响起一片女生的喝彩声。

连续几次都是马小宇快捷地抢球，接着像表演特技一般，长线运球。整个人犹入无人之境，仿若亲临梦幻童话之中，很快将比分反超，实现了大逆转。

全场都在欣赏马小宇一个人的精彩表演，这可是侠士奇功啊，他们也是第一次见到小宇如此高超的球技，第一次欣赏到如此精彩的球赛表演，看来小宇真是校园新冒出的一匹黑马。

飞虎队反败为胜，作为啦啦队的女生们大饱眼福，不时爆发出雷鸣般的掌声。

强人队在小宇的打压下渐渐失去了反攻能力，看着小宇的惊人球技，他们全都服了，跟着大家一起鼓掌，并谦虚地表示要向飞虎队学习。不过，他们对此非常不解，他们可一向是学校篮球比赛的冠军啊，今天竟然输在临时组成的飞虎队手中，特别是败在一个从不爱打球的马小宇手上。看来商城实验学校也是大有高人在，真是个卧虎藏龙之宝地，以后可不能再掉以轻心了。

一场精彩的篮球赛后，学校老师同学热烈谈论起球队中新冒出来的那匹黑马——马小宇同学，马小宇已不是以前的马小宇了，他已经完全变了，变得聪明了、有城府了，变得形象高大起来了。一时，他成了超人，他的不俗表现，刷新了学校对他的评价，得到了学校老师同学的认可。

其中最了解马小宇的要算叶梦琪与丁努努，从他们分析看，小宇变得超出常人，与一个叫作神锐研究所的机构有关。小宇隐瞒肯定有他不能说的苦衷。

紧张的一天过去了，马小宇也对自己的情况有些不解，没想到马博士这个神奇的电脑智能自动升级软件真的会如此神奇。他回想起自己近来的表现，课堂神人、武功强人、球场大侠，真是风光无限。如今他已成为同学们羡慕吹捧的谈资，已成为学校的传奇人物，看来自己以后想过安稳的日子是没有可能了，为此他产生了一丝抹不去的忧虑。

放学后回到家里，小宇还在思考这个问题，但一时却想不出好办法来。不如再来试试那个神奇的软件，看有没有使自己走出当前窘境的好办法。

他找出被自己藏在隐蔽处的软件，将它放进电脑中，当小宇的手刚放上键盘的时候，他想：马爷爷说这个软件十分神奇，那能不能让我实现超现实的运行呢，要是行，我就可以转化成高能量进入时空，好好感受一番特别的超级旅行了。

他一有这个想法，电脑中的智能软件就自动识别，出现了一个可以进行时空能量转换的装置。他将指令打入电脑，并将手搭在键盘之上。电脑发出了一阵怪响后，好似打开了一扇神奇的门，又好像出现了一个玄幻小说中的传送阵，突然一道强烈的蓝光一闪，"嗖"的一声，马小宇被吸进了电脑，他自己也不知道是怎么回事，整个人一下子就在房间里消失了。

玩消失的小宇

马小宇突然消失，窗外跟踪的叶梦琪和丁努努吓了一大跳，两人睁大眼睛，刚才发生的一幕让他们百思不得其解。好好的一个人，为什么一下子就没了，这是魔术还是灵异事件？这可是他们出生以来首次看到的怪事。

梦琪说："努努，我们走吧，小宇可能中邪了。"她有点害怕了。

"不用怕，小宇应该很快就会回来的，我们就在这儿等，或许马上就可以得到答案，他的再次出现，就能为我们解开心中的谜团。"努努安慰着梦琪，他可不愿放过这个可以一探马小宇秘密的好机会。

梦琪点点头，配合他一起在窗外等待。

时间一分一秒地过去，他们两个就在外面静静地等着，天色已经很晚了，但为了一探小宇的秘密，两人达成共识，在此继续等待。

马小宇发现自己进入了一个神奇多维的能量空间，有一种被传真出去的感觉，跟自己在科普杂志上看到的"虫洞"天体传送有点类似，他自己仿佛进入了昏迷状态，手脚失去了活动能力，只是头脑有点意识。他感觉自己正在穿过一条能量光影通道，密集变幻的光圈快速从身边滑过，自己没有动，应该是时光在快速向后推移，有点像电影电视中神仙在天空中飞翔的感觉，还没等他想清楚这个感觉，很快他就出现在马博士的电脑中了。

此时，马博士也在家中开着电脑试验这个神奇的软件。事实上，他正在急切地等待小宇的到来，因为他也有急事需要小宇帮忙。他在电脑上做了一个长时显示的接收装置，一旦接收到小宇进入电脑的信号，电脑会马上将小宇还原。因此小宇一到马博士的电脑，具有同样功能的电脑就将小宇还原出来了，一个人真真实实的小宇出现在马博士的面前。

马博士笑眯眯地看着小宇，亲切地说："小宇，好孩子，好久都没有看到你了，是不是学习太紧张了？好久没来爷爷这儿，我都有点想你了！"

这时一直在窗外静等的努努隐约听到有一个十分苍老的声音在与马小宇说话，声音就是从电脑中传出的，但仔细一看，还是没有小宇的身影，听得人身上都起了鸡皮疙瘩。

"不要怕，"努努拉紧梦琪的手安慰她说，"真相马上就可以揭开，我们继续观察，看马小宇到底在玩什么鬼把戏。"谁叫他们是好伙伴呢，想弄清小宇发生变化的原因，今天或许就是最好的机会。

叶梦琪不好再说什么，急切地想知道真相的心理，此时成了支持他们继续等下去的动力。或许多坚持一下，马上就可以揭开谜团。这样一想，她的情绪稍稍缓和了一些。

好久，他们才又听到马小宇说话的声音。

原来小宇在电脑中被传输出去之后，恍如进入了梦境，一时很不适应，好久才回到现实中来。

小宇整理了一下自己的头绪才慢慢恢复过来，发现自己已经到了博士的私人房间，清醒过来之后，对博士爷爷笑了笑，说："马爷爷，我也很想回来，可惜现在功课太紧张，以前荒废的也太多了，我多想全部补回来啊！"

"这是应该的，这才是好孩子。"

"爷爷，我是怎么来到您这儿的？"小宇对自己一下子从自家来到了马爷爷的家感到十分惊奇。

马博士抚摸着小宇的头说："这是科学家们改进的高能科技，将人身体上的原子转化成另一种能量存在，像传真或是发送邮件一样实现传输，你就从一个地方快速转到了另一个地方。如此一来，人们就可以借助电脑等带有智能软件的终端实现自己的任意迁移，甚至进入时空隧道到你想去的任意空间遨游，也将不再是梦想。现在只是初步试验，还不够完美，以后还可以设计更加简便的时间与能量转换机器，进行更加快捷方便的时空旅行，我想这不会太遥远。我说得有点深奥，不知你弄清楚我讲的意思没有，这一切，以后你会慢慢明白的。"

马小宇还是不太明白，但有一点他是清楚的，那就是时空隧道，他在不少电影电视中见过，很神奇的，刚才自己的感觉就好比是进入了时空隧道。管他呢，以后有机会再来弄清楚这个问题，他点点头。

这回轮到在小宇家外，耳闻小宇与博士对话的丁努努与叶梦琪吃惊了，"怪不得小宇能有如此大的变化，原来他碰上了人生中最大的好事，与马博士有了亲密交往，得到了他的神奇软件，才有了超级神力。这个小子，好家伙，等他回来之后，看我们俩不好好修理修理他才怪呢。"努努对梦琪说道，两人都会心地笑了。

梦琪毕竟心细，她说："现在还不能揭穿这个谜底，说不定小宇还有许多事情瞒着我们，现在打草惊蛇，其他未解之谜可能没办法知道了。我们继续跟踪了解，你看怎么样？"

"那行，我们权当什么也不知道，静观事态发展。"

天色已全部暗下来了，两人担心太晚了回家遭到父母的责怪，于是决定今天就追踪到这儿。

努努将梦琪送回家之后才快速抄近路回家，妈妈责怪他说："又干什么去了，这么晚才回来？"

"与一个同学有点事，延误了，才回来晚点。"努努看着妈妈，心不在焉的。他今天可兴奋了，终于知道了小宇的一些秘密。

妈妈补充说："以后可要早点回家，现在外面的社会治安不太好，千万不要在街上乱跑。"努努听了，点点头，然后进了自己的房间。

努努和梦琪刚走，小宇妈妈刘新也下班回来了，她一进家门就大声地喊着小宇，喊了一通还是不见小宇回答，她有点奇怪，放学都这么久了，难道小宇还没有回来？

她到几间房子都找了一遍，哪儿也没有小宇的影子，只看到小宇的书包放在电脑旁，这孩子到哪去了呢？

好在电脑长时间没人移动鼠标，屏幕是保护性的黑屏，要是刘新妈妈发现电脑是开着的，一定会将电脑关闭的，那小宇今天就找不到回家的路了。

刘新妈妈喊了一会儿不见人，心想：小宇这孩子，一点时间观念也没有，放学这么久了，天都黑了，还一个人在外面疯逛。真是没人管，心都野了，如果再这样下去，这孩子不知会成为一个怎样的人。

正当她在家门口发呆之时，小宇从电脑房中走出，看到正在发呆的妈妈，大声地叫了一声："妈妈！"

刘新突然听到这么大声的叫喊，一时还被吓了一跳，责备他说："小宇，刚才你到哪儿玩去了？"

"妈妈，我没有去哪儿玩，一直待在家中呀。"

"这怎么可能，你骗人！我找遍了所有的房间，都没看见你。"

"你坐在家门口，要是我出去了，怎么从外面进来的？"

"那倒是，你到底藏在哪儿呢，我为什么找不到你？"

"其实我在跟妈妈捉迷藏，就躲藏在妈妈找不到的地方，我想看看您找不到我时是怎样的心情。"

"小宇，你真坏，以后可不许这样了，妈妈找不着你怪着急的。好了，不说这些了，你先去做一下作业，等我做好了饭菜，再喊你吃饭。"

刘新说完就忙着做饭了，马知欢不怎么回家，家中所有的家务全压在她一个人的肩膀上，她承受着一切，任劳任怨、默默地为家庭付出，体现了一个贤妻良母温柔贤惠的一面。

暗潮涌动

在商城这座美丽的城市里，街道上车水马龙，人流往来络绎不绝，呈现出一种热闹的景象。在城市的西北角，有一个紧倚商河的工业区，各种工业厂房在商河下游如雨后春笋般冒出。其中有一个新生物特种基因制药厂，名叫神龙制药公司，近来很吸引商城人民的眼球，在全市很有名气，他们生产了一种十分神奇的口服液，叫作延年口服液。这是一种可以使人延年益寿的新兴生物药剂，可以调节人体代谢的微循环，是一种新型基因药物。

这个神龙制药厂采用强有力的广告手段，在城市的不同地段投放大型广告做宣传；开展一些有创意的文艺演出活动来吸引大众的好奇心理，还让一些幸运观众成为他们药品的免费服用者。

一些人服用这种药品后，感觉自己确实发生了一些神奇的变化，头脑好使了，人变精神了，各种病痛也在服用药品之后明显减轻，特别是老年人服用之后，感到精力充沛，有种越活越年轻的感觉。

不久之后，他们的产品呈现出产销两旺的良好势头。

神龙制药公司首战告捷，迅速成为商城生物药剂产业中的龙头医药企业，公司的业绩一路攀升。公司的高层面对如此好的销售业绩，认为公司的前景一片光明，公司董事长胡也平与董事会一班人马正在酝酿，准备将公司的产品继续推向全球，将公司做大做强，以期将来能与世界医药界的一些巨头并驾齐驱，真正成为新世纪生物医药科技中的一艘航母。

然而，神龙制药公司现在毕竟只是小城中的一个药物研制企业，真正要成为世界上响当当的名牌企业，道路十分艰巨。公司最后通过商议确定：首先，加大宣传力度，实行横向发展，在全国范围内扩大知名度。其次，酝酿良策，准备走一条科学的融资道路，希望能与国外一些老牌医药科技公司实行纵向联姻，必要时也可与他们进行股份合作，实现借船出海的短期快速提升计划。

公司高级智囊团提出发展的大方向，意在借此趋势将公司做大，公司高层很快形成共识，同意超前发展，准备沿着既定方案开始运作，这将给公司的快速发展注入一种活力催化剂。

董事长胡也平勉励大家说："公司进入一个全新的最佳发展时期，希望大家群策群力，为公司献计献策，共谋未来的辉煌。特别是对于引进外资者，公司将会给予奖励。"

公司总经理江兴民这时向董事会提议说："我认识一个叫肯尼特的M国人，经打听好像是M国派驻我国的一个医药公司代表，或许我们可以与他进行联系。不过我也不清楚他的具体情况，还得在对他进行全面考察之后才能进行合作。"

董事长胡也平听了很高兴，自己的话刚结束，马上就有与外资公司联系的好渠道，或许这正是公司红火的一种象征。他对江总的提议给予了肯定，通过与董事会商议，最后达成一致，决定将此任务交给江总，让他做全权代表与肯尼特谈判。

且说这个肯尼特，他的外号叫老K，是M国一家特殊机构设在中国的商业代办，他受M国派遣来中国搜索对他们有利的各类商业信息，利用他们的影响对当前的文化、经济等方面进行渗透式控制，在不同方面对我国的各种经济生活进行干预。

他在M国的身份挂靠在一个医药公司名下，掩护他的头衔很多，不但是M国某医药公司鼎鼎有名的医药专家，也是M国派驻省城的首席外办联络官，还是省城凯威公司的董事长，凯威公司在商城设有分公司，地点就在商城的中心城区，他还有其他一些相当有分量的身份，都可以当作真实身份的掩饰，使人不会对他产生任何怀疑。

小宇在马爷爷家经历了一次神奇的旅行之后，对生活中的许多不解之谜开始有了不一般的思考，一些稀奇古怪的问题老是在他的脑海中翻来转去。

放学后，小宇一边走着一边自言自语，这时，他最要好的两个伙伴努努与梦琪赶上了他，三人并排走在一起。小宇因近来老是被当作神奇人物而总是被人包围着，总想找机会一个人开溜，想落得一个清静，不料却冷落了最好的伙伴。

现在两个好朋友在自己正心烦自责的时候来到了身边，这让他很开心。想到自己对好友隐瞒的事情，小宇几次欲言又止，话到嘴边又说不下去，只好轻描淡写地对他们说："努努、梦琪，对不起，近来在我身上发生了一些不可思议的事，但这牵涉到我国一些高科技的秘密，因此对你们也进行了隐瞒，希望你们能理解我，我也是迫不得已，毕竟你们不知道，对你们有好处。"

他们看出小宇不像是装出来的，知道他肯定有不能说的苦衷，因此也不怪他。

这时努努安慰他说："既然是国家机密，我们还是不知道的好，小宇，你不说，我们也不会怪你，你不要有什么心理负担和思想顾虑。"

"那是，那是，你有对别人的承诺，当然不能违背做人的原则，我们更不能怪你，如果是为了保密，我们更没有知晓的必要，小宇你说呢！"叶梦琪在旁边补充道。

他们三人经过如此一番交心的沟通，所有的隔阂全部消失，重又回到了亲密无间的状态。

三人分手后，小宇无意间发现了上次跟踪他的人，那人正在前面不远处的一棵大树下，与另一个人在秘密交谈着什么。小宇赶紧隐蔽在一片绿化树底下，并借着绿化的掩护逐渐向他们靠近。

当然，小宇也不敢靠太近，挪到勉强能听见他们对话的地方就停下了。听了半天，小宇隐约听见上次跟踪自己的那个人名叫老 K，而他叫另外一个人为江总，两人似乎在交谈着什么不正常的合作事宜。等两人离开，小宇才站起来准备回家。

"这个叫江总的人为什么这么面熟呢？到底在哪里见过？"小宇一边往家走，一边自言自语，他感觉自己好像认识这个江总，"啊，是他——"他终于想起来了，这人是神龙制药公司的总经理江兴民，他在商城地方电视台的新闻里见过。

那个外国人已经几次打马博士研究成果的主意，不知现在他们又在搞什么阴谋诡计，如果他与本地人合伙来搞，那么马爷爷的研究所将会碰到大麻烦。小宇心中非常担心。

他暗暗下定决心，如果对方进行的是不正当的活动，他一定要想方设法去阻止他们，不能让他们的阴谋得逞。

离奇盗案

在美丽的人工湖上，白鹭鸟成群地在水面嬉戏，各式各样的休闲小船在水中慢慢游弋，双休日人们都乐意走出家门，到外面放松心情，度过愉快的假期。

四周群山环抱，人工湖就如一位犹抱琵琶半遮面的佳人，又如一位还在酣睡中的美女，她将大自然的美全部奉献给人们，让人感到无比惬意。此时的五彩峰在晴空下显得格外庄严肃穆，湖光山色，山水相映，自成美景。

修建于小岛下的神锐研究所，今日张灯结彩，一派十分喜庆的节日气氛。因为马博士他们研究出来的纳米智能机器人医生（生命密码）获得了国家科技创新发明一等奖，并获国家专利授权，已经通过临床验证，可以大批量生产。从此，这项科研成果就可以真正造福人类了，人类的寿命将进一步延长。这真是一件大快人心的事。

全研究所的人盼这一天太久了，其中最开心的要数马明起博士，生命密码是他多年研究成果的结晶，在研究出这个成果之后，他计划正式光荣身退，过自己颐养天年的快乐日子。在有生之年能为人类破译生命密码、为人类的健康做出贡献，这是他长久的科学追求。因此，今天他既欣慰又异常激动。他眯着眼睛，仿佛面前就有一条光明大道通向远方。

今天庆典的重头戏就是向被邀请来的各位嘉宾朋友展示被称作生命密码的纳米智能机器人医生。国家科学院还给他另外取了一个简化的名字"新纳"，意为"我国在纳米技术方面新取得的巨大成就"，这个新名字比叫"纳米智能机器人医生"顺口多了、简便多了。

上午 10 点，庆典活动正式开始，国家科学院的特派代表欧阳防峰院士为他们研究所颁奖，并致颁奖词："神锐新成果，造福亿万人。"并勉励他们再接再厉，在不平坦的科学探索道路上勇攀高峰，再立新功。

随后省委钟立民书记题词，本市的阳康宁市长讲话。

接着是各特邀代表参观研究所的产品展示，观看由大屏幕演示的新纳研究工作与临床使用流程，然后最重要的是观看研究的核心成果——被评为国家科技创新发明一等奖的新纳软件。

这里的安保极为严密，除了技术保护，四周还有保卫人员轮流值勤。特邀代表们经过三重安检之后，到达升降机处，分批进入玻璃曲廊，经过一段路，转到一个特别的陈列室，最后才能一睹新纳软件的芳容。

第一批代表到达后，首先见到的是现场强大的安保力量。在他们的监督下，工作人员按下一个按键，按照预定设计，按下这个按键可以弹射出装着新纳软件高级芯片的黑匣子。然而意外发生了，弹出来的平台上空无一物。

陪同参观的马明起博士脸色大变，他大叫一声："不好，'新纳软件'被盗了。"随后情绪变得异常激动，一会儿就急火攻心，血压上升，颓然倒在地上不省人事了。

此时，整个研究所一片大乱，警报警铃声大作，各路安保人员全部进入各自的位置，整个研究所里的工作人员全部进入临战戒严状态，所有人员都待在原地，等待事态的发展。

这时，神锐研究所的另一个负责人马知欢研究员看到马博士因受此刺激而不省人事，只好站出来主持工作。通过刚才的观察，他基本可以排除首批进入的嘉宾们的嫌疑，因为他们进入后根本没有条件作案，说明新纳软件早已经被窃。他代表研究所向来宾们表示歉意，并安排嘉宾退出陈列室。

如此一场欢乐的庆功会被突如其来的变故弄得狼狈收场，这是大家都没有想到的。

在场的钟立民书记做出批示：市公安部门立即成立专案组，一定要在最短的时间内破案，尽快找回新纳软件，将犯罪分子绳之以法，并要求阳康宁市长及时向省委汇报案件的进展情况。

公安刑侦部门一接到报案，马上进入现场进行调查。

马明起博士本来年纪已大，经此打击，急火攻心，整个人显得特别颓废。他非常担心，新纳技术要是被犯罪分子掌握，后果将不堪设想。

考虑到博士的身体状况，钟书记与神锐研究所研究员商定，决定让博士先回北戴河休养，所里的大小事务暂时交由马知欢研究员全权处理。当然，追回被盗的新纳软件已成为当前研究所里最重要最迫切的工作任务。

且说马小宇正在家中欣赏动画片，在播放广告的空隙，他拿着遥控器不停地搜索着自己喜欢的频道。突然，他将画面切到了商城电视台，里面正在现场直播今天本市发生的特大新闻。

小宇想，肯定是报道神锐研究所出成果的庆典大会，他也感到非常高兴。突然从电视中传来了不幸的消息：神锐研究所的高科技产品——新纳软件离奇失踪，研究所的马明起博士受此打击晕倒，整个研究所陷入了困境，所有的研究工作全部暂停。

马小宇看到这儿，简直不敢相信自己的眼睛，他多么希望这一切都不是真的，宝贝成果被盗，马爷爷几十年的心血付之东流，受此打击怎能不元气大伤，他在心中不住地念叨着：马爷爷您可要挺住啊！千万不要想不开啊！

这时，小宇连一向特别爱看的动画片都没兴趣了，他现在迫切需要了解的是如何追查罪犯、如何快速破案、如何快速找回软件归还给研究所，千万不能让犯罪分子的阴谋得逞。

迷案无踪

神锐研究所进驻了一批刑侦人员，他们对研究所进行了全方位的拍照，调集监控摄像资料进行分析，甚至翻找了研究所近十多天的监控，希望找到一些反常的地方，但忙活了好久，也没有得到任何有价值的线索。

犯罪分子好像从天而降，又好像是玩魔术般，神不知鬼不觉地就将新纳软件弄走了，就连高清监控镜头都没有记录下犯罪分子任何的蛛丝马迹，这在多年的刑侦案件中简直是不可思议的事情。

商城市公安局刑侦大队的大队长米雪无奈地对同伴说："现在我们碰到了最狡猾的对手，神龙既不见首又不见尾，似乎没有留下任何线索供我们破案，这可给我们出了一道难题。"

侦破工作毫无头绪，一时陷入了困境。如何找到突破口，这才是关键。

米雪翻看案卷，将心沉下来。凭她省城刑侦专业的高才生，在本市的各类刑事案件中从未出过差错，保持着高破案率的神话，她可不愿在此件震惊全国的大案中栽跟头。她细致地分析每一个环节，回忆着所有的画面，甚至设想了好多场景，她想一定有他们没有注意到的细微之处。

米雪在侦查工作陷入困境的时候，总喜欢一个人静静地思考，不停地转换着办案思路。

她分析本案的关键：首先应弄清楚新纳软件是怎样被盗出陈列室的？只要设备被犯罪分子做了手脚，就一定有他们留下的痕迹，一定有破绽，就是一根毛发、一枚不容易引人注意的手印，甚至是衣服毛料等零碎遗留物，都可以作为破案的重要线索，毕竟公安局有专门的痕迹专家，可以识破一切伪装。

米雪决定带着助手许伟林重返案发现场，再对现场进行一次详细的侦查。

走进新纳软件陈列室，没有任何反常迹象。再一次察看监控和保安系统资料，新纳软件安保非常严密，报警装置十分灵敏，安保人员的值勤没有问题。调查安保人员的活动轨迹，自从新纳软件被移送到这个陈列室准备展出，他们就没有离开过研究所，每日的活动轨迹非常规律，实在找不出一丝破绽。

米雪一遍又一遍地仔细侦查现场的每一个地方，甚至是掉在地上的一根头发她也没有放弃，不过，还是没发现任何有用的线索。

可以说，新纳软件真真切切地是在安保人员的眼皮底下突然消失了，被人不留任何痕迹地取走了，这简直是一件令人不可思议的事情。

她分析这不是一个简单的偷盗案件，而是一场有预谋有计划的高科技作案。对手不是普通的盗贼，他们的反侦查手段相当高明。如果是采用高科技的手法作案，那么破案思路也应当调整，不能当作普通的刑事案件来进行分析。她想，看来还得尽快拜访一下马明起博士，他是高新科技方面的专家，又是新纳软件研究的主导者，参与了研发与保存的全过程，或许能提供一些破案思路。

想到这里，她对一直陪伴在身边的马知欢研究员说："今天就到这儿，你们不用着急，我相信很快就能为你们追回新纳软件这个宝贝的。"

"谢谢你们！辛苦你们了！"马知欢强颜欢笑地回答着，与他们道别之后，继续对着空空如也的陈列展示处，有点黯然神伤地发呆。

结成同盟

话说马明起博士到北戴河休养几天之后，精神状态有了较大的好转。研究所的同志不断与他联系，对他嘘寒问暖，汇报案件的进展情况。他也安慰研究所的同志们，让他们不要着急，说自己为了以防万一，早在新纳软件芯片中的关键部分加了屏蔽系统，不管多厉害的软件高手，也不可能在短时间内破解。大家听了他的话，都大大地松了一口气。

不过，他对这件事还是心有余悸，在安保措施如此严密的情况下，这些人却神不知鬼不觉，如此不露任何痕迹地就将新纳软件盗走了，这说明对手的科技水平也达到了相当的高度，假以时日能破解他设计的屏蔽系统也说不定。因此，博士还是告诉马知欢，一定要多联系公安局，争取尽快追回新纳软件。

现在，他唯一庆幸的是当时复制了一份升级版软件给小宇，里面就储存有纳米机器人医生的制作机密。这样说来，他们还掌握着这项技术。不过严格来说，他复制这份软件给小宇是违规的，只因为他实在太喜欢小宇这个孩子了，加上小宇的智商极高，他也想好好培养这个孩子，提升他的综合素质。

房间里的电话响了，原来是小宇从爸爸处知道了马明起博士的电话号码，给他打电话来了。博士拿起听筒，听到小宇亲密地叫他的声音，便暂时忘记了一时的不快，亲切地与小宇交谈起来。

小宇在电话中安慰马博士说："马爷爷，你们研究所的事情我知道了。您年纪这么大了，千万不要着急，有公安人员介入，案件应该很快就会水落石出的。"

"知道，知道，小宇，你也不用操心，我的身体没有问题了，被盗的软件也加了密，想来暂时是安全的。只是你现在也可能有危险，你要小心啊，必要时可以找你的好朋友丁努努、叶梦琪帮忙。"

"我会小心的，谢谢马爷爷。"

"前次我给你的东西，现在用得怎么样了？"

"没有问题，我发现这个宝贝真好，还比以前更智能，能实现自动化补丁。"

"好极了。你爸爸打电话过来了，我们以后有机会再说，注意搞好学习啊！"

"嗯，爷爷保重，再见！"

通过此次与马博士的通话，小宇了解到博士爷爷的身体状况和精神状态都挺正常的，已经基本恢复了，因此他的担忧和顾虑基本上都消除了。现在他思考的问题是，怎样与公安人员配合，为他们提供有意义的线索，帮助他们早日抓到罪犯，铲除社会上的毒瘤，找回新纳软件。而且，他现在已经有怀疑的对象了，就是上次遇到的老K和江兴民。他还在看电视新闻时发现，那个老K就是凯威公司的董事长肯尼特。只是现在他还没有证据证明是他们干的，这一切都是自己的猜测，因此还没想好要不要告诉博士。

小宇这样想着，外面传来了敲门的声音。爸爸在所里忙，妈妈还没有下班，会是谁呢？刚经历了神锐研究所被盗案，此时的小宇有点害怕。好在敲门声响过一阵之后，传来两个好友的声音。

这几天是假日，丁努努和叶梦琪本来都按计划和爸爸妈妈出去旅行了，但在电视上看到神锐研究所新纳软件被盗的新闻后，他们立马联想到小宇最近的巨大变化，心里已经肯定小宇的变化与这个新纳软件有关，想马上找到小宇问清楚。于是他俩不约而同地提前结束旅行回家，约好一起来找小宇。

小宇正在为怎样打发一个人在家的孤独时光而犯难，现在可好，要好的朋友在自己最需要的时候赶来，真是心有灵犀，心里高兴坏了。

"先告诉我们，你的变化是不是和被盗的新纳软件有关？"一进门，梦琪就迫不及待地追问小宇。

见好友已经猜出真相，小宇也知道没必要再隐瞒了，再说自己想要帮助警察追踪罪犯也需要帮手，于是他点点头说："之前我得了奇怪的病，是神锐研究所的马明起博士用新纳软件帮我治好的，后来我就逐渐获得了一些神奇的超能力。以前不告诉你们，是怕你们遇到危险。然而现在新纳软件却被坏人盗走了。”

“那现在怎么办？”努努问。

“我想帮助警察追查线索，正缺少帮手，你们愿不愿意加入？”

“当然愿意。”两人异口同声。

“追查过程中可能会有危险，你们怕不怕？”

“不怕！”又是异口同声。

原先小宇老是担心好友知道秘密会有危险，又怕他们不能保守秘密。今天听到他们这样说，小宇的内心觉得非常感动。他们是自己最好的铁哥们儿，自己也应该让他们掌握自己的秘密，博士不也说可以找他们帮忙吗？

小宇想让他们俩也进入那个神奇的软件，下载一些防身的本领，于是对他们说：“努努、梦琪，既然我们已经结成了一个战斗集体，那么今天我给你们俩送点有用的礼物。”

“什么礼物？”两人异口同声地问。

“为了防身的需要，我要带你们进入一个神奇的软件，分别为你们俩下载一些防身的武功，有了防身的武功，即使以后碰到一些棘手的问题，也至少可以自保了，如何？”他们两人一听今天可以感受神奇软件的魔力，说不定可以变得和小宇一样厉害，顿时喜形于色，只差跳起来欢呼了。

“那太好了，以后我一个人走，也不用担心再被人欺负了。”梦琪心直口快地回答。

接着努努也附和着说好。

“那好，谁先来。”

“你先去，女士优先。”此时的努努不忘保持自己的绅士风度。梦琪也就不管那么多，爽快地走到了电脑前。小宇将软件点开，叫梦琪戴好敏感线圈后双手按在电脑键盘上，全神贯注地看着电脑屏幕。

小宇驱动程序，电脑马上出现神奇的能量场，点击下载武功的菜单，各种武功不停地在其中闪现。梦琪选中了一种叫作玉女神功的功夫，一点确定，马上就感觉到手上有股神力输入，脑袋不停地闪动摇摆，似有真气不断涌现，全身一时不停地抖动。此时，从她的头顶上自然冒出一股真气，一会儿她整个人笼罩在一片青青的气雾之中。

梦琪感觉自己身体中的关节好像全部被疏通了一遍，好似重新长过了一样，下载结束，梦琪自然收了一口气，满面通红的她好久才恢复平静。

接下来是努努，他选择了霍元甲的迷踪拳和叶问的咏春拳，手随心动，意念频生，完整的霍家迷踪拳和灵活多变的咏春拳就无师自通了。

过了一会儿，两人才从电脑的虚拟世界中走出来，互相比画了好一阵，发现两个人的武功都是相当了得。

"好了，以后我们三人都是有武功的人了，在学校里不到万不得已，任何人都不能随便表露自己的功夫，切记！"

三人将手贴在一起，校园三侠新的誓盟再一次在心灵响起，不知以后在学校以及社会上，他们将会做出怎样的大事来，我们且拭目以待吧。

另辟蹊径

话说神锐研究所发生离奇的被盗事件之后，压力最大的要数商城市的刑侦大队队长米雪了。她接手这个案件之后，因不能找到破案的线索，一时陷入了无尽的苦恼之中。

这个案件说大不大，说小不小。往小了说，这只是一个盗窃案；往大了说，可以震惊全国甚至整个世界，要是不能及时破案的话，自己的失职行为与无能将会被无限放大。到时，自己这个刑侦破案的高手不但名节不保，恐怕还会吃不了兜着走。

在巨大的压力面前，她的心情变得有点烦躁，她又一次想到了马明起博士，或许他能为自己指点迷津。

说干就干，她做事喜欢雷厉风行，再加上时间紧迫，容不得她优柔寡断。她马上带着自己最得力的助手许伟林，驱车去北戴河看望马博士，准备向马博士讨教相关的科学问题。

"小许，你说说看，神锐这个案子有什么特别的地方。"一路上，米雪边敲车窗，边对自己的助手许伟林说。

"我觉得这个案子有点邪门，罪犯没有留下任何痕迹，可以说是给我们出了一道十分棘手的难题，我们就是找再专业的痕迹专家也帮不了忙。要在短期内破案，确实困难重重，米队你说呢？"小许谨慎地打着方向盘，不无忧虑地对米雪说。

"我认为犯罪分子是采用高科技来作的案。"

"什么高科技呢？我不太明白。"

"我们可以设想，犯罪分子使用智能软件侵入了安保系统，用特别的线路替代了全部的监控等安保系统，这样我们在神锐研究所就找不到一点遗留的痕迹了。"

"但我们已经做过全方位的侦查，根本没有任何侵入的迹象呀！"

"确实如此，毕竟不止一个监控，且线路也不同，要全部控制调换，想想就没有可能，因此黑客侵入安保系统这个设想应该也不成立。这就是我们去拜访马博士的原因，或许他知道一些我们不知道的高科技。"

"希望我们此行能有收获。"许伟林也想不出其他可能，只好寄希望于这次的拜访。

正是乱花渐欲迷人眼的季节，米雪看着车窗外一闪而过的行道树，影子长长地拖在后面，凉爽的风从车窗吹进来，使人有种十分舒服的感觉。连日里紧张疲劳的她如此被风一吹，心情稍稍变得轻松起来。汽车行驶在路上，摇来晃去的感觉使人昏昏欲睡，不知不觉地就进入了梦乡。

小许从内视镜中看着米队，明白她确实太需要休息了。一直以来，米队将整个心思全放在工作上，没日没夜地研究侦破各种案件。新纳软件被盗后，她的精神压力更大了。全社会都在关注这个案件，时间紧、任务重、没线索，放在谁手上都是一个烫手山芋。

小许不忍心打扰她，便让她一路睡到了北戴河疗养院。车子一停下来，米雪刚好醒过来了。她稍稍调整状态，两人向疗养院里面走去，很快两人就见到了马明起博士。

这是他们第二次见面，马博士对米雪还有印象，很快就与他们进行了沟通，当知道本案陷入困境时，他一时也不知怎么来安慰她，毕竟他也毫无头绪。

"马博士，今天我们有一个问题需要向您请教，希望得到您的帮助。"米雪非常诚恳地征询博士的意见，打破了当时的沉默。

"只要我能帮上忙的，我一定知无不言，言无不尽，你们只管问吧！"马博士爽朗地笑着说。

"情况是这样的，我原本认为，不管是多厉害的角色，只要他们作了案，总会留下蛛丝马迹。但这次的案子，我们多次仔细侦查，却没有发现任何痕迹，也查不到任何一点有用的线索，因此我一直很不解，感到万分迷茫。我在想，对方有没有可能是利用什么我们不知道的高科技来作案的？"

"如果你们确实没有查到任何痕迹，那有可能和我设想的一样，他们是利用一种叫作"时空域现"的最新科学技术来作案的。简单来说，就是将时间、空间做跳跃式的转换，跟我们在电影电视中看到的时空隧道有点类似。时间上，现实世界的一秒钟在时空隧道可以被无限延长，同时，他们可以选择进入过去的或者未来的时间；空间上，现实世界的任意空间都对应着多层平行空间，这些平行空间我们凭借肉眼是看不见的，只能运用时空域现技术进入。如果对手真的采用了这种技术，那你们侦查的现场就不是作案现场，那是另一个空间的事情，因此也就不可能找到任何痕迹。"

"那我们可不可以进入那个特定的空间？"

"凭我们现在掌握的技术，还不能。而且我们不知道对方进入的是哪一个空间。"博士无奈地笑了笑，回答他们说。

"那您知道都有谁掌握着这项技术吗？有可能就是他们作的案。"米雪又问。

"不知道。现在世界科学界也只有针对这项技术的理论讨论，就算真正实现了，那也是各国的机密，不可能公之于众的。"

听马博士这么一说，米雪感觉这个案子更加扑朔迷离。案发好几天了，自己连破案的方向在哪儿都没找到，现在又涉及时空隧道的可能，看来想要破案真是痴人说梦。想到这些，她愁容满面。

马博士看米雪因为这个案子焦头烂额，也觉得太难为她了，便安慰她说："不过，你们也不用太担心，被盗的软件是加了屏蔽系统的，只有我和……只有我能打开，所以新纳软件暂时还是安全的。"博士差点失口说出小宇的名字，但马上想到知道秘密的人越多，小宇就越危险，所以话到嘴边又转换了一下。

不过，他的转换可逃不过米雪敏锐的双眼。米雪看到博士言辞闪烁，意态含糊，知道博士心中肯定还有秘密，只是不方便说。既然问不到答案，不如见好就收，再作其他打算。于是她对马博士说："那好，马博士您好好休息，我们就不打扰您了，十分感谢您，再见！"

米雪与许伟林向马明起博士道别，两人踏上了归程。

虽然现在还没有犯罪嫌疑人的线索，不过今天还是很有收获，他们从博士口中知道了"时空域现"之说。鉴于在案发现场找不到任何线索，现在米雪心里已经倾向于相信时空隧道的存在。

现在她思考的问题是，到底还有谁知道新纳软件的绝密甚至可以打开屏蔽系统呢？博士原本想说的人是谁？或许从那人身上可以得到一些线索。从之前调查研究所的人的情况来看，即使是马知欢研究员也不可能知道屏蔽系统的事情，更不可能破解。那么，就有可能是研究所以外的人，可博士和研究所以外的人没什么交际呀。

对了，据调查，马博士和马知欢研究员的儿子马小宇的关系非同一般，马博士曾经还治好过马小宇的怪病。能解开屏蔽系统的另外一个人会是他吗？米雪想到这里，又马上否定了自己的想法，马小宇只是一个小孩子，博士怎么可能让他掌握这种高级机密呢？

她又开始翻来覆去地思考整个案件的细节，甚至假设自己就是一个窃贼，考虑如何计划怎样得手，不放过任何一种可能。但这都没有用，她还是一头雾水，理不出任何头绪来。

既然现在没有任何头绪，不如去找马小宇问问情况，死马当活马医，总没什么坏处吧！

"米队，刚才我们向博士了解了一些情况，但我认为对我们破案没有多大作用。我想，博士说的时空域现是不是太玄乎了？或许根本就没有另外一个空间。是不是我们调查时有某些地方疏忽了，还存在什么遗漏？"许伟林看到米队紧皱着的眉头，心中似乎万分苦恼，于是提出自己的看法。

"应该不会，现场的情况和我们调查的结果我已经反反复复地想了很多遍了，没有任何破绽。"

"你相信博士的说法？"

"那是当然。"

改变策略

"我们进行了多次侦查都没有找到任何证据，博士说的'时空域现'也算是一种可能不是吗？"

"可博士也不知道犯罪嫌疑人的线索，我们从哪里查起呢？"

"你注意到没有，博士在说到屏蔽系统的时候，转换了一下话头，好像他还有话没说出来，准确地说，还有一个人没说出来，除了他，还有一个人能打开这个屏蔽系统。我认为这个人可能非常重要！"

"是研究所的人吗？"

"不太可能，我们前几次和研究所的人接触，他们甚至都不知道被盗的新纳软件加了屏蔽系统，那种着急的样子不像是假装的。"

"那到底是谁呢？"

"听说马博士与商城实验学校一个叫作马小宇的学生十分要好，我怀疑是他。我们先去了解一下情况，也许能有所收获呢！你看怎么样？"

"好。"许伟林答道。他心里其实不太相信马博士会将如此机密的事情告诉一个中学生，但现在也没有其他线索，他只好选择相信米队。

说走就走，小许将方向盘一打，直接往商城实验学校的方向而去。拐过几条街道，很快就转到了商城实验学校的正前方。现在还没到放学时间，为了不影响学校的正常教学秩序，他们将警车停在学校前面的缓冲街道口。向值班门卫亮明身份后，被热心的保安带到了七年级八班。

他们向正在办公室批改作业的班主任刘佳丽亮明身份后，就直入主题说想找马小宇了解一些情况。刘佳丽老师虽然非常疑惑，但没有详问，马上就让另一位女老师到教室去喊马小宇出来，自己则在这里与他们聊着，以配合米雪他们的工作。

马小宇见到他们两个陌生人，特别是知道他们是警察之后，开始还吓了一跳，以为有什么不好的事与自己有关，知道他们只是想找自己了解情况后，他才稍稍平静下来。

米雪刚刚听了班主任刘老师对马小宇的介绍，知道他是一个十分优秀的学生，于是征求班主任和小宇的意见，把他带到隔壁无人的办公室，开门见山地向小宇了解与神锐研究所案件有关的一些情况。

"小宇，你好！你知道神锐研究所新纳软件被盗的案件吗？"米雪和蔼地向马小宇询问。

"知道，不知那件案子有眉目了没有？千万不能让马爷爷的心血白费了。"

"小宇，现在这个案子碰到难题啦。我们没有找到犯罪分子的任何线索，已经陷入了破案的死胡同，为此，我们感到十分苦恼。你愿意帮助我们吗？"米雪以一个侦察员的口吻试探着说，她希望能从小宇口中获得有用的线索。

"我要怎样才能帮助你们呢？"小宇早就想帮忙了，只是不知道如何入手。

"你把你知道的相关情况如实告诉我们就可以了。"米雪继续引导小宇。

"我有一些猜测，但是现在还没有证据，不知道该不该告诉你们。"小宇犹犹豫豫，担心说出来后误导警察查案的方向。

"不要紧，你只管告诉我们，我们来查证。"米雪本来想向小宇了解破解屏蔽系统的事情，没料到他似乎已经有线索了，于是马上抓住这个线头询问。

米雪不知道的是，小宇其实也不知道他自己能打开被盗的新纳软件，他只知道自己能打开博士复制给他的软件。至于博士在做被盗的新纳软件的屏蔽系统时为什么要设定小宇可以打开，可能只是一时心有所想吧。

"我认为这件案子可能与凯威公司的董事长肯尼特有关，他的外号叫老K，我和妈妈去神锐研究所的时候，他和他的同伙跟踪过我们。还有神龙制药公司的总经理江兴民，我碰见过他和肯尼特密谋。我看他们早就对生命密码虎视眈眈，想据为己有。这是我个人的见解，希望可以为你们提供参考。"小宇把自己的怀疑一五一十地告诉米雪。

"还有其他细节吗？你能不能具体说说？"辛苦了这么多天，终于找到一条明确的线索，虽然还有待证实，但比起毫无头绪来已经好多了。小宇提供的这条线索简直就是一根神奇的救命稻草，为她破获此案撕裂了一道值得深挖的裂缝。此时米雪的神经开始兴奋起来，长期以来神经高度紧张、头脑异常苦恼的阴霾此时一扫而空。她面带微笑地看着马小宇，十分赞赏他的聪明灵活和善于观察判断事物的能力，然后又热情地引导小宇回想，希望他能提供更加详细的证据。

"其他的我就不知道了，对了，肯尼特跟踪我们的时候开的是一辆黑色本田车，车牌号是×××。"

"这可是一条非常重要的线索，谢谢你，小宇，等我们破了案，一定给你记功。"案子有了一个突破口，米雪和许伟林高高兴兴地开车回局里去了。

随后米雪通过与交警部门迅速查到了那台黑色的本田车，与小宇说的一模一样，正是肯尼特的座驾。

且说学校这边，对于今天警察的到来，同学们都不知道，因为米雪他们穿的是便服。只有叶梦琪和丁努努看到两个陌生人走进老师办公室，又见到小宇被叫走，便猜测和神锐研究所的案子有关。但他们三人订有同盟协定，在学校不能谈论马小宇的秘密，甚至包括神锐的案件。所以两人一直等待着放学。

叮铃铃——散学铃响了，同学们陆陆续续地走出校园，努努与梦琪早就等在外面，他们迫切想知道今天那两个人找小宇的目的。

等了好一会儿，马小宇才慢慢吞吞的走出校门，其实小宇一看到他们就知道他们心中在想什么，肯定是迫切想了解今天的情况。小宇就将警察碰到的难题向他们说了，接着补充说："我已经将对肯尼特的怀疑以及之前观察到的情况告诉了他们。"

"那毕竟只是猜测呀，没有一点证据。"梦琪说。

"凭直觉，这件案子十有八九是肯尼特那一伙人所为。"

"那我们可以帮助警察做些什么呢？"努努的疑问摆了出来。

"现在还不能太明目张胆地去做，千万不能打草惊蛇，以免影响公安部门的行动。但我们可以在暗中帮助他们，利用空余时间来搜集情报。"

努努和梦琪从来没有做过如此刺激的事情，听小宇这么说，他们的心怦怦直跳，感觉十分兴奋。

努努问小宇："那么，我们什么时候开始行动呢？"

"从今天晚上开始，我们去探一探肯尼特的老巢，如何？"

　　"好。"努努不假思索地回答。

　　"梦琪，你还是在家待着，一个女孩子家晚上出来乱跑，怕你妈妈担心，"马小宇认真征询叶梦琪的意见。

　　梦琪抬头看着小宇和努努，鼓起勇气说："没问题的，这样的好事怎么能离得了我呢，作为校园三侠之一，我不能临阵退缩，你们说呢？我妈妈那里，我有办法应付的，你们放心。"

　　"那好，我们就在今晚开始行动，一探肯尼特的老巢。"看到梦琪态度坚决，他们三人统一了思想，决定一起行动。

夜探虎穴

夜色已经降临，小宇的妈妈刘新还没有回来，小宇在家里胡乱吃了一点东西就开始做准备。他穿上黑衣黑裤，带上一把强力手电筒，以及长绳、小刀、辣椒水等应急的防身用品。接着，他在桌子上留下一张纸条，说今晚去同学家开生日晚会，让妈妈不用等他。

做好这一切之后，他与相约等在外面的梦琪、努努会合，开始了他们今晚的虎穴探险活动。

现在正是他们进行魔窟探险计划的第一步，初次参与这样的冒险活动，他们既担心害怕又感到特别刺激。

到了靠近肯尼特凯威公司的一个车站，校园三侠下了车，他们看着对面不远处的凯威公司，谨慎地商量着进入的办法。

通过观察他们发现，除了公司的临街门店还在正常营业，公司围墙的其他地方都挺安静的，就连公司大门处也没有多少人进出。只看见一个值班守卫的保安在无精打采地打着瞌睡。这样的机会十分有利于他们的探险，他们三人的心里暗自高兴起来。

他们找了一处没人的矮小围墙，借着夜色的掩护偷偷地翻了进去，刚好落在草丛里，没有发出一点儿声响，就这样，他们轻轻松松地进到了公司里面。

凯威公司坐落于闹市区的一角，里面圈定的范围很大，规模在本市来说都是数一数二的，毕竟这儿是一个跨国企业，是全球有名的医药成品连锁公司的分公司。现在到了晚上，里面的生产车间早已停工，这也有利于小宇他们的行动。

进入后，他们也是小心翼翼的，丝毫不敢惊动里面的人。找到一个指示牌，他们才大致弄清楚凯威公司的布局：从正门进入，是一个大型的药品超市，再进去是一个有假山和曲折回廊的小花园，他们现在就在花园的一角。以花园隔开，后面依次是高级白领办公区、有守卫值班的生产区、高级董事办公区。

简单来说，他们想要进入凯威公司的生产重地和重点办公区域，必须穿过花园。问题是怎么进去呢？现在他们在花园里还可以借助绿化的掩护躲避，一旦出了花园，很容易被人发现，要是被人抓住，那就糟了。

地下暗道

"小宇，我们怎么才能进到凯威公司的核心区域呢？"梦琪小声地询问。

"当然不能从正面进去，只能走非常路口。凯威公司还没到商城建厂的时候我到这里玩过，我知道有个地下通道，不知道现在有没有被封住，或许我们可以从那里进入。"原来小宇早就心中有数，所以他是一点也不怕。

凭借小宇的记忆，他们在小花园中找到那条地下通道。幸运的是，地下通道表面不仅没被水泥封住，甚至和以前一样用普通的井盖掩饰。他们三人撬开井盖，借助绳子坠到里面，又用力将盖子合上，恢复原样，让外面的人看不到一点搬动的痕迹。进入后，他们发现里面差不多有一人多高，并且十分宽敞，就算进入一个小分队的人也畅通无阻，十分便于地下活动。

三人顺着通道向前摸索，里面没有任何光线，只能用手电的光进行照明，因是暗中行动，强光手电筒也只开到最微弱的光芒，以免被发现而引起不必要的麻烦。

幸好这条通道里面只是地面有点潮湿，并没有太多的水，所以还比较好走。

不过，令小宇感到奇怪的是，这条通道好像多了一些岔道，通向不同的方位，小宇也不知他们设计这样的通道到底是做什么用的，但肯定没干好事。开始的时候，他们还能按照大致方位前进，走了几个岔口之后，就逐渐迷失方向了。走到一个岔口，前后左右上下都可前进，三人彻底迷失方向，到底是往前走，还是往左往右，是选择拐弯还是往上或选择下行方向，此时，他们可没有主见了。

小宇征求他俩的意见，到底走哪一条路，两人都摇了摇头，谁也不能判断哪条岔道是正确的。看着有如地下迷宫一般的岔路，三人显得十分迷茫。

既然不能确定方向，那就只好凭运气去碰了，小宇在心中暗暗想着。他们蹲下来，用手电照着地面，仔细观察地上的痕迹，希望能找出正确的方向。

终于，他们三人在一条偏左的岔道口发现了几个隐隐约约的脚印，这给他们带来了一丝小小的惊喜。于是他们决定就走这条道。

三人继续在暗夜里慢慢摸着。现在，他们已经不确定自己所在的位置，眼看着就要成了无头苍蝇，三人的心里都有点发毛。进来之前就没想过怎么出去的问题，加上小宇也没想到凯威公司对地下通道进行了改造，比他以前来的时候复杂多了。

但有一点是可以肯定的，那就是他们没有走出凯威公司的范围。

又向前走了一段路程，他们惊喜地发现有一丝亮光映入眼帘，看来这里有出口。他们决定先回到地面看看情况，地下通道里面真的太难以辨别方向了。

他们小心翼翼地打开出口的门，慢慢走出去，发现这里似乎也不是地面，他们还在地下！只是这里的空间拓展得更开阔，一改前面通道的狭窄黑暗，这个空间仿照地面建筑修建了几间办公场所，而且现在灯火通明。

校园三侠心中一喜，看来他们是进入了凯威公司的核心位置。肯尼特建造这么机密的一处地下空间，肯定是为了进行一些违法活动。

他们摸到一间办公房外观察，发现里面真的有人。凑在窗台上一看，你们猜他们看到谁了？正是凯威公司的董事长肯尼特，新纳软件被盗案的犯罪嫌疑人老K。

真是踏破铁鞋无觅处，得来全不费功夫。此时，校园三侠既高兴又激动。

他们在外静静观察了一阵，想看看肯尼特到底在干些什么见不得人的勾当，或许能从中获取更加有利的线索。

肯尼特此时正坐在电脑前，不停地扫描着电脑中的数据库资料，好像在不断地变换着输入密码想打开一个软件。小宇突然看到其中几个界面与博士给他的软件十分相似，但大部分时间界面上什么都没有。真是要瞌睡了就有人送枕头，小宇突然变得异常兴奋，心中暗想，看来软件真是被他们这伙人窃取了！真可恶！幸亏马明起博士有先见之明，将软件进行了全面的屏蔽。

马小宇这样想着，早先的担忧一扫而光，想到此次已经证实肯尼特盗窃了新纳软件，他心中暗暗高兴起来。他用手势招呼努努和梦琪离开窗台，三人打开刚才进入这里的那道门，回到暗黑的地下通道。

小宇小声地对努努和梦琪说："看来果然是肯尼特盗窃了新纳软件，我们一定要用自己的智谋帮助博士他们把软件夺回来。"

"我们该怎么做呢？"努努激动地问，现在他的心里还怦怦直跳呢。

"我们现在对这里的情况不熟悉，因此还不能采取行动，千万不能打草惊蛇，最好的办法就是放长线钓大鱼，帮助警察挖出这个犯罪团伙，将他们一网打尽，粉碎他们的阴谋。"

三人决定就此收兵，早点回家，于是马上就从原路退回。小宇的记忆极好，由于刚才已经走过一次，回来的时候没有走弯路，很快就返回到最开始的出口。出来后，又将井盖盖好。幸亏时间还早，他们等到了回程的公交车。

今天晚上，他们可以说是首战告捷，一探老K的老巢，并且轻易就知道了神锐研究所被盗生命密码的下落。他们三个人都显得十分高兴，想赶紧告诉警察，他们相信，这个好消息对于协助米雪他们破案一定非常有用。

无法破译

生命密码失窃事件在商城产生了不小的影响，但凯威公司表面看上去依旧风平浪静，他们的门店前依然热闹繁华，他们生产的生物制剂类药品依然十分抢手，生意异常兴隆。

肯尼特在地下隐蔽的办公室操作一番后，没有得到任何结果。他脸色铁青地回到地面办公区，对着几个手下大发雷霆，大骂手下人都是饭桶。

为了得到这个新纳软件，他们花费了这么多心血，运用了特殊手段，谁知偷来却发现没有任何办法解码，无法解码，新纳软件就是一个没有一点用处的软件。

他甚至有点怀疑，自己得到的有可能不是真正的生命密码，只是一个仿制品，一个诱饵。再仔细一想又觉得不可能，自己是利用时空隧道技术获得的新纳软件，而且是初次使用，神锐研究所不可能有任何防备，这无疑是真正的新纳软件。

只是现在密码无法破译，该怎么办呢？他还担心时间一长，万一公安部门查到蛛丝马迹，找到这儿，那么他们的整个计划就会全部暴露。这样一来，后果将不堪设想。

时间拖得越久对他们越不利，必须快刀斩乱麻，速战速决。

他们一伙人在暗中谋划，准备实施第二步计划。既然他们自己破解不了新纳软件，那么就一定要找到新纳软件的制造者，有人还怕打不开吗？他们决定绑架马明起博士，从他那儿找到破译密码的方法。

月黑杀人夜，风高放火天。当夜，他们便组织人手赶到北戴河。

此时的北戴河疗养院，夜色深沉，绿化树在浓黑的夜色中显得冷寂怕人，一阵狂风吹过，不停地将各种怪叫声送入人们的耳中。马明起博士看着外面黑漆漆的夜景，不禁打了一个冷战，他伸了伸懒腰，回身关好窗门，准备休息。

经过几天的休养调息，他的精神状态已经完全恢复到可以工作的正常水平了。

树欲静而风不止，心不宁而烦恼生。

房屋中是异乎寻常的平静，房屋外却暗潮涌动。

此时，一伙穿着夜行衣的人早已潜伏在窗外。他们一听到博士发出轻微的鼾声，领头的一个刀疤脸面上不由露出一丝别人不易觉察的奸笑，他指挥手下人将迷香吹入博士休养的病房，以保证此次的绑架万无一失。

不一会儿，睡梦中的博士彻底变得人事不知，只能任人摆布了。待在外边的这伙人急不可待地含着解药进去，将已被迷昏的马博士抬着，放到一辆早已等在外边的黑色本田车中。其中几个人载上博士，飞快地离开了疗养院，拐上主街道后往商城方向急驰而去，很快就消失在夜幕之中。

留下两个人对马博士的房间布置假象，恢复原样，让人觉得房屋中没有出现过任何的意外变故，然后洒了一些空气清新剂，消除迷香的怪味。他们要让别人认为马博士自个儿外出散步去了，从而给他们赢得实施下一步罪恶计划的时间。做完这些，这两人也偷偷摸摸地翻出疗养院，开车离开了。

博士失踪

果然，第二天一上午没有任何人发现博士失踪了，中午时分马知欢打电话给博士汇报情况，没有人接听，于是打到疗养院管理处，大家这才发现博士不见了。

马知欢立刻联系米雪，告诉她马明起博士失踪的消息，请她帮忙寻找。

米雪一听这个消息，心里咯噔一下。她早该想到的！案发好几天了，对手没有利用新纳软件做出任何反常举动，这说明他们还没有破解博士设置的屏蔽系统。而博士又说只有他（可能还有马小宇）才能打开这个软件，她当时就应该想到对方会对博士下手，应该对马博士进行 24 小时特别保护的。

不得不说，在巨大的压力面前，在连日的劳累摧残下，她犯了一个不应该犯的错误。

一想到这儿，米雪心中不由一震，她答应马知欢，警方会介入寻找博士，然后立刻带上得力助手许伟林，风驰电掣地赶往北戴河疗养院。现在，她最大的心愿就是马博士没事。

等米雪和许伟林快速驱车赶到疗养院，已经是下午 2 点。他们向值班人员了解了情况，都说从今天早上开始就没人见过马博士。只有一个值班人员告诉米雪，昨天半夜他出来巡查，看见一辆车闪了一下车灯开走了，因为天色太黑，没看清车牌和车的颜色型号。

心急火燎的米雪走进博士住的房间，里面什么异常也没有，和她昨天白天拜访博士时见到的一模一样。不，不对，一切整整齐齐，没有一点痕迹，这便是最大的破绽。

至此，她已经明白博士出事了，博士被人绑架了。据现场侦查，看来马明起博士已经失踪多时，狡猾的对手又比米雪他们先行了一步，他们破获此案的良机再一次失去。

此时的米雪十分懊悔，自己怎么就没有想到保证博士的安全呢。现在可好，博士失踪了，要是博士有个三长两短，自己又不能在短期内破案，将被盗的新纳软件找回来，她怎么向领导交代，怎么向社会交代啊。此时，她感觉这个案件是她警察生涯中遇到的最大挑战，肩上的担子重若千钧。

现在只有凯威公司肯尼特和神龙制药公司这两个线索，自己必须马上去侦查！

提供线索

今天白天，马小宇在学校好几次无缘无故地感觉特别烦躁，心脏老是怦怦怦地紧张跳动，左眼皮也总是眨呀眨的跳个不停。他想，这可不是一个好兆头，是不是有什么不好的事情要发生，还是有其他的灾祸会让自己历劫呢？

自己的身体状况一直很好，看不出有什么不对劲的地方；妈妈工作规律，身体好，也不会有事呀；虽然好久没有看到爸爸了，但从几次通话中了解到，他虽然很忙，但精神状态好，身体健朗，也用不着担心；努努和梦琪都在学校上学，也没什么事。那会是谁呢？

他沉思了一会儿，此时他想到还有一个与他关系十分亲密的好朋友，那就是他十分敬重的马明起爷爷。昨晚他们三人一探肯尼特的老巢，知道肯尼特还没办法打开软件，那么他们会不会对博士下手，逼迫博士替他们打开软件呢？

小宇一想到这儿，心脏又开始怦怦乱跳。他现在可以肯定，马博士十分危险，必须尽快找到米雪警官，告诉她他们昨晚的发现，并请求警察保护马博士。就这样，小宇一天都在担心中度过，连上课也没有听进去多少。

放学后，小宇与努努、梦琪一起走出校门。

"小宇，你今天上课怎么恍恍惚惚的，出什么事了？"梦琪关心地问。

"还是昨天的事，我觉得应该马上告诉警察。我们三个人的力量毕竟太小了，告诉米雪警官，或许能发挥更大作用。"小宇忧心忡忡地说。他还在担心博士。

"那我们应该高兴啊，终于找到了新纳软件确切的下落，你干吗这么闷闷不乐的？"努努还沉浸在昨天的激动和兴奋中。

"我是在担心博士的安全，老K破解不了密码，不知道会不会绑架博士。"小宇向两位好友说出了自己的担心。

"那我们赶快去找米雪警官。"努努一听小宇这么说，顿时也着急起来。

于是，三人坐上公交车往商城市公安局而去。

话说米雪这边，她一从北戴河回到商城，就向公安局局长阮健夫汇报了情况，并说出了马小宇告诉她的线索，向局长申请正式调查凯威公司和神龙制药公司。

阮局长知道米雪压力大，也知道这个案子自案发以来几乎没什么进展，现在好不容易有了一点线索，是应该继续调查。于是，他没有再给米雪加压，而是告诉她局里将尽全力支持这个案子。考虑到肯尼特的身份，阮局长又提醒米雪注意方式方法，不要惹出一些其他的麻烦。

听到局长这么说，米雪的心里总算好过一点，刚走到自己办公室门口，就听见许伟林说马小宇和他的两个同学丁努努、叶梦琪来找她。米雪往办公室一看，可不是吗，三个小孩儿背着书包就来了。

"小宇，你们找我有什么事情吗？"米雪问道。

"是的，米雪警官。昨天一个偶然的机会，我们亲眼看见肯尼特偷了神锐研究所的新纳软件，现在这个软件放在一间十分隐蔽的地下室。"小宇将他们昨晚查到的线索毫无保留地告诉米雪。

"真的吗，小宇。你们是怎么发现的呢？"米雪好奇地问。

"我们是通过凯威公司里面一条地下通道进入的，里面好多岔道，我们三个差点出不来。"努努在一旁激动地说。小宇接着努努的话，向她介绍了地下通道的大致位置。

米雪听到这里，简直有点佩服这三个小孩子了，胆大心细，总能在关键时刻给他们破案提供重要线索。"小宇、努努、梦琪，你们太棒了，这个线索非常重要，我们马上去调查。"米雪非常感谢他们，但是也有点担心他们行动时的安全。

"米雪警官，有一件事情能不能拜托您？"小宇想起马爷爷的事情，感觉非常忧心。

"什么事情，小宇你说吧。"米雪这时候心情稍微轻松一些。

"我们发现肯尼特现在还无法破解新纳软件的密码，我担心他会对马博士下手，你们能派人保护博士吗？"小宇道出自己的担忧。

米雪听了，心里不是滋味，犹豫着要不要告诉他们博士失踪的事，但转念一想，小宇他们在倾尽全力帮助自己，自己干吗还要隐瞒呢？因此她如实相告："今天中午疗养院发现博士失踪了。"

"什么？！"小宇、努努、梦琪都惊讶了。

看来马博士真的失踪了。

再探魔窟

走出警察局，三人都心事重重。沉默着走了一小段路，梦琪忍不住焦急地说："博士失踪了，怎么办呀？你们想想办法呀！"

"我们必须把博士救出来。"努努下定决心。

"努努说得对，我们必须尽快把博士救出来！我决定今晚再探凯威公司，你们去不去？"他想再去探一探肯尼特的老巢，看看博士是否真的是被肯尼特绑架的。如果是，自己一定要想办法救出马爷爷。

"当然去。"努努和梦琪异口同声地说。

"小宇，作业做完了吗？"看着好像又要出去的小宇，妈妈拦住了他。小宇不好将校园三侠的秘密向妈妈公开，只好撒个谎，说要去问努努今天晚上的作业，自己还有些题目没有记清楚。

刘新听后也没再阻拦，只是提醒他早点回来。

马小宇答应了一声"好"，然后立马冲出房门，走到街道的转角，与已经等在那里的叶梦琪和丁努努会合在一起。他们搭上一班开往中心城区的巴士，到站的时候，天几乎黑了。

这次熟门熟路，他们对周围环境观察一番后，轻松翻进花园。三人在花坛灌木丛里隐蔽了一会儿观察情况，准备摸到上次那个井盖处。突然，从前面一条小道上蹿出几个黑影，紧衣束装，甚至还蒙了面，有如几只飞天蝙蝠从天而降，他们动作迅速，行动诡秘，很快蛰伏在前面不远的阴暗处，其中一个就隐蔽在离他们不远的地方。

从未经历过如此情形的梦琪受到惊吓，心都快要跳出来了，差点失声尖叫。幸好她还没有完全失去理智，强迫自己冷静下来，要是发出声音，大家都会暴露的。

黑色夜行人也发现了他们，见是几个小孩子，嘴上"嘘"了一下，没有作声，继续做他们的事去了，这一幕算是有惊无险过去了。

小宇他们隐藏在黑暗处好一会儿不敢行动，直到看不见黑衣人的踪影才敢用极细微的声音交谈。

叶梦琪轻轻地问："我们还继续行动吗？"言语之间有打退堂鼓的意思，她刚才真的被吓得不轻。

"既然来了，不能半途而废，我们先进地下通道看看。"小宇给他们打气，希望提升这个团队的斗志。

经过小宇这么一说，努努、梦琪也觉得不能半途而废，再说，刚才的黑衣人对他们似乎没有恶意。

一进入地下通道，三人瘫坐在一起，大口大口地喘起气来。刚才蹲久了，腿脚也有点麻痹酸胀，他们需要休息一会儿。刚才的一幕还历历在目，现在想起来三个人都感觉后怕，又非常惊险刺激。电影电视中看到的场景在他们的生活中真实地重现，这可不是随便什么人都可以碰到的。

这时努努分析道："小宇，梦琪，你们认为，刚才碰到的夜行人有可能是哪路神仙？"

"不知道，我也感觉十分奇怪。但我觉得可能与神锐研究所的失窃案有关。"梦琪率先回答。

"我猜测可能是公安局的警察叔叔们，不然为什么他们发现了我们却并没有对我们做什么呢？"进入地下通道后，努努冷静下来分析，马上在心里否定了自己刚刚在上面的话。现在他不仅觉得黑衣人对他们没有威胁，还认为今晚说不定会有意外收获。如此想来，他的心里开始变得明朗起来。

小宇肯定他们的分析："你们分析得很有道理，那我们继续前进。说不定警察们已经进入这个地道了，我们去看看能不能帮他们。退一步说，如果黑衣人是坏人，地道里面岔道多，我们也不容易被抓住。"

"或许能有意外的收获呢。"丁努努与叶梦琪附和着说。

前面有人打冲锋，马小宇他们几乎没有了后顾之忧，这样也许可以收集到更加有利的情报。感觉从电影电视中学来的一些知识还是可以派上用场的，他们一边分析情况，一边谨慎摸索前行。

　　毕竟不是第一次进入，这次三人的前进还比较顺利。慢慢摸到了凯威公司的地下室前，屋子里依然亮堂堂的，只有远离屋子的地方稍显黑暗。不能冒失猛进了，还是先观察一下，看有没有情况再说。

　　他们三人刚找到一个阴暗处蹲下，另一个角落突然传来脚步声。三人屏住呼吸，都害怕被发现，他们感觉到有一种暴风骤雨即将来临的紧张气氛笼罩在他们的周围。幸好来的三个人并没有发现他们，而是径直朝一间屋子走去。

　　小宇仔细一看，其中一个人正是肯尼特。好家伙，狡猾的老狐狸终于出现了，看来有好戏看了。不过，现在是在别人的地盘，加上还没有找到博士的下落，校园三侠没有十足的把握，可不敢随便出去惊动他们。

　　既来之则安之，现在就悄悄跟上肯尼特，或许能等到自己需要的东西。

发现马博士

等肯尼特进入屋子，小宇低声对努努和梦琪说："我就近去看看，你们躲在这里别动。"努努和梦琪也担心一起凑过去动静太大易被发现，于是点了点头同意小宇的办法。

马小宇蹑手蹑脚地走过去，靠近窗台往里一看，顿时惊出一身冷汗。你猜他看到了谁，正是他十分担心的马明起博士。屋里的几个人将博士捆着的手松开，再将塞在他口中的东西拿掉，只见博士不停地喘着气，看样子十分难受。

此时的马小宇十分心痛，他多么想冲进去好好教训一下这些犯罪分子，将博士爷爷解救出来啊！凭他和努努、梦琪的特异功夫，将博士从他们手中解救出来一点问题也没有。但冷静下来一想，他又忍住了。自己将肯尼特的阴谋告诉了米雪警官，今晚遇到的黑衣人说不定就是警察。如果自己贸然行动，救人容易，但毕竟不能将坏人一网打尽，还会打草惊蛇，影响公安局的收网行动。

还是静观其变，以待时机，且看他们还会玩些什么鬼把戏。等时候到了，公安机关将他们一网打尽，岂不更好？但是一想到肯尼特的罪恶行为，小宇还是感觉怒从心头起，心潮翻滚，一时难以平静。

当他正思考的时候，肯尼特看着博士冷笑了一声，对手下人说："好好看住他，现在我们手中有了这个研究新纳软件的关键人物，不愁解不开密码。"向手下交代后，肯尼特又转头对博士说："马博士，你只有好好与我们合作，才不会吃亏，我们可以满足你的任何要求，让你一生有享受不尽的荣华富贵。要是耍什么花招，玩弄我们，我们的耐心也是有限的，到时可别怪我们对你不客气了。"说着就是嘿嘿地冷笑，看来他们是不达目的，绝不会轻易放过马博士的。

马博士瞅了他们一眼，没有说话。

"只要你说出这个软件的解锁方法，我们除了给你钱，甚至可以安排你出国，到你最喜欢的国家去继续进行你心爱的实验和研究工作，怎么样？"老K继续威逼利诱，但马博士还是不予理睬。

"马博士，你有什么条件，只要与我们合作，我们能做到的、能想到的都会满足你。"

"……"博士欲言又止，他想把这些败类、这些窃取他人劳动成果的犯罪分子臭骂一顿，但转念一想又忍住了，他们是没有道德信誉和任何底线的，因此对他们说什么都没有用。希望他们发慈悲、发善心那更是做梦，面对一伙没有人性的坏家伙，如果让他们的目的达到了，自己的利用价值就没有了，到时自己的生命才真是到了尽头。这些博士可清楚得很，一点也不会含糊。

"是不是考虑好了要与我们合作，我们保证说到做到，满足你提的任何条件。"

"你们别做美梦了，对于这个软件的密码，我是一无所知，问再多也没有用。"马博士揉了揉被捆痛的双手，有气无力地说。

"其实我们有的是时间，不愁你不说出生命密码的秘密，就是你不愿意说，我们的电脑高手正在尝试破译新纳软件密码，相信时间可以证明一切，任何科学难关都应该有缺口可以攻克，何况这个软件密码，我们也有办法解决，你信不信？"

马博士对他嗤之以鼻，要是他们很快就能解码，根本用不着绑架自己。这次出手，必将惊动警察，看来他们很快就要玩完了。不过他只是在心里这样想，没有对他们表露，因为说多了，反而会招来麻烦。

小宇见马博士又开始沉默，知道他们的对话即将结束，于是马上蹑手蹑脚退回到努努他们隐蔽的黑暗处，趁对方三个人都在屋里没出来，用手势招呼努努和梦琪回到地道中。

"今天我心情好，暂时不为难你，不过，以后我可就没有现在这样的耐心和好心情了。博士，你今天晚上好好想想，好自为之吧！明天再会！"肯尼特继续打着心理战术，想让马博士配合他们解开密码。

说完，肯尼特留下两个人值守，自己一个人从一个出口出去了。幸好这个出口不是小宇他们来的那条地道,不然就要狭路相逢了。

校园三侠回到地道后,怕被发现,走了好一段路才开始说话。

"小宇,刚刚你发现什么了?"努努好奇地问道。

"努努、梦琪,博士就被关在那间屋子里。"小宇忧心地说。

"什么?!那你为什么不叫上我们俩把博士救出来呢?我们现在都是下载了功夫的人呀,对付这三个人肯定没问题。"这回轮到努努惊讶了。

小宇只好将自己的疑虑告诉他们,一来如果他们不能一击得手,让对方知道自己阴谋败露,博士在他们手上可能会有危险,二来即使他们能成功救人,但必定会打草惊蛇,影响到公安人员的破案计划,就不能将对方一网打尽了。

三人经过认真分析,决定先不行动,配合警察行动。

联合作战

商城中学近来可热闹了，学校为筹备创建市级家长示范学校，正不遗余力地进行各项工作，一边做好硬件的建设，一边还得培养配合受教育的家长，向家长传授有关教育的新理念。家长进进出出，各种场馆全部开放，一派十分繁忙的景象。

老师们因为要配合做好这项工作，教育教学工作都受到了影响，甚至都将紧张的教学工作往后推延，希望完成近期的迫切任务，再慢慢来开展完成。

学生们的嗅觉最灵敏，真是你松一尺，他们就会松一丈。这不，七年级八班的教室里现在正炸开了锅。

大个子徐争正与大力士吴天康比掰腕子，一时形成了拉锯战，好久都不分上下，全身的力量都汇聚于一手，两个人顿时面红耳赤，手上也是青筋突冒，周围的人不住地为他们喝彩加油，希望自己支持的一方快点获胜。但拉锯战总是难以在短时间内一决雌雄，确定谁是胜者。这时，杜大伟对大家说："我们还是先讲笑话吧，总比这样掰腕子有趣些。"

大家都表示同意，周娜便说了网上的一个段子："爸爸姓李，妈妈姓周，妈妈生了一对双胞胎，姥爷向爸爸提出要求，给孩子取名字，一个姓李，一个姓周，两个名字必须要表示同一个意思。想了好久之后，爸爸告诉姥爷名字取好了，一个叫周末，一个叫李拜天，正合他的心愿。姥爷听了无话可说，开了一瓶五粮液，语重心长地说：'祝李拜天周末愉快！'"

正当大家佩服段子高手将世间的名字编得如此完美、如此天衣无缝时，班主任刘佳丽老师悄无声息地走到了教室的后面。

被突然袭击，抓了个现行，周娜一脸的无奈，吐了吐舌头。她刚才太得意忘形，完全没注意到刘老师什么时候从哪儿冒出来的。她只好做出一种慷慨赴难的样子，向同学们吐吐舌头，做了一个鬼脸，准备去老师的办公室，勇敢地去应对即将来临的梨花带雨，不，应该是一场暴风骤雨。

马小宇默默地看着这一切，脸上不由自主地浮起笑容。令大家没想到的是，刘佳丽老师说："周娜，回你的座位去。马小宇，你来一下。"

马小宇心里咯噔一下，心想："刘老师今天幻听了？说笑话的是周娜啊，关我什么事？"但还是不得不跟着刘老师去她办公室。

随后，教室里又恢复了平静，不少同学在刘老师走出教室后做起了鬼脸。

或许，这就是学生时代的乐趣吧。正因为同学们有各自不同的个性，才使他们的学习生活变得五彩缤纷，充满阳光，显得特别有趣味。你想，假若整日没有一点笑料，学习生活将会多么枯燥。

可是跟着刘老师去办公室的马小宇就惨了，一路上都忐忑不安，内心里把自己这几天上课不专心、放学作业完成不好、晚上神出鬼没的行为都反省了一遍。最后结合起来想了一遍，得出一个结论：应该没给刘老师留下什么把柄呀。到底刘老师叫自己到办公室去干吗呢？

正当他沉思默想之时，刘老师办公室到了。他抬眼一看，米雪警官和她的助手在里面。马小宇长长地呼出一口气，他正想放学后去找他们呢。

他们依然进入上次那个单独的办公室交谈。一进到屋子里，米雪就看着小宇笑了，"马小宇，你们的胆子还真是大呀。"

小宇听她这么一说，刚刚放松的心又悬了起来，不知道该如何作答，但是看米雪和许伟林都是一脸笑容，应该没有恶意的。

"你们昨晚又探听到什么秘密了？"米雪见小宇没有回答，便友好和善地提示他。

听米雪这么一说，小宇可以肯定昨天晚上的黑衣人就是警察了，心想他们肯定是来了解情况的。顾虑一打消，小宇便放下悬着的心，大大方方地调整了自己的心态，向她点点头说："确实探听到一些秘密，米雪警官，我告诉您的话，您能帮助我们吗？"

"那肯定的，小宇，我们的目的是一样的，都是为了尽快侦破新纳软件被盗的案件，救出马博士。"

"昨天晚上我们看见马爷爷了，他被肯尼特——就是那个老 K 关在地下室里。"小宇从米雪的眼睛里看到了真诚，于是毫无保留地将他们昨晚夜探魔窟的结果告诉他们，"我们本来是想救他的，又怕影响你们的行动。"

米雪本来就怀疑博士被关在地下室，现在得到确切答案，心情稍微放松一些，她对马小宇说："小宇，你们做得对，如果过早惊动肯尼特，他们就会隐蔽起来，我们就找不到证据，不能完全粉碎他们的阴谋了。"米雪非常肯定小宇他们的做法，同时也为他们有这样的大局观念而感到惊奇。

"对了，米雪警官，为什么昨天晚上在地道里面没有再见到你们呢？"小宇昨天晚上就很疑惑这个问题。

"这就是我们今天来找你的原因。昨天晚上我们根据你说的位置进入了地道，但是里面岔道太多了，实在找不到你们所说的地下室。因此一点有用的线索都没有发现。"米雪昨天真的没想到里面的情况这么复杂，经过昨晚的夜探，她现在已经完全相信小宇他们的话和他们的能力了，"小宇，你和你的小伙伴能帮助我们吗？今晚我们一起行动。"

马小宇点头答应。米雪的心里顿时变得轻松起来，脸上露出了开心的笑。米雪和许伟林走后，小宇一路小跑地进了教室，他的心里透着一股高兴和自豪，这是谁也体会不到的快乐。

此时的教室又是一片混乱，见小宇回来了，大家都围拢过来问他，一向咋咋呼呼的周娜凑到跟前说："小宇，你最近犯了什么案子，连公安人员都盯上你了？"周娜在小宇离开教室后根本没回座位，而是尾随他们到了办公室外。她敢肯定，她看到爸爸单位的米雪警官了。

"去去去，讨厌的乌鸦嘴，他有什么案子好犯的。"丁努努看不惯口不择言的周娜，马上接话奋力反驳她。

"是呀，不经调查就乱说，你凭什么就断定小宇有案子呢？"叶梦琪也打上了帮腔。

这时其他的同学也七嘴八舌地随声附和。看到这个场面，周娜像泄了气的皮球，一下子就没有了招架之力，于是调转话头问："小宇，你能不能向我们透露一下刚才的事？"

听她这么一问，小宇才没那么生气，又见大家都围拢过来想要知道答案，于是便说："其实没什么，他们是来了解本市最近发生的一个大案的情况，我知道一点线索，不过不是我犯案。面对邪恶，我们都有义务与警察并肩作战，消灭罪犯，这也是所有公民的职责。"

"小宇真牛，课后还当上小侦探了。"曾阳伸出大拇指佩服地说。

小宇制止了她的吹捧继续说："不过现在还不能打草惊蛇，要等机会成熟，才能揪住犯罪分子的狐狸尾巴。我也只能说这么多了。"

大家听了，知道这牵涉到公安人员的整个破案计划，都压制住自己的好奇心，不再打听，默默地散开了。毕竟有时候知道得多了，反而对自己没有好处。

又是一个难熬的下午，七年级八班的班主任刘老师早早地走进了教室，在黑板上龙飞凤舞地写下几个大粉笔字"做个诚实的学生"，说是准备开一个主题班会。

她先要同学们做好发言准备，要求每一个人都必须发言，马小宇听到这个感觉特别头痛，因为他最怕在班会上发言，不知道要如何才能快快打发掉这半天的时光。

心里一烦躁，自己就显得万分难受，近来他有许多心事，特别是他十分关注的神锐研究所的事件，如今马明起博士落在肯尼特那伙人的手中，不马上营救，马爷爷肯定就要吃大亏。现在可好，又来一个讨厌的班会，他一点儿好心情也没有了。

"马小宇，你又在想什么，快点写好发言稿，莫等发言时又临时抱佛脚。"刘老师看到班级的纪律不是很好，状况有点反弹，本就心情欠佳，现在又看到小宇走神，只好特别提醒他，不过语气还是比较客气的。

小宇马上回过神来，他拿出笔来，装着在认真写的样子，心里还是在思考着营救马博士的计划，必须抢在打击犯罪分子之前，先将博士安全营救出来，这样博士才不会有危险。

当然，要叫上努努、梦琪一道去，多个人就多一分力量，加上现在有了警察一起行动，安全系数也高很多。好！就决定这样做。这时他回过神来，重新回到写发言稿的现实中来。

不知这一堂班会课是怎样度过的，不过小宇感觉自己也没做什么努力。好不容易才熬到放学，他和努努、梦琪一道回家。

马小宇对他俩说："今晚你们有空吗？我想与你们一道去营救马博士，协助公安人员破案。"

"好呀，真的吗？"努努一脸的兴奋。

叶梦琪也大声地附和道："同意，一块儿去救博士。"下载神功以后，她还没机会使用呢，因此非常期待这种刺激的冒险行动，她的快乐溢于言表，脸上犹如绽开了一朵美丽的桃花。

三个人约定之后，都各自回家做准备去了，主要是先将作业完成，然后找个出门的借口，才能得到家长的许可与放行。

马小宇回家之后，妈妈正在做饭。他放下书包，拿出书本马不停蹄地赶起作业来。做完作业后，他来到电话机旁，给米雪队长拨了一个电话，确认今晚行动的时间和地点。

刚挂了电话，妈妈便喊他吃饭，他三下五除二地解决了一餐饭后，就对妈妈说："努努感冒了，老师要我去看看，了解一下情况，很快就会回来的。"还没等妈妈反应过来，根本就没有得到批准，他一阵风似的就出了家门。

刚拐过一个街角，丁努努和叶梦琪就有说有笑地向他这边走来，他俩一抬头看到了马小宇，心里也十分高兴。校园三侠会合到一起，向凯威公司而去。

天空中开始起云了，浓黑浓黑的，看来不久就有一场大暴雨。马小宇看着这一切，心中有一份淡淡的隐忧：这是他们第一次与穷凶极恶的犯罪分子进行真实的较量，没有经验，稍有不慎就会出错，甚至有生命危险，还有可能会将事情办砸，影响到米雪大队长他们破案。

但现在已经是箭在弦上不得不发了，营救马博士是他们必须要做的事情。

威逼利诱

且说肯尼特这边，白天他要出席商业活动以隐蔽自己的真实身份，因此出现在地下室进行阴谋活动也基本是在晚上。现在，他正带着几个手下在地下室调试电击仪器。

盗出新纳软件已经好多天了，为了解开密码，他联系了多个高级电脑人才，甚至要求总部派出了最好的电脑软件专家、电脑黑客来进行解密，但至今毫无结果。

绑架博士也已经两天两夜了，还是不能撬开他的嘴，这可是他从事经济与科技信息情报窃取活动以来从没有过的糟事。老 K 的压力非常大，再破解不了新纳软件，他也将吃不了兜着走。而且，今天他隐隐地感觉风声有点紧，虽然没有确切的证据，但是他怀疑公安部门已经注意到他了。必须马上破解新纳软件的密码，将软件秘密传送回自己国内，老 K 心里这样考虑。

因此，他们决定在今晚对马博士上电击仪器。这主要是考虑如果采用其他过激的方式进行逼迫，马博士的身体会过早透支而出现意外。到时候，无人能打开新纳软件，他们长久的努力将付之东流。而专门设计的电击仪器可以控制力度，会给人造成痛苦，但不会轻易致死。

此时，神情异常沮丧的马明起博士被绑坐在一把靠墙角的椅子上。他不知道自己将会面临怎样的折磨，但有一点是肯定的，对方休想从他这里获取密码。

肯尼特已经沉不住气了，他再一次恶狠狠地扫了马博士一眼，恨得牙根痒痒的，"马博士，现在我们最后一次慎重地征求你的意见，希望你与我们真诚合作，免得自己吃苦头，我说过，我们的忍耐是有限度的，这是给你最后的机会，怎么样？"肯尼特有点底气不足，用威逼利诱的方式再次劝告马明起博士。

马博士有气无力地动了动嘴唇，但没有发出声音。

肯尼特继续作着攻心战，继续假仁假义地对马博士说："博士先生，你已经一大把年纪了，何苦呢？只要你告诉我们这个软件的密码，你就有享不完的荣华富贵，可以获得无尽的好处，你可得好好想想啊，何乐而不为呢？"

"我再一次向你们说明，我不知道密码。抓到我这个糟老头子，是没有一点用途的，希望你们快点送我回去，或许还能得到从宽处理。"博士向他们表露着自己与他们作战到底的决心。

看到博士如此顽固，不但不说密码，还对他们做起策反工作来，肯尼特有点忍不住火，"你不用再糊弄我们了，连你都不知道密码，那么就没有人知道了。"这个新纳软件可是马博士最值得骄傲的新科研成果，是他一生的心血，他居然说自己不知道密码，这话谁会相信啊。

肯尼特稍微停了停，做了一个奇特的手势继续说，"博士，你最好直爽一点与我们配合，省得吃苦头。"

博士没有说什么，只是用沉默来表示自己无声的反抗。

肯尼特有点歇斯底里了，他继续威胁马博士说："我最后一次劝告你，与我们进行合作，要不，别怪我们不客气了。"

马博士斩钉截铁地回绝他说："我还是那句话，就是杀了我，我也没有这个软件的密码。"

"我真佩服你，你这把年纪了，还真有骨气，我就不信撬不开你这一张臭嘴。"肯尼特有点气急败坏地冷笑着说，"瘦猴，给他试试这个玩意儿，看看他在我们的刑具面前是怎样守口如瓶的。"

"好的，别再对他多说了，让他吃一点苦头，保证会手到擒来。"一个满脸络腮胡子的帮凶一直在旁边凶狠地看着博士，此时也附和着说。他拿着仪器不住地抖动摇晃，想威胁博士。

博士看了看他们，不再说什么，自己被捆住，只能用沉默来表示反抗。

不管怎样的考验，该来的还是会来的，让他们只管来吧。生命密码的秘密千万不能说，这可是自己一生的全部心血，是神锐研究所所有人的心血，是国家的财产。面对危险，大不了自己拼了这一把老骨头，也算对得起自己，对得起研究所里所有的工作人员，对得起国家。博士在心中这样默默地想着，此时他已心如死灰，视死如归，已做好了慷慨赴难的准备。

这几个人看了看马博士，知道对他再说什么都是白搭，只能采用技术手段。肯尼特指挥两个手下将仪器的电线接在博士的身体上，再将整个仪器调试好，立刻通电对博士进行逼问。

面对严峻的意志考验，马明起博士将眼一闭，他知道自己已经没有希望熬过这一关了。但不管怎样，自己还得坚持到最后。

他只听见肯尼特一伙的狰狞大笑，只看见他们那一张张丑恶的嘴脸在放大，再放大并向他压来，整个人变得恍惚起来。

釜底抽薪

正当博士心灰意冷万般无奈的时候，电灯突然熄灭了，惊得肯尼特大叫："怎么啦，怎么啦，怎么突然停电了？"他指挥手下快去检查线路，看看到底是哪儿出了问题，自己一个人镇守在这间地下室，心中隐隐有种不祥的预感。

他找到墙壁上的一个 V 形装饰符号，往顺时针方向旋转了 90°，墙壁上就立刻出现了一道圆形的暗门，他快速将博士关进另一个密室，随后自己也转移到一个非常隐蔽的地方。他用一双带着狐疑的眼睛看着周围的动静，认真思考现在的状况。这个地下空间是他一手建立起来的地盘，是他的地下王国，里面的所有路线他都一清二楚，藏身完全没问题。

然而，令他没想到的是，米雪队长已经请示了上级部门，照会了 M 国驻我国的领事机构，准备来一个釜底抽薪，将肯尼特的犯罪团伙一网打尽。

白天，公安人员就全面监控了凯威公司。此时，更是双管齐下，一部分人将公司里有嫌疑的一干人等全部抓捕，另一部分在校园三侠的带领下摸进了凯威公司的地下通道，并将从密室中出来检查线路的两个帮凶擒获。

然而，当刑侦人员和校园三侠赶到关马博士的屋子时，所有人都傻眼了，屋子里黑黑的，马博士不在这里，肯尼特也不知所踪。

米雪他们翻遍了整个公司，肯尼特集团的犯罪证据倒是找到不少，就是没有看到犯罪头目肯尼特，也没有找到博士的踪迹。米雪感到自己又一次疏忽了，最关键最主要的人没有抓着，连马明起博士也失踪了，今天晚上的行动也不算赢，目前案件依然紧急。

她命令刑侦人员继续查找，就是掘地三尺也要找到肯尼特，但折腾了好久依然没有任何线索。地下管网异常复杂，就连小宇他们也是误打误撞地找到这处地下室，其他通道他们并不清楚。要想在如此复杂的地道中找人，可以说是难如登天。再者，谁也不知道肯尼特是不是已经从四通八达的地下通道逃走了。

"这老狐狸，再碰到你，我非扒了你的皮不可，下次你可就没有这么幸运了，等着瞧吧！"米雪沉思一会儿后，决定留下几个人继续监控，自己带着其他人和抓捕到手的几个小丑回去连夜审讯，希望从他们嘴里获得肯尼特和博士的下落。

现在整个案子只剩下肯尼特潜逃，他成了孤家寡人、丧家之犬，肯定不会再弄出什么大举动来。大家都相信，不管肯尼特多么狡猾，在正义面前肯定蹦跶不了多久。

用"狡兔三窟"来形容肯尼特是再恰当不过的了，他凭一个老手最丰富的经验，任何一点风吹草动都能激发他的敏锐神经，让他联想到事情的不利方面。这次，他仅凭电灯突然之间的熄灭就断定今晚有事，立刻将马明起博士隐藏起来，然后自己带着新纳软件从另一个墙壁上的暗门悄悄地溜出，通过自己非常熟悉的地下通道快速遁逃。

他在心中暗暗哂笑：米雪啊米雪，什么神勇破案高手，什么全国名牌警校毕业的高才生，我看也不过如此，跟我斗你还嫩了一点。只等我一出去，与总部取得联系，让我们再来一决高下，看谁能笑到最后。

他发出几声痛快淋漓的冷笑之后，才小心谨慎地继续穿行在地下暗道中。

螳螂捕蝉，岂知黄雀在后，正当肯尼特在暗自庆幸之时，校园三侠却隐蔽在他不易觉察的地方，正在监视着他的一举一动。

原来，小宇他们一到地下室没看见博士和肯尼特，就知道肯尼特逃到其他通道里去了。这里的战斗用不着他们操心，他们向米雪告辞，说要先回家，其实是想再碰碰运气，看能不能找到肯尼特。米雪本想派人送他们回家，但当时忙着安排人手搜查，稍不注意就不见了校园三侠的影子。

事情就是这么巧，正当校园三侠在地道中摸索时，突然听到一阵奇怪的笑声，他们马上隐蔽起来。

真是踏破铁鞋无觅处，得来全不费功夫。来人正是溜走逃脱的老狐狸肯尼特，这条漏网之鱼肯定没想到自己已经被发现了吧。

现在凭马小宇他们的三人之力，想要抓住肯尼特一人可以说是易如反掌，然而……

漏网之鱼

听着肯尼特的冷笑，小宇陷入了沉思：今晚警方的行动虽然不算大获全胜，但对于肯尼特来说绝对是毁灭性打击，犯罪证据暴露，他已然成了丧家之犬，还有什么可高兴的呢？难道他还有其他阴谋，还有其他同伙？再者，博士还没有救出来，要是抓住了肯尼特他抵死不交代，博士就真的危险了。看来自己还不能出手，得继续跟踪，看看这条狡猾的老狐狸还有什么不可告人的目的，要是能将他们残留在商城的所有同伙一网打尽，那才是最好的结局。

在昏暗的地下通道中，肯尼特一个人打着手电悄无声息地向前走着，走累了就坐下来休息。

他从地上站起来，准备继续潜逃，用手一拍自己的衣服，抖落一些灰尘，不经意间拍到藏在裤袋中的新纳软件，一丝不易觉察的奸笑浮上他阴沉的脸颊。他自言自语地说："我还没有彻底失败，生命密码还在我手中，再加上一个掌握秘密的马明起博士，在这场战斗中，我还握有两张王牌，主动权还在我这儿，谁胜谁负还不一定呢。"

刚刚还情绪低落的他，此时又志得意满似的谨慎前行。渐渐地，他进入了设置有机关的一个区域，他知道地下通道的所有机关，因此走起路来无所顾忌。马小宇他们本来没想到地道里有机关，但看见肯尼特的奇怪走位，马上感觉不同寻常。

凭借自己强大的记忆力，小宇勇敢地走在努努和梦琪的前面，三人不远不近地跟踪着肯尼特。三人既要小心谨慎不碰暗道机关，又生怕弄出任何响声惊动他，而且他们不能打手电，只能借助肯尼特的手电余光前进，因此一路行进得很是艰难，这对他们是个极大的考验。

看着这样设计的地下通道，校园三侠都觉得，这里不愧为一个机密安全的场所，难怪他们要选择这样一个处所进行阴谋活动，如此四通八达的通道，可能存在的众多机关，确实可以做到"一夫当关，万夫莫开"。

跟踪了一段距离之后，突然，肯尼特在他们的视线中消失了。

此时三个人都有点懊恼，这么大个人怎么说丢就丢了呢？正在他们手足无措之时，前面光线一闪，黑暗中燃起了一丝淡淡的火苗。他们借着光线一看，发现肯尼特就在前方。

原来他进入了一个隐蔽的暗洞小解，完事之后就出来了。不过他可没有发现后面有三个孩子在跟踪他。

只见肯尼特点燃雪茄烟，掏出手机开始拨着电话号码。

由于隔着一段距离，小宇他们听不太清楚电话里说的是什么。不过，肯尼特挂断电话就悠哉地往地上一躺，不走了。

校园三侠你看看我，我看看你，他们也不知道这只老狐狸闷葫芦里到底卖的是什么药，但事已至此，不能半途而废，必须继续与他耗时间，静待最好的时机了。

此时的通道中没有任何声音，肯尼特在前面不远处抽着雪茄，火光一闪一闪的。他陶醉于自己新计划的喜悦之中，几乎完全丧失了警惕性，丧失了对周围环境的分析与怀疑，要不，凭他的聪明和老奸巨猾，肯定会发现小宇他们在跟踪他。

突然从前面传来说话的声音，小宇与努努马上振作了一下精神，竖起耳朵一听，原来是肯尼特搬来了救兵。根据说话的声音判断，估计来了两个人。

肯尼特那边的人在阴暗处说了一通之后，并没有从他们这个通道返回，而是朝另一个岔道拐了进去。

负隅顽抗

　　肯尼特一伙人拐进岔道后，小宇他们差点跟丢。好在进入岔道后没有机关了，小宇他们很快重新发现肯尼特的行踪。

　　没多久，肯尼特三人走到一间小房子前，用手往墙壁上一按，稍稍掀动上面一个不太引人注意的地方，找到一个按钮轻轻地按了一下，一扇门就自动打开了，然后三人依次进入了这间只有一个小透气窗口的房子里。

　　小宇他们人多了不容易隐藏，慢慢靠近到一定距离后不敢再向前，只好静静地守在那儿。这时，努努说让他一个人到前面去探听，看能不能探到消息。

　　小宇点点头，看来他们想到一起了。现在对方有三个人，他们的行动必须十二分的小心，千万不能出任何差错，要不他们今晚的行动就会前功尽弃。

　　努努一个人摸索着，靠近前面那间小房子，小宇与梦琪隐蔽在不远的一个岔道口，进可以互相照应，退又可以观察到后面发生的任何敌情。

　　黑暗里起了一阵凉风，小宇不由得一阵哆嗦，打了一个寒战。今天晚上的行动，大家事先都不知道会如此多变，小宇担心时间太长了，父母肯定会为他们担心。

　　且说努努一个人警惕地守在屋子的小窗口，紧张地观察着房间里的动静，但里面好久都没有声音。

　　"不好，有人要出来了。"努努突然一惊，迅速后退到一个暗处，这时从房间里探出一个脑袋，随后用一个不太亮的电筒扫射了一圈，没有发现什么异常之后，又缩回房间去了。

　　好险！要不是他们三人分开隐蔽，肯定会被发现。

　　这时，透过小小的窗口，努努依稀可以看见里面的三个人，一个是他们熟悉的肯尼特，另外两个人都显得大腹便便，人高马大的，一时还弄不清楚他们是谁，难怪他们在前面走路时十分艰难，原来都是一些"重量级"人物，所以碰撞这碰撞那的，也是在所难免的事情。

肯尼特开始说话了，他对身边两个身形十分肥胖的人说："胡董事长，江总经理，今天我们这儿出了一点意外，看来以后的事儿全靠你们帮忙了。"

其中一个人高马大的抢先说："肯尼特先生，没有关系，你看需要我们做什么，只要我们能做到，你尽管吩咐。"他知道肯尼特背后还有总部，想要东山再起非常容易，自己在这个时候帮他肯定有利可图。再者，肯尼特手上有他们的把柄，他们现在可以说是一根绳上的蚂蚱。

"那好，胡董事长。"肯尼特对他微微一笑。

努努往里仔细一瞧，原来这个人就是马小宇说过的神龙制药公司的董事长胡也平，那么另一个人肯定是他们公司的总经理江兴民。原来肯尼特与神龙制药公司早有勾结，怪不得他在损失了这么多人之后，几乎看不出有什么沮丧的表情。

胡也平点点头，爽快地说："那就请你分配任务吧，只要我们能办到的，我们决不推辞。"

"对，对。"在一旁的江兴民也如母鸡啄米似的，不住地点头，一副谄笑的奸猾嘴脸。

肯尼特看了看他俩，非常满意地说："现在，我们有一个可以提升公司产品开发的最好软件，可惜研究专家不与我们配合，不能将软件用于实际，对此，我也束手无策。专家是你们这边的人，不知你们能不能替我想个办法，套出这个软件的机密。这将使我们的产品质量提升，真正成为世界上最耀眼的品牌。"

"我们这边的人？其实我们也没有很大把握，不过想想办法，或许可以。"在一旁的江兴民没等胡也平发话，就抢着回答说。对付不肯与他们合作的人，江兴民有的是办法，他可是精于歪门邪道的高手。

在外面听了很久的丁努努此时也有点心急了，心想，肯尼特找了国内的两个败类，假若他们设计圈套，又采用卑鄙的手段进行逼供，马博士肯定过不了这一关，肯定会吃苦头。他不由深深地担忧起来。

他退回到马小宇与叶梦琪蹲守的地方，将情况简要地向他们说了一下，小宇听了，皱了皱眉头说："不好，博士有麻烦了，我们先去看看，等下再见机行事。"他拉着梦琪与努努一道，慢慢地向他们的藏身处靠拢，希望能找到反击的最好时机。

一转眼的工夫，等他们靠近地下密室时，肯尼特三人却已不知去向。幸好小宇他们在密室里发现有一扇开在土墙上的门，或许是肯尼特他们由于慌乱忘记关上了。现在没有了思考的余地，为了不让线索断掉，他们三人只能冒险从这儿进去一探究竟了。

小宇仔细看了一下说："他们应该是从这个门里转移的，时间没多久，他们绝对不会走得太远，我们快点，说不定有机会可以将博士救出，打他们一个措手不及也是可能的！"

两人听了小宇的分析都点头认可，于是校园三侠马上顺着这条秘密通道继续摸索前进。慢慢向前跟踪摸索了一阵，他们有点心神不定了，因为还没有发现肯尼特的踪迹。正当他们停下来判断这儿的环境时，前面又隐约传来有人低声说话的声音。他们迅速隐藏好，仔细观察了一阵，发现声音是从前面不远处发出来的。

为了不被肯尼特发觉，他们还是决定分开隐蔽行动，先让一个人前去探一探，再做最后的行动决定。

努努不等他俩开口就抢先说："小宇，你照顾好梦琪，还是我去。"说完就义无反顾地慢慢向前摸索，小宇提醒努努一定要小心，很快努努就消失在通道之中。

努努被抓

马小宇看着自己的好友再一次自告奋勇地前去探险，心中升起一股暖流，这可是自己最好的铁杆朋友，他在心中不住地祈祷着，希望他平安，不出任何差错。

过了好一会儿，一点动静也没有，梦琪提醒小宇说："努努去了这么久，一直没有他的消息，不知会不会碰到什么意外？"

小宇好像被针刺了一下，马上浑身一颤，他快速站起来，伸手把梦琪从地上拉起来。此时，他们的心里都产生了一丝丝的不安。小宇的心中更是有一份深深的担忧和自责，生怕努努发生什么意外。他在心中不住地祈求，希望努努没事。

他与梦琪顺着暗道小心地向前摸去，希望能快速看到努努。

且说努努这次可没有上次幸运，长久的疲劳使他放松了警惕，精神也变得有点松懈，与小宇他们的距离越拉越开也没有注意到。等他反应过来自己孤军深入了，心中多少有点毛骨悚然的感觉，要是被肯尼特他们三个大汉发觉，自己肯定会吃大亏。心态一乱，走路就有点飘浮，腿也开始打战了。

突然脚下被一个东西一绊，他一不小心就重重地摔在地上。这下糟了，努努一下就暴露在肯尼特他们三人的眼前，三个人立刻过来将努努抓住。

肯尼特一把抓住努努，一脸的气愤。他联想到自己设计的这个地下空间可以说是极其复杂，现在却被公安部门发现了，自己还差点被捕。看来就是这个小兔崽子搞的鬼，居然还敢跟踪自己到这里，真是狗胆包天。不好好教训他一顿，怎泄自己的心头之恨。

努努被抓住后，一边不住地反抗着，一边不停地大声叫喊着："放开我！

放开我！你们这伙坏蛋！"其实他的心里一点也不害怕，只是借此向小宇他们传递前方的敌情罢了。

刚好走到附近的小宇听到努努大声呼救的声音，心里咯噔一下，看来努努出事了，肯定是被肯尼特那一伙人抓住了，他大声地反抗是为了告诉他们前面危险。

黑暗的地下通道中四处冷冷清清的，一阵阵凉气不停地向他们袭来，长时间待在地下通道中，马小宇与叶梦琪真有点支持不住的感觉，但为了营救马明起博士与好朋友努努，现在就是有天大的困难也吓不倒他们，前面就是刀山火海、龙潭虎穴，他们也要往前冲。

时间不等人，不能再拖延了，小宇拉着梦琪继续向前走。

他们继续前行的时候，梦琪与小宇商量说："现在努努与博士爷爷在他们手上，我们实行营救行动比先前要难些，必须先找到博士爷爷和努努才能下手，确保万无一失。"

"那是，努努被抓，肯尼特他们一定会加强防范、提高警惕的，我们不能再掉以轻心了，必须保证一击即中。我们不是已经从博士的软件中下载了神功吗？这次我要用放电的形式来击伤他们，给他们一点颜色看看，使他们对我们产生一种畏惧和害怕的感觉。他们在精神上受到震悚，战斗力自然轻易瓦解，这样必定能手到擒来，制服坏人，救出努努和博士爷爷。"小宇思考着说。

"这是一个好方法，可以快速结束战斗，"梦琪肯定小宇的想法。

小宇他们到了刚才努努被抓的地方。发现地上有反抗打斗的痕迹，小宇伏在地上仔细观察着，发现地上有些凝固的血迹，这是谁的呢？难道努努受伤了，或者出现了其他的意外？

这时他们两个人的心都突然一紧，有点担忧起来，要是努努被伤害了，后果将不堪设想。

小宇强迫自己冷静下来，仔细观察现场的状况，地上只有很少一点血痕，应该不是大量失血，或许是努努与他们搏斗碰伤了哪个地方，或许是脚踩到什么受伤之后留下的血迹。这样想着，应该没什么大问题。他们相信，凭努努聪明的头脑，一定会有办法保护自己的。

完美伏击

此时的肯尼特根本没想到努努的身后还有马小宇、叶梦琪两人在跟踪，由于他的疏忽失去了逃跑的机会。

时间过得飞快，没有休息好的小宇和梦琪都有点疲倦，小宇知道，现在任务还没有完成，必须马上采取行动，再拖下去他们都会支持不住的。

他们又拐过一个地下暗道，发现不远处有火光一闪，马上又熄灭了。他拉着梦琪蹲下来，细心地观察起前面的动静来。又是好久的沉寂，好难熬的长久等待。因为不太清楚前面的情况，小宇此时也不敢轻举妄动，他们必须快速弄清楚前面的状况，才能保证此次行动的成功。

等了好一会儿，前面依然没有一点儿动静，正在不知如何进退之时，他们的眼前突然一亮，前面离他们不远的一个小窗户里出现了电灯光，小宇在心中骂道："我以为你们都钻地了，原来你们也怕黑啊。"

梦琪跟在小宇的身后，很快就借助灯光隐蔽到了地下密室的外面，他们伏在门边听了一会儿，听见里面传出沉重粗厚的呻吟声，可能是马博士的声音，另一个声音十分清楚，明显就是他们一直在寻找的好朋友努努。看努努这脾气，现在还骂骂咧咧呢。另外，房间里还不时传来肯尼特一伙人用疲惫低哑的语气进行交谈的声音。

小宇听了，心中暗喜，好家伙，马博士与丁努努两个人都在这儿，那真是太好了，省得我们还要到处去寻找，真是踏破铁鞋无觅处，得来全不费功夫。他决定马上开始营救行动。

他凭自己的感觉先判断一下肯尼特他们的大致位置，便拉着梦琪摆开架式，然后一脚将房间的门踢开，冲进房间里，似神兵天降一般，向呆若木鸡的几个人大喝一声："不许动，你们被包围了！"

肯尼特一伙被这突如其来的一声大喝吓了一跳，还在想今天真是倒霉透顶，但等到看清冲进房间里的小宇他们，发现只是两个毛头小屁孩时，狡猾的他们马上又恢复了狂妄的本性。

肯尼特皮笑肉不笑地说："原来是你们这三个小兔崽子在捣乱啊。老子不发威，你们认为我是病猫，今天我可不能再放过你们了，得好好收拾你们，让你们知道我的厉害。"

他一说完，马上就露出凶恶的本性，从背后抽出一把明晃晃的大匕首。叶梦琪从来没有见过这样的场面，吓得大叫一声，缩在小宇的身后，两腿哆嗦，浑身不停地颤抖。

"梦琪，不用怕，看我怎样来收拾这伙坏蛋。"小宇用力将梦琪往后面安全的地方一推，好留出空间与他们进行决斗，然后摆出随时准备接招的架势。

现在的情形是肯尼特与胡也平两人对抗着小宇，叶梦琪被马小宇推到身后，而马明起博士与丁努努被绑着扔在地上，看样子他们已经受了不少的折磨。

此时的马小宇看着肯尼特与胡也平两个人，真是仇人相见分外眼红，心中不由升起一股复仇的怒火。

马小宇面对敌人，精神高度集中，他将自己的意念力齐聚手掌，借助神奇的功力，将电流全部汇集在指尖。

眼看着手拿凶器的肯尼特向他走来，小宇快速出击，手脚并进，上打头部七寸，下踢肯尼特洞口大开的胯部。肯尼特防不胜防，手中白森森的刀也一下子被击飞出去好远。小宇手到之处电流急射，肯尼特的整个身子被电流一击，马上就瘫软在地，"哎哟，哎哟"叫个不停。

站在肯尼特身后的胡也平直接愣住了，他还没有看清楚马小宇是怎样出招的呢。马小宇看着愣在一边的胡也平，趁他不备迅速转向，手到之处，胡也平被电一触，整个人就像一堆沉重的烂木头一样倒了下去。

小宇心想：这样的重量级人物怎么这么不经打，真是好看不中用，肥猪一只。他轻蔑地看着倒在地上还在呻吟的两个人，心想：作恶多端的坏分子，你们也有今日。

顷刻之间小宇就结束了战斗，和梦琪一起将马博士与丁努努身上的绳索解开，再用这绳子将倒在地上失去了战斗力的肯尼特、胡也平捆绑起来，此时轮到他们发出难受疼痛的呻吟了。

努努看了看自己被勒痛的双手，忍不住扇了这两个人几个耳光，口中不停地骂着："坏家伙！坏家伙！"这还不解恨，他又将绳子紧了又紧，弄得这两个家伙叫个不停。

小宇想想他们所做的坏事使这么多人都不得安宁，也狠狠地踢了他们几脚，好好地教训了他们一顿，看着他们又号叫不止，不住求饶，方才罢手。

百密一疏

马小宇扶着马博士，努努和梦琪捡起地下的木棒作为护身武器，几个人押着肯尼特与胡也平慢慢寻找出口，准备走出地道。

然而，他们跟踪肯尼特绕了半夜，早就失去了方向感。他们想要从肯尼特口中获取出口的方向，但肯尼特拒不合作。众人行走在错综复杂的地道中，感觉黑洞洞的地道和未知的重重机关好似在张着吃人的大嘴，随时能将经过的人吞吃掉。或许是他们运气好，或许是肯尼特也不想死在自己设计的机关下，他们一路走来并没有碰到机关。

走了一会儿，密道中开始有了一丝光线，是从地道特设的采光口射入的，小宇判断可能外面已经天亮。他们经过一夜的折腾，已经完全取得了胜利。虽然有点疲劳，但他们还是特别兴奋，因为他们抓到了犯罪分子，解救了博士，并且夺回了神锐研究所的镇所之宝——新纳软件。

但看着肯尼特与胡也平，马小宇突然感觉有点不对头，他们不是有三个人吗，怎么只有两个被抓，还有一个到哪儿去了，这是怎么回事？他提醒努努与梦琪："我们没有抓到江兴民这个坏蛋。"

努努这时才反应过来，回答他说："是呀，这个狡猾的败类刚才上厕所去了，这才成了漏网之鱼。他可能发现出了问题，早已溜之大吉，真可惜。"

叶梦琪补充说："小心些，这可是一个潜在的威胁，他随时会对我们不利的，可得加强戒备，你们看，要不要我们再想办法去将他抓回？"

"应该没问题，让他去吧，何况他也成不了气候。"小宇安慰他们说，"我们已将主犯全部抓获，可以把他们交给米雪队长了。"小宇一说完，满脸尽是喜悦与自豪之形，他心想就算遇上江兴民，自己一个应付也足够了。

听马小宇这样一说，大家的心情都变得轻松起来，不管江兴民逃到哪儿，警察都会把他抓回来的，等待他的将是法律的严惩。

当务之急是，他们要找到出口。

见大家都有点着急，马博士提醒小宇说："小宇，你何不试试你的特别感应能力，或许可以找到最近最安全的出口。"

"是呀，应该是人急智生，可我却总是在关键时刻掉链子，有特异功能不知利用，真是越活越糊涂了。"马小宇自我解嘲地说。

他静下心来，意念一集中，将寻找地下通道出口的指令一输入，头脑中马上就形成一种特别清晰的印象，意念也定位到他们第一次发现博士的那个地下室。这个位置一经确定，他们只需要从现在所处的地方走到之前走过的通道上，顺着熟悉的路径走，再出去就容易多了。想到这里，小宇别提有多高兴了，他马上告诉努努、梦琪和博士他找到正确的路线了。

走过了几个弯道，眼看着再走过几个分岔路口就可以走出地下通道了，小宇此时高兴地唱起喜欢的歌来。突然，走在后边的叶梦琪发出了"啊"的惊恐声音，马小宇浑身一颤，吃惊地问："梦琪，你怎么啦？"

走在前面的小宇与努努不由得停下来往后看，这回轮到他们吃惊了，刚才的漏网之鱼江兴民不知从哪儿冒出来了，他用明晃晃的匕首顶着叶梦琪的后背，恶狠狠地威胁小宇他们说："停下，都给我站住，快点将他们全放了，要不我就对这位小姑娘不客气了。"

真是一着不慎，满盘皆输啊。此时，小宇的心里万分懊悔。刚才梦琪还在提醒要不要对江兴民进行抓捕，可自己却自以为是，对这个潜在的危险掉以轻心。这下可好，梦琪被人挟持了，稍有不慎就会使她吃亏，要是解决不好，眼见的成功就会功亏一篑。此时，小宇恨不得受人控制的是他自己，那样，他可一点儿也不怕，总好过现在距离又远，又不敢轻举妄动，只有干着急的份儿。

此时，努努抓着的肯尼特开始不老实了，用手不停地扭动，想挣脱掉手上捆绑他的绳索，但努努可没有让他得逞，依然紧紧地抓着绳索不放。在一边的胡也平更不老实，此时他不停地干笑着，命令江兴民快点将绑住他的绳子割断。

小宇心想，要是江兴民放开梦琪去割绳子，自己就动手，他知道只要自己动手，他们三人都会成为手下败将。

但江兴民却没有着急去割绳子，而是挟持着叶梦琪和小宇他们对峙着。而梦琪是第一次直面这种生死一线的场面，确实被吓到了，都忘记自己还有神功了。

时间一分一秒过去，为了梦琪的安全，小宇和努努不敢有任何举动。小宇心想，此次计划全完了，梦琪还落在坏人手里，真是功败垂成啊！

"不许动，全部举起手来！"正当马小宇万念俱灰，准备放弃的时候，米雪带领的公安人员好似神兵天降，及时冲出。面对已经将他们全部包围的公安人员，江兴民第一个扔掉了匕首，束手就擒了，其他两个看到大势已去，也乖乖地被公安人员控制住了。

此时的马小宇看到这意想不到的一幕，别提有多高兴了，激动得眼泪都流出来了。要不是米雪队长他们及时赶来，今天的局面不知将怎样收场。现在可好，一切都解决了，一切都化险为夷了。

米雪队长走到马小宇面前，对小宇不住地夸奖："小宇，好样的，感谢你们协助我们破案，你们可为我们这次破案立了大功啊！"

"哪里，哪里，要不是你们及时出现解救我们，还不知今天会是怎样的后果呢，我们要感激还来不及呢！"马小宇谦虚地回答。

米雪拥着还惊魂未定的叶梦琪，问她伤没伤着，将她全身查看了一遍，发现她没有受伤，总算谢天谢地。然后米雪又一面抚摸着她的秀发，一面不住地安慰她，使梦琪的情绪逐渐平静下来。

米雪告诉他们："昨晚我们回去后连夜突审肯尼特的手下，总算有人交代了这个地下空间的地图，了解了这个庞大的地下网道，我们怀疑肯尼特还在这里面，于是马上采取行动，幸好来得及时，不然你们三个偷偷行动的小家伙就危险了。"

校园三侠不好意思地笑了笑，他们也为刚刚的危险感到后怕。幸好一切都过去了，现在可以说是真正的大获全胜。

"老奸巨猾的肯尼特终究逃不出人民的正义之网。我们打了个漂亮的大胜仗，不仅将犯罪分子全部抓获，还成功解救了博士，夺回了神锐研究所的新纳软件！"米雪说着，胜利喜悦之态尽显，脸上洋溢着幸福开心的笑靥。

校园三侠看着红光满面的米雪队长，他们也为这次圆满的战斗感到高兴。这可是他们在影视中多次见过的行动，今天有幸亲眼所见，亲力亲为，可是最刺激不过的经历。三人心中的高兴之情溢于言表，都决定将这难忘的一幕好好记在自己的人生履历之中。

这时，东方已经飘起一抹红霞，清新而凉爽的晨风吹来，使小宇他们感到从未有过的清爽与快意。虽然一夜无眠，但协助公安人员将如此疑案破了，他们三人从心底里感到高兴。

走出地道口后，米雪看这几个孩子为了帮助她已经十分疲惫，马上调派一辆小车护送他们回家。

大快人心

天高云淡，风和日丽，又是一个好天气。商城市公安局刑侦大队米雪队长因侦破震惊全国的神锐研究所新纳软件失窃大案，受到公安部门的大力嘉奖，这几日她是意气风发，豪情万丈，笑意常盈。

今天，她受商城市公安局的派遣，专程到神锐研究所为他们送去失而复得的新纳软件，这可是资深医药研究专家马明起博士用一生心血研究出来的科研瑰宝。

听说米雪大队长专程来送新纳软件，马知欢很早就迎候在研究所的前面。自从新纳软件被盗，整个研究所都无精打采的，人人忧心忡忡，特别是马明起博士，还被绑架吃尽了苦头。现在好了，总算是拨云见日，又迎来了一个艳阳天。当马知欢这样想的时候，米雪与助手许伟林驱车来到了研究所。

米雪也十分钦佩这些科学家，他们的辛勤劳动为人类做出了巨大的贡献，她对他们表示万分的崇敬。

马博士被解救出来休息几天后，身体已经完全恢复了。现在见到失而复得的新纳软件，见到全所上下一片欢腾，他更显精神抖擞，认为未来的发展将会更加美好。

米雪告诉了他们本案的处理结果：犯罪头目肯尼特等人被逮捕，还有隐藏在社会上的、暗中进行非法活动的破坏分子，尽管他们隐蔽伪装得十分巧妙，但因牵涉本案也无一幸免，全部落网，其中就有本市某报的电子版编辑记者秦刚、某大型超市的收银员白雪。

"现在，犯罪分子被一网打尽，大大净化了商城的社会环境。"说到这儿，米雪一脸的高兴与自豪，这也是她从事公安刑侦工作以来最值得骄傲的时刻。人逢喜事精神爽，笑意长时间绽放在她娇美的脸庞。

听到这些大快人心的好消息，马明起博士、马知欢研究员等都向米雪表示祝贺，还十分感谢她破了这一疑案，使他们的研究成果失而复得。

米雪今天心花怒放，万分高兴。不过，她可不是一个骄傲自满的人，从神锐研究所这个案子的侦破中，她也学到了不少知识。她要特别感谢马小宇这个得力的好伙伴，要不是他，自己侦破这个案子不知还要走多少弯路。今天她还有第二个任务，那就是到商城实验学校为校园三侠颁奖，以表彰他们在这次与肯尼特等犯罪分子周旋的过程中所做出的巨大贡献。正是由于他们提供了巨大帮助，才使破案工作得以顺利进行，这是她不能忘记的事情。

他们来到商城实验学校后，将车停在校门口的林荫道上，然后带着奖品来到了校长办公室。

米雪激动地对王朝阳校长说："公安局领导对学校培养出了这样优秀的学生十分赞许，感谢他们在案件侦破中所做出的巨大贡献，表彰他们在这次铲除恶瘤行动中的立功行为，为三位少年颁发'优秀少年奖'，希望他们在以后的学习生活中继续努力，力争取得更加优异的成绩，为祖国做出更大的贡献。"

她停了停继续说："省委知道他们的先进事迹后，也对他们的行为高度肯定，省委书记钟立民称他们为'英雄少年'，本市的欧书记、阳市长都给马小宇他们送来了奖励，用来褒扬他们的英勇行为。"

当校长得知本校出了这样几位少年神侠时，简直不敢相信，认为米雪队长在讲天方夜谭故事，好在七年级八班的刘佳丽老师在一旁不停地证明，校长终于相信了。他看到上级部门给马小宇他们三人送来的奖励之后，十分高兴，提出学校也要对他们进行表彰，以此树立英勇少年的模范形象。

为此学校王校长专门召开学生大会表扬马小宇他们的行为，称赞他们是真正的校园三侠，他为本校有这样杰出的学生而感到自豪。很快，马小宇他们协助抓捕盗窃神锐研究所新纳软件的犯罪分子的事迹被同学们知道了，一传十、十传百，经过百口相传，校园三侠的传奇事迹一时成为学校最大的新闻话题，马小宇与丁努努、叶梦琪这个校园三侠的组合，成为学校最佳新闻人物、最耀眼的明星。

当然，商城的各大新闻媒体也没有放过这个机会，各大报刊以各种形式各种版面向社会做了极有分量的报道。

由于校园三侠在协助公安部门抓获以肯尼特为首的这个隐藏在国内的犯罪团伙中立下了大功，美丽的商城实验学校从此闻名遐迩，大出风头。

荣誉只不过是一个可爱的光环，马小宇对这些并不怎么感冒，他喜欢的是清静、自由的生活。在学校热闹非凡的情况下，他找准一个机会，丢下丁努努与叶梦琪，一个人默默地离开了。

他已经好久没有看到爸爸与马爷爷了，何不借机去看看他们，也可以避开这些黏人的、让人心烦的记者。主意一定，他马上坐上一辆开往神锐研究所的公共汽车，踏上了另一次开心之旅。

下车后，马小宇来到美丽的人工湖边，秀美的五彩峰在阳光的映衬下显得更加端庄秀丽。他走在沿湖的林荫大道上，微微的湖风不停地吹拂着，令人心旷神怡，与学校喧闹嘈杂的环境相比，这儿可舒服多了。他一边慢慢地走着，一边欣赏着沿途的美景，心里感觉到无比的轻松与喜悦。

还没有走到研究所，他就发现了正在疗养的马明起博士，没有了被抓时的低沉与伤感，在人工湖边，马明起博士与马知欢正在欣赏着美景，湖面微风轻拂，泛起一圈圈粼粼的波纹，几叶小舟在湖中自由地漂荡，优美的歌声不时从湖面传来，人们用自己欢快的声音感染着周围的一切。马博士看着这动人的一幕，不禁点点头，完全陶醉在这如诗如画的美景之中。

新纳软件找回来后，神锐研究所的新产品纳米智能机器人医生首批量产成功，美丽的商城市成为全国第一个享受这项新科技的城市。使用生命密码之后，市民们反映效果极佳，由此，生命密码很快走进商城的寻常百姓家，倍受商城人民的喜爱。

小宇走近花坛，听着他们两人的谈话，心中一暖，马爷爷他们的艰辛研究没有白费，总算开花结果了。他没有去打破固有的沉静，而是选择默默地离开。他想，在自己的人生道路上，还有许多重要的事儿等着自己去做，马爷爷的研究成果——生命密码升级版软件还在自己手上，这可是一个特别有用的神奇东西，自己还得好好利用啊！

不知在小宇以后的人生道路上，到底会有怎样的延续与发展，我们权且关注校园三侠以后的传奇人生吧！

致命生物

教室宠物场

自从被大家称为校园三侠的神勇少年马小宇、丁努努和叶梦琪帮助公安成功破获大案，得到上级各个部门的多次表彰，商城实验学校也因之名气大增，在一段时期里备受关注。

大家都没想到，肯尼特一伙被抓获之后，他的爪牙在外围策划着一场更大的阴谋。处于一派歌舞升平的人们对这些处于阴暗角落蠢蠢欲动的势力一无所知，认为此事已经解决，一切安好。

一条长长的林荫大道，从校园里一直伸向街道的远方，高大婆娑的法国梧桐，一袭浓浓的绿正好装扮着美丽的商城实验学校，静谧的校园在绿树掩映之中显得万分庄严与圣洁。

学校外边的人行道上，这几日变得异常热闹，商城实验学校不少的孩子被外面的精彩世界吸引，上课静不下心来，下课都往这个地方聚，弄得学校的管理也陷入了混乱。特别是七年级八班，近来中午自习，教室里总是有一大半人数到不齐，一到上午放学的时候，更多的人涌向外面，成堆的人都挤在与学校仅有绿篱相隔的人行道上，那儿一时间显得热闹非凡。

看到这个情状，班主任刘佳丽可纳闷了：孩子们到底在干些什么呢？是什么东西对他们有这么大的吸引力呢？

于是她不动声色地来到了外面的人行道上，决定来个突然袭击，一探问题的究竟。

临近街角的人行道上，人头攒动，一派热闹的景象，原来是没有规范的流动小贩一溜儿摆出了长长的地摊，各种各样的商品十分具有吸引力，基本上包围着学校外围的几条进出大通道。

学生们手中正玩着从外面小摊上赢来的小宠物：李狮提着一个笼子，里面关着一只杂色的荷兰猪；周娜在手中把玩着一只小兔子；努努玩着一只小金鱼；马小宇正在拨弄着小玻璃缸中的巴西龟；叶梦琪怀中的宠物狗此时也不忘叫上几声……乱套了，全班都玩起了宠物，教室简直成了一个宠物场，看来以后的课程得改为宠物哺养了，学生们都可以改行当动物驯养师了。

看着这一幕，本来想狠狠地批评全班同学的刘佳丽老师不知从何下手，她心想：如此这样全都忙着养宠物，而真正认真学习看书的却没有几个，这样下去，以后的学习如何是好？这成了一个全班性的问题，一个普遍性的问题，自己得正确处理，要是处理得不好，就会打击一大片。

想到这里，她只好将本来要发的火气暂时压了下来。

正当她愁眉苦脸为此事苦恼时，突然眼睛一亮，计上心头，前几天不是带着孩子们参观了动物园吗，何不让他们说说这些动物的来历？任何事物都是相对的，让大家思考看看它们对学生的学习、生活是帮助多些，还是危害多些，带动大家分析讨论，找到一个切入口，问题就好解决了。

想到办法，刘佳丽走到教室前面，故意干咳了一下，热闹的教室里很快安静下来。她的目光向全体同学扫视了一遍，然后就不紧不慢地开始她的转变计划了。她走到前面，拿起周娜正在手中玩着的一只小兔子问同学们："你们知道我手中拿的是什么动物吗？"

"知道，这是一只兔子。"同学们笑着回答。

你不了解的知识

"对,这确实是一只兔子,不过,你们能不能告诉我它的各种习性和相关知识,让大家都更加了解这些可爱的小动物呢?"

看到老师没有禁止他们玩宠物的意思,同学们紧揪着的心总算平静下来了。

这时教室里也变得热闹起来,有的就按老师刚才所提的说起动物的各种习性来,这样一来,你一言我一语的,就将前不久到动物园里所看到的动物的习性说得详详细细。

刘佳丽听后,心里非常高兴,表扬他们说:"看来同学们还是蛮有观察能力的,能将动物的一些细微之处说得如此清晰明了,将它们的特性展示得头头是道,真是令人佩服。不过,你们所看到的都是关在笼子里的动物,这些被圈养的动物其实很可怜,它们没有任何自由,你们认为动物们快乐吗?"

"不快乐!"

"它们没有自由!"

"这不是它们真正的家园,离开了大自然,对于它们来说是一种灾难、一种精神摧残。"

"宠物更可悲!"

同学们听老师开了头之后,又开始为笼子圈养的动物大发议论了。

看到火候已到,刘佳丽继续说道:"其实,动物离开了大自然,这可是对它们最残忍的事情,泰戈尔说过:我们把鱼举在空中,其实这并不是一种善举,因为离开了水它们就活不了。同样将动物捉回来,关进动物园,或是笼子里,让它们过上没有自由的生活,充当人类宠物,不管它们愿不愿意,都毫无办法,其实这也是极不人道的,你们说对不对?"

同学们都大声回答说："对！"

刘佳丽点点头，看到同学们已慢慢进入了自己所设的埋伏圈，她话题一转："既然关在笼子里圈养不对，对动物们不公平，那么将小动物当玩物，将它们的痛苦当好玩，将人类的快乐寄托在动物的痛苦之上，还美其名曰是宠爱，你们认为这样的做法好不好呢？"

老师一说到这个问题，整个教室里的学生全都面面相觑了，谁也不说话了，教室里静得可以听见彼此心跳的声音。

看到自己的计谋终于产生了效果，刘佳丽继续说："其实，我并不反对同学们收养小宠物，课余时间完全可以作为一种业余爱好，与小动物交朋友，还可以丰富学习生活，掌握许多生物方面的知识，但任何事都得遵循一个规律，将学校变成养宠物的场所，这就不对了，你们认为老师说的有没有道理？"

"有！有！"看到老师并不是制止他们养宠物，只是提醒大家注意场合，这样他们都比较容易接受。

"从刚才你们所介绍的一些宠物来看，谁能说说哪些是外来物种，哪些是我国的本土物种？谁能来向大家说清楚呢？"

"我养的是小白兔，属于本土物种。"周娜不好意思地说。

周围的同学听了，哄然一笑。

接着大家都向同学们介绍自己所养的宠物：荷兰猪、巴西龟、宠物狗……

"说得对，有些动物我国没有，引进来可以丰富物种，因此对我们来说是好的，是我们的朋友，但往往事物分两面，并不是所有的外来物种都好，好多超过了自然的限制，情况往往会物极必反。甚至有好多物种，因为没有天敌到现在已经成为入侵物种，比如巴西龟。"

"巴西龟对我们有害，我可从没有听说过，这是不是真的？"坐在窗台边的王经文带着不相信的眼神反问老师。

"据有关部门统计，近年来我国已经遭受280余种外来生物入侵，因为没有天敌，造成大量繁殖，导致生态破坏和生物污染。"刘佳丽引用自己熟悉的一些资料，向同学讲起科普知识来，"就拿同学们十分爱玩的宠物巴西龟来说吧，目前在我国从北到南几乎所有的宠物市场上都能见到巴西龟，但它已被世界自然保护联盟列为世界最危险的100个入侵物种之一，我国台湾已经报道巴西龟对当地龟种群破坏严重，造成当地龟种的消失与灭绝，打破了固有的生态平衡，同时巴西龟也是疾病传播的媒介，新近流行的几种新病毒就与它有关联，还有更严重的后果……"

当老师说到这儿时，下面的同学就坐不住了，原来玩巴西龟还有这么多的坏处，很多同学当时就不想再玩巴西龟了。经老师这么一说，大家对养宠物的认识提高了。

刘佳丽老师看着这一幕，心中不住地窃笑，看来自己略施小计，就解决了同学们玩宠物的问题。

外来物种

校园生活往往是非常令人难以捉摸理解的，从上周开始，自从班主任刘佳丽讲过外来生物的危害之后，七年级八班那种兴玩宠物的风气一下子就消失了，本来教室里到处都是小桶小缸、小兔小龟、小猪小狗的，在刘佳丽老师讲述之后，突然间都销声匿迹了。

教育是一门艺术，往往采取科学有利的方法，以导为主，让学生提高认识，自主改变才是良策。

八班的同学对于班主任刘佳丽老师所提到的关于外来物种的问题，最近也在班级中产生了不小的冲击波，特别是外来物种对我国生态环境所产生的危害，更是引起了同学们的极大关注。

爱好生物探究的叶梦琪受到很大影响，她从报刊及互联网上找到了大量有关外来物种的资料。

叶梦琪将自己搜集到的一些资料打印出来，供同学们分享。

近来在班级中，同学们最喜欢看的就是这些从报刊与网络中搜集来的有关外来物种危害的资料。

原产南美洲的凤眼莲（又称水葫芦），1901 年从日本引入中国台湾作花卉，20 世纪 50 年代作为猪饲料推广后大量逸生。近年来，关于水葫芦影响环境及生态的"罪行"不时见诸报端：堵塞河道，影响航运、排灌和水产品养殖；破坏水生生态系统，威胁本地生物多样性；吸附重金属等有毒物质，死亡后沉入水底，构成对水质的二次污染；覆盖水面，影响生活用水；滋生蚊蝇。

读着这触目惊心的文字，孩子们在学校养宠物的风气就在无形中消失得无影无踪了，班主任刘佳丽看着这一幕，心里总算轻舒了一口气，这也是学校长久努力没有达到的效果。

坠毁的飞碟

"特大消息！特大消息！"看到刘老师不在教室，一向大大咧咧的周娜胆子也变大了，她总是改不了自己喜欢传播新闻的个性，今天，她一来到学校就向同学们传递着一个最近发生的特大奇闻。

本来同学们都在教室里自习，周娜这一通喊，很快就将同学们的注意力转移了过去。

不少人都用异样的眼光看着她，明显不相信她能给大家带来特大消息，其中老是与她唱对台戏的李狲皮笑肉不笑地说："我们的大公主，今天是吃错了哪门子药，青天大白日就喜欢说浑话。"

周娜瞅了他一眼，不屑一顾，不予回答。停了一阵，又有几个好奇的同学开始起哄。他们好奇地质问："周娜，你是真有什么特大新闻，还是故意吊我们的胃口？是真的，有话就说，别再婆婆妈妈，要是敢捉弄我们，那就等着讨打吧！"

看到同学们都被勾起了好奇心，周娜清了清嗓子说："你们知不知道，在我们这儿最近有一件惊天动地的大事发生了？"

"什么大事，快说。"

"别卖关子了，有话就说！"

接着同学们就用明显不耐烦的口气进行逼迫了，不过他们的目的还是希望早点听到周娜要说的特大新闻。

迫于无奈，周娜说："我也是刚才得到的消息，听说在离我们这儿不远的五彩峰发生了一件怪事。"

"什么怪事？"这无异于给同学们添加了浓郁的兴奋剂，本来冷漠的他们开始向她围过来。

看到同学们重又回到静听自己说话的状态，周娜一下子变得高兴起来，她不紧不慢地说："听说五彩峰被一块很大的陨石击中，有人目睹了天外来客光临地球的全过程，奇异的天外来客拜访地球，居然发生在商城市。我了解到的信息就是这些，具体的详细情况，我没有亲眼所见，也没有掌握到第一手的详细资料，也说不清楚了。"

"你说什么？有天外来客？这是不是真的？"王经文听了，在一旁不停地发着连珠炮。

"对，好像是天外飞行器，不知现在到底怎样了，我也不太清楚。"周娜说到这儿，刚才的高兴劲儿全消失了，她也不能够发挥自己奇特的想象力，天花乱坠地向大家乱说一通吧，何况自己并不知道这个天外来客到底是一个怎样的物体，因此大家再问下去，她也说不出一个所以然来。

同学们听了她传递的消息之后，热闹的场面没有继续，一下子变得理智沉寂下来，他们知道，如果真正发生了这样的奇怪事件，周娜没亲历过现场，肯定也问不出一个子丑寅卯来，慢慢地兴趣就消失了，心里自然就产生一种只是仅仅听过这种奇闻的念头，不再缠着周娜了。

不过，她这一说，可调动了马小宇、叶梦琪与丁努努他们的极大兴趣，连眼睛都放光了。天外来客！是不是飞碟？他们都有探索一些奇特的事件，来丰富自己学习生活的想法。

如果周娜所说的都是真的，那么他们就可以好好地去看一看坠毁的这个天外来物，到底是陨石，还是飞碟，好好研究一番具体是个什么东西，它与马明起爷爷所设计的时空飞行器到底有什么不同，还得弄明白这个奇怪的东西又是什么原因坠毁的，是发生了什么令人难以解除的故障而发生意外，还是另有隐情，有着特殊的目的。

三人商定，不管如何，一定得找个时间好好去探究一番。

今天的课堂显得特别长，好不容易才熬到放学，马小宇、叶梦琪与丁努努就一阵风似的向学校外面奔去，这可是他们校园三侠早就约好了的，想到五彩峰去看一看，验证一下周娜所提供的飞行器突然坠毁的消息是不是真实的，毕竟不是亲眼所见的传闻，就都是不能确定的。只有亲身实地考察，得到最真实的材料，才能解疑释难，这也是他们十分关注的事件。

三人各自回家，放下书包，跟家长做了一番解释之后，准备了一些常用的物品，就风风火火地在街心公园一个转角处碰头了，接着就马不停蹄地坐上了开往五彩峰风景区的公共汽车。

五彩峰位于商城市的东南方向，那儿还有一个十分美丽的人造湖。早先校园三侠就协助神锐研究所破获了一个离奇被盗大案，马明起博士与马小宇的爸爸马知欢对他们也是十分喜爱。

现在又要故地重游，特别是听说发生在人造湖边五彩峰上的天外飞行器坠毁事件，更是引起了校园三侠极大的兴趣，他们的心情十分急迫，真想马上就能飞到五彩峰，具体查看这件神秘的事，将情况弄个水落石出。

不过，他们今天并不顺利，正碰上下班高峰，因此公共汽车里就显得人满为患了，叶梦琪更是产生了很大的不适应症，从不晕车的她经受这一番挤压，有点受不住了，好在从街心公园到五彩峰的路途并不太远，没过多久，他们终于来到了人工湖畔，找了一个登山最近的停靠点下车了。

小宇搀扶着叶梦琪，不住地安慰她，不停地在她背上拍着，希望她能好受一点，还从街道边的小商店里买了一袋红姜，让叶梦琪嚼了一点，提了提神之后，梦琪的不舒服感才稍微减轻了一些。

这时小宇有点后悔，要是到清园，联系一下马明起爷爷，运用他新设计的时间飞船，外出就方便多了，他们就不会显得如此狼狈不堪了，但现在后悔也没有用。

马明起爷爷怕他们三人对学习分心，因此早就将送给他们的时间飞船保存在他的清园疗养院，这样一来也可以降低他们启用时间飞船的概率，避免发生不必要的意外。

不过以后有机会，特别是在非常时期，与其这样延误时间，这样难受，不如去马爷爷处使用一下时间飞船，那样还可更加节省时间，方便办事，这可是他们没有想周全而留下的一个疏忽，弄得现在如此狼狈。

他们三人在街道边休整了一下，等自己恢复正常之后，就开始朝五彩峰方向出发。

虽然天外来客的事件发生在上午，前去看新鲜事物的人还真不少，络绎不绝的，有些上班族上午没有看到新闻，就利用下班后的时间去，想一睹传说中的天外飞行器的尊容。

时间已到傍晚，依然还有许多人不住地往这个方向赶，这时，小宇他们才真正明白公共汽车这样拥挤的原因，并不仅仅因为是下班高峰，而是有那么多喜欢猎奇、爱凑热闹的商城人都想去看新奇啊。

他们跟着人流，心情急迫地向五彩峰奔去，在余晖中，山的轮廓看得清清楚楚，一抹晚霞燃亮着山峦，给全城的最高点披上了一层迷人的色彩，有如一位漂亮的少妇，风韵渺渺、美丽动人。

从山顶向下看，他们的视线定格在山峰的半山腰，放眼望去，很快就搜索到一大片密密麻麻的人群，各种嘈杂的声音不住地从那儿传来，这儿可能就是飞行物坠毁的出事地点，他们的心情变得激动起来。

马上就可以看到想象中的天外来客了，小宇看看梦琪与努努，发现他们也跟自己一样，显得十分兴奋，三人加快步伐，一路小跑地向前奔去。

当他们走到事发地点时，发现那片区域早已经被做好保护性处理，他们只能远远地看到一个轮廓好似飞行器的大家伙，重重地摔在五彩峰一处比较开阔的平地上，其形状如一架轻型的鱼形飞艇，通过目测，这个长圆形的东西宽足有两三米，长应该有四五米，可以想象，里面的空间肯定不小，可以容纳好些人吧，但当他们走到附近一看时，发现这儿早就被警察封锁了，他们根本就不能进入里面去近距离观察。

迷失的天外来客

怕人乘机起哄，破坏现场，早就有许多警察在现场维持秩序，四周还拉起了警戒线，令好奇的人们不敢随便越雷池一步，只能远远地看着。

他们三人看着这个阵势，犹如被一盆冷水当头泼下，心里很不是滋味，看来今天要详细了解这架飞行器的情况是没戏了，心中不免有点心灰意冷的遗憾感觉。

既然不能进里面看，那就先在四周仔细观察，再找机会，看看能不能进去，想办法再去详细了解飞行器的情况了。

于是三人就从不同方位开始对已经坠毁的飞行器进行观察，这时，他们静下心来才有机会仔细研究起飞行器的外形，在逐渐昏暗的傍晚，飞行器的形状就如某些国家设计的太空舱，长长的，四五米长，中间是浑圆的设计，最宽处就跟他们刚才看到的差不多，两米左右，与其说是一艘飞碟，不如说是地球发往太空空间站的一个舱段，在一边的中间位置设计有一个出口，在另几个方位还有类似玻璃窗的装置，这可能就是窗口或者驾驶室吧，看起来像是传得神乎其神的UFO，可它到底是一个什么东西呢，校园三侠也不知道！

现在，它就静静地躺在山地上，真正来拜访地球了，底部有一个地方已经烧焦，大地上也留下了多处被高温灼烧过的痕迹，连周围山体上的各种植物都被灼伤一大片，还有穿插在上面的金属环不知受到什么撞击已经严重变形，在夕阳下还闪闪发着青光，他们在外围也只能看到这些了，其他内部的情况，因为离得有一定距离，就看不清楚、弄不明白了。

围着这个被警戒线所圈定的范围，小宇他们三人前前后后跑了几次，苦于看不到坠毁飞行器里面的情况，看来今天要想弄清楚它的详细内情还是非常困难的，三人都有点灰心泄气，在学校里做了周密部署的计划看来就要泡汤了，心里很不是滋味。

"不管如何，一定要想办法进去看看，要不，我们就白来一趟了。"小宇有点不甘心地说。

"对，一定得想个办法，就是偷偷溜进去也好。"努努在旁边打气鼓励小宇说。

叶梦琪听了他们两人的谈话，点点头，她知道他们两人有的是办法，今天去探究飞行器的事情一定不会落空的。

天色越来越暗，围观的人群逐渐减少，但值勤警察并没有放松警戒，依然保持高度警惕，他们得到上级主管部门的命令，要求他们全力保护好现场，不能让任何闲人随便进入，因此他们一点儿也不敢放松警惕，不管人们怎样围绕着这条警戒线跑来跑去，依然没有一个人敢越雷池半步。

看热闹的人逐渐散去，但留下来的人还是不少，他们的好奇心没有得到满足，因此就想等待专门研究天外飞行器的专家们来解开这个谜团。陷入困境中的小宇他们也在静心等待时机的到来，也想快点了解这个飞行器的详细情况。

突然，一个穿警服的身影在前面一晃，十分眼熟，这不是公安刑侦大队的米雪队长吗！何不与她拉拉关系，要是能得到她的许可，那么小宇他们可能就有机会接近这个目标物了。

正当小宇准备与米雪打招呼的时候，围在一起看热闹的人群里起了一阵骚动，他们往那儿一看，原来是专家组来了。这下可好，他们从省城高校请来了专门研究外星空间生命科学的袁天岗教授、地质学家陈亦文，还有一个最熟悉的面孔——马明起博士。这时他们三人都被这意外的一幕所吸引，心情突然间变得兴奋起来，看来今天不会失望了，而且有机会看一场精彩的大戏了。

小宇三人此时大大方方地走上前去与专家们打招呼，并亲切地喊着马明起博士："马爷爷！马爷爷！"

马明起博士听到有人喊他，也感到十分意外，等他反应过来，才发现是小宇他们三个小鬼，心里颇感意外，于是好奇地问："小宇，这么晚了，你们三人怎么还在这儿？"

小宇抢着回答说："马爷爷，你是知道的，我们听说这儿有天外飞行器坠毁，所以就来这儿看看。"

"啊，是这样，是不是碰到了难题，不能进来，对不对？"马博士亲切地问他们。

三人看着他，默默地点点头。

"这好办，我与米雪打个招呼，她会让你们跟随我们去探查考究飞行器的。"说着就去与米雪队长联系。

米雪看到马博士来了，听他说到是小宇他们三人，她笑了笑说："是马小宇他们三人，没什么问题，他们来了，为什么不与我说一下，要是这样，我早就让他们进来了。"然后开始寻找起小宇他们三人来。

小宇与梦琪、努努找准这个机会，顺便向米雪队长问好，打招呼，很快就获得进入里面与专家们一同考察研究飞行器的机会。

能够近距离观察飞行器，小宇他们三人可高兴了，努努拿出早就准备好的强力手电筒，一道白光射出，飞行器的整个外形就在眼前暴露无遗，轮廓让人看得清清楚楚，不过一时也弄不清楚它的建造材料。地面明显有烧煳的痕迹，这样庞大的飞行器并没有留下巨大的深陷坑洞，看来其设计的悬浮技术是非常先进的。叶梦琪从随身携带的背包里取出一个小巧的多用途铁铲，小心翼翼地在烧焦的地面不停地划拨着，希望能找到飞行器着地所遗留的东西，但挖下去很深，依然没有任何有价值的东西。她细心地用小手帕包了一点烧焦的土壤，放入自己的背包，决定拿回去，有空时再好好研究一下。

已经变形的舱门被警察们费力地破开了，一股焦煳气味向外扑来，使人们不得不掩着鼻子。停了一晌，袁教授他们就进入里面了，小宇他们跟着专家进入飞碟内部，一具烧焦变形、肢体残缺且面目全非的尸体蜷缩在被分隔开的驾驶室里。飞行器肯定是遇到了不可抗的力量，被迫降之后，依然不能逃脱坠毁的命运。里面高温气浪腾腾，可能是发生了爆炸才弄成了现在这个样子，他们全被眼前的一幕所惊呆。

飞行器的仪表已经看不清了，里面的物品也没有一件完整的，全部毁于这次事故之中。翻看了多次都找不到有价值的东西，专家们都有点气馁，翻来找去没有可供研究的东西，也找不到任何可疑之点，袁教授叫助手将飞行器上那个生物的遗骸带走，这可是能带走的可供研究的唯一有用东西。至于飞行器的构造与特殊用途，到底是天外之物，还是地球上某些国家的特别飞行器，至今还不能下定论，这也不是他们研究的范畴，留待其他的科学家再来研究。因为没有多少重大发现，袁教授他们一行研究拍照之后就草草收兵，算是完成了今天的查勘任务。

走在后面的叶梦琪细心地发现，飞行器的坐具中有一处与常规不符，这时不由惊叫起来："这是什么，你们快来看，这儿好像有一个箱子。"

听到她的惊叫，很多人都好奇地看着她，马明起博士关心地问她："梦琪，你怎么了？"

梦琪有点不好意思地说："啊，没，没什么，只是我发现这儿有件东西很特别，所以感到非常惊讶。"

"那是什么东西，值得你如此一惊一乍的。"马博士笑着说。

叶梦琪指着这个不合常规的坐具说："就是这儿，你们来看看。"

米雪最先走进来，她凭自己搞刑侦工作的细心，先仔细观察了一番，然后就用戴着手套的手去翻动坐具，细看之下才发现不过是一个极普通的小箱子，上面装有一把搭扣样的小锁。细心的她发现，小锁好像被人打开过。她小心地揭开上盖后，才发现里面有一些刚才他们没有发现的物品，有一些就像我们做实验用的器具，虽然外面发生了燃烧与爆炸，但这里面的东西好像没有受到多大损害，这让专家们感到无比吃惊，十分难以理解。

小宇他们凑过去一看，发现箱中有三个空格，按理说应该是每个小空格中都放置有一个小密封瓶，不过现在三个空格中只剩下两个，这两个小瓶中又都装有特殊的物品，粗略一看，既像是一些吃的东西，又像是一些生物的种子。专家们像发现了新大陆一样，又重新燃起了希望，或许从这里可以弄清楚飞行器发生意外的原因，特别是研究这些种子的秘密，可以知晓外星生物的一些特性，更利于了解他们来拜访地球的目的。

袁教授将这两个小瓶转交给他的助手，在他身旁的助手正准备伸手来接，可能是这两个瓶子特殊的质地，使他一下子没有适应过来，没有抓牢，一不小心，其中一个瓶子从手中滑脱了。用手迅速一挡，还是没有接住，这个滑溜的瓶子就顺势下落，翻滚到飞行器的舱门口，然后一直滚落到地面，里面的种子就像天女散花一样从瓶中散落开来。

突然的变故吓得这个毛糙的助手大气都不敢出，收好没有撒落的一个瓶子，急忙又去收拾另一瓶撒落一地的东西，小心地一粒粒捡起来，吹掉杂质，再次装入这个空瓶中，好不容易才将这一切弄完。

　　袁教授不满地看着他，想要批评他，但看到他这个狼狈不堪的样子，加上众人都在，不好发火，只好忍了一下，没有发作出来。经过这个小小的插曲，算是有惊无险，专家们整理好所搜集到的东西，这一行人才慢慢离开五彩峰。

　　目睹这一切，小宇他们三人终于长嘘了一口气，今天总算看到了飞行器里的一幕，原来是这个样子，不知是不是飞碟，还是某些别有用心的人设计的东西，他们也弄不清楚。不过，从今天来看，这个东西也没有什么令人感到特别惊奇之处，就跟飞机坠毁或火箭发射的残骸差不多，因此三人收拾一番，趁着夜色慢慢回家去了。

寻找外星物种

最近两天，叶梦琪学习总是静不下心来，不知为什么，她觉得自己心里老是感到烦躁。特别是从五彩峰归来之后，那具被烧焦的遗体，那被撞击损坏的飞行器，还有那烧焦的土地，那些奇特的像种子一样的物品，至今仍在她脑海中晃来晃去。她总感觉这件事儿好像没有那么简单，总觉得好像有什么奇怪的事情将要发生一样，最近整个人总是显得心神不宁。

特别是在家中，反复将从五彩峰带回的焦土做了观察、比对与分析之后，尽管自己十分爱好生物研究，对矿物还是有所涉猎的，通过详细分析之后，她感觉这些东西也十分平凡，这些土壤与平常没有什么两样，没有变异，也没有放射性污染，只不过是被高温烧灼过而已，根本就找不出什么有价值的线索。为什么会这样，她感到不可理解。

上完几节课后，她走到小宇与努努面前，将自己心里产生的奇异想法向他们俩说了出来。

其实小宇他们对这个问题，心中也疑虑重重，特别是最后他们所看到的那个箱子，特别是瓶子中所装的物体到底是什么东西，他们到现在都为没有得到正确的答案而纳闷，也不知科学家们能不能很快给出一个正确而又合理的解释，可惜至今都没有下文。

按理说应该有三个瓶子的，为什么只看到两个呢？那么另一个装的又是什么呢？另一个瓶子去哪儿了呢？是不是发生过什么意外，还是有人捷足先登，从中做过什么手脚？这些带显性的问题，稍作分析，明眼人都能一眼看出，就会知道这个事件中存在的疑问，因此这个问题也一直困扰着小宇与努努他们。

现在一听到梦琪的想法，小宇和努努的心里很快就变得活跃起来，三人一致认为，飞行器坠毁事件并没有现在看起来的那么简单，风平浪静并不代表没有问题，或许是有什么不能让人知晓的隐情，或许是还有许多他们遗漏的细节，这都是存在的疑点。现在通过分析，显得越来越明显，如果不弄清楚，心里就不会安静下来。看来，得想办法彻底弄清楚，他们可不想让这件事在心中留下太多的纠结。

现在解决问题的唯一途径就是再去五彩峰探一次，或许还能发现一些他们疏忽大意被忽略掉的地方。

三人的心意是相通的，可以说是一拍即合，想到再去观察了解，马上就在心里达成了一致，决定再去五彩峰仔细探查清楚，这样一来，他们就有足够的时间来做这方面的研究了。正好明天是双休日，也不用担心时间与学习，这可是最好的机会。

第二天，校园三侠相约早上七点一同去看飞行器。虽然不是上课时间，不用起得很早，但他们三人为了探究解开这个一直萦绕在脑海中的疑团，可没有心情来睡懒觉，因此一到约定的时间，就早早地来到了街心公园碰头，很快就搭上了去五彩峰的公交巴士。

早行的公共汽车里空空如也，除了几个参加晨练的老年人之外，基本上没有多少乘客。他们三人一路无语，静静地注视着从车窗外一闪而过的行道树，显得心事重重的样子。好在没多久他们就来到了五彩峰，在最近处下车，三人没有停留就向五彩峰走去，沿着游步道慢慢向上攀登。

清晨的五彩峰，东方的晨曦刚给她披上一层美丽的梦纱，好像戴着一顶有微红帽缨的帽子的美女。清晨的五彩峰刚从黑夜里醒来，静谧极了，此时显得一片圣洁、非常美丽。

凉风习习，雾气蒸腾，再加料峭寒意，他们不禁打了个寒战，本能地收紧身体，将衣服束紧一点，继续行走在晨风里。好在活动了一阵，身上发热，感觉好过了些。

周围的一切不会吸引他们的目光，他们继续向山上急赶，此时的山道已经没有前两天的人满为患，也没有日前那么多威严警察的拦阻，因此他们可以畅通无阻地向前猛走。只一会儿工夫，等他们走到飞行器的出事地点时，身上很快就发热了，额头上还冒出一层细细的水珠，此时也弄不清楚到底是汗珠还是水汽，不过，身体总算不再感觉到有寒意了。

不过他们三人来到这个地方，心里还是感到万分失望，往飞行器坠毁的地方一看，仅仅只有两天的时间，这个神秘的飞行器就已经被搬运走了。没有使用汽车的痕迹，也没有顺着山坡下滑的轨道，明眼人一看就知道，飞碟可能是用大型直升机从空中吊装运走的。难怪一路走来这样冷清，原来飞行器早已经不在山上了。

这样一来，他们满怀喜悦心情来探访飞行器的心愿又一次落空，情绪一时低落下来，好像跌入了万丈深渊，灰心丧气的表情无法形容。三人刚开始那一股子活泼的劲头此时全都消失了，无力地跌坐在山中的小草上，谁也不作声，谁也不能抑制心中的失落和难受，十分无奈地看着天空发呆。

小宇看着自己的好友这样一副垂头丧气的样子，心中也感到十分无奈，他对梦琪与努努分析说："可能是专家们将飞行器从空中运走了，不知他们研究发现什么没有，这可不是我们三个可以做主的事，因此不用泄气，他们才是研究的主体，我们还可以与他们特别是与马明起爷爷联系，会进一步了解他们所得到的最新情况，你们说对不对？"

听小宇这么一说，他们的心里才好过一点，心想：是呀，我们是什么人，又不是什么专家，更不是研究空间问题的顶尖人才，只有科学家们才最有发言权。运走飞行器，去研究飞行器为什么坠毁在五彩峰，这才是他们的使命。要不，如此先进的空中交通工具，专家不去研究发现它们的秘密，又怎能向外部空间进行探索呢？

这样一想，心里好过了一点，紧锁的眉头总算慢慢舒展开了。校园三侠可不是小肚鸡肠之人，没有了飞行器，起了这么早，也可看作是一次特别的晨练，到五彩峰进行了一次特别的旅游，又有什么可后悔的呢？快乐总是与他们相伴，很快他们就调整好了自己的心态，脸上的阴霾也一扫而空。

既来之则安之，看不到飞行器的原样，那么再做做后续观察，若能发现新问题，也不虚此行呀！

他们来到飞行器坠毁的地方，心想看不到飞行器，那就再来仔细研究一下飞行器着地的痕迹，了解它空中着地的力道指数，或许运用所学的物理知识，可以研究飞行器的神奇飞行过程，分析产生坠毁的意外原因，这也是他们心中特别爱好猎奇的想法。

叶梦琪拿着她的小生物样品铲，在这块小范围内不停地翻找着，不过，各种不同的痕迹在纷乱的脚印中失去了完整性，她叹了口气，感觉要找到有用的东西十分困难，真是难于上青天。

努努伏在地上仔细地寻找各种线索，就是一丝毛发都不放过，甚至还将范围扩大到飞行器停留的很大一圈子外围。

小宇也没空着，手里拿着放大镜不住地对地面进行搜索，但也只看到比较杂乱、没有特征被烧焦的大地，什么也找不到。这时，他们才感觉到有点灰心丧气了，一时跌坐在带着湿气的泥土地上，看来今天确实要无功而返了。但三人都觉得心有不甘，一定要找到点什么，一定要找到令他们感到特别的东西，这样才不会白白浪费自己的满腔热情。

突然小宇脑海中灵光一闪，分析说："飞行器坠毁碎片找到没有？肯定没有！"

"这些东西，专家们一定会仔细进行清场的，因此要找到比较明显的遗留物是不可能的。"努努肯定地作了分析补充。

叶梦琪此时插话说："对，我也这样认为，但其中有一个小插曲，不是有一瓶种子样的物品曾经摔出来撒了一地吗，是不是还有没被捡起来的，要是能找到种子，这才是关键，这可是我们今天最应该找的东西。"

听她提到这个问题，小宇与努努失望的心里马上又燃起了希望，劲头一下子就提升起来了。对呀，那天黄昏，那个冒失鬼助手，那瓶种子，应该有戏可看，一定可以找到他们遗漏的东西，这样，校园三侠的信心陡增，马上又开始寻找起外星物种来。

一株幼苗

太阳已经升得很高了，早晨的寒意此时逐渐消退。校园三侠忙活了一阵，现在已经浑身发热。

叶梦琪又细心地在飞行器曾经停留过的地方将地面慢慢翻看起来，回忆起那个傍晚，袁教授的助手冒失摔下瓶子的那个位置，一遍又一遍地细细寻找，然后又用手将泥土全部捏了一遍，依然没有找到任何与飞行器里的遗物有关的东西。

看来这样毫无目的地寻找下去，不管怎样找也找不到令人感到意外的物品，她有点想放弃了，心情再一次跌入失望的低谷，看来今天真的要无功而返了。

小宇与努努看着她这副灰心丧气的样子，也变得无奈泄气，他们的情绪也受到感染，本来十分欢快地寻找，现在找了这么久依然一无所获，三人的心失望到了极点。

三人无力地坐在泥土坡上，你看着我，我看着你，谁也不想说话。

"为什么不能找到有意义有价值的遗留物呢，是不是没有确定好方向，还是寻找有错误，忽略了什么呢？"小宇提醒大家说。

三个人坐下来之后，又开始反思了，明显的地方，这么多人肯定都会注意到，要是能找到飞行器留下的物品，肯定是一笔不小的财富，谁也不会让有价值的东西落下的。是不是可以以飞行器失事点为中心向周边发散，找找谁都不会注意到的地方，这周围的草丛、灌木林以及下面的陡坡石头缝隙，在别人不注意处，或许会有意外惊喜。校园三侠他们三人心里这样思考之后，高兴劲儿又被提起来了，马上扩大范围开始分散寻找起来。

三人将寻找的范围扩大到飞行器曾经停留过的比较大的地方，一棵小草、一棵树蔸、一个松动的陡坡缝隙，凡是有可能藏匿东西的地方，他们一个也不会放过。

找了很久，依然一无所获，就是找到一块碎片、一粒种子、一颗纽扣，心里也会分外高兴的，但什么也没有，三人有点失望。

他们再次跌坐在地上，不停地叹气。正当大家非常泄气之时，努努的眼睛无意中触及一个绿色的东西，突然眼前一亮，发出一声惊叹："你们快来看，这是什么？"

他这一声惊叹，犹如给小宇与梦琪打了一针提神剂，他们也跟着兴奋起来，一起叫喊起来："哪儿，哪儿，快指给我们看看！"

顺着努努手指的方向，他们总算看清楚了，原来是一棵刚刚发芽的娇嫩幼苗。这有什么大惊小怪的，山坡上这样的小苗随处可见，小宇与梦琪不由调笑起努努来："你是不是神经过敏，这有什么惊奇，还一惊一乍的。"

这时努努一本正经地说："我并没有捉弄你们的意思，你们仔细看看，能不能从山上再找到第二棵这样的小苗，仔细看看这棵小苗有什么特别之处，然后再来发表见解怎么样？"

听他这样一说，小宇他们找了一通，确实在山上没有这样相同类属的小苗。小宇为取笑努努而感到不好意思，也不好再坚持自己的观点，这才蹲下来仔细观察起这棵小苗来。

看了一阵之后，他想这会不会就是从飞行器上散落下来的外星生物种子呢。他回忆起那个助手的滑稽动作，瓶子突然从手中滑落，用手一挡，种子就极有机会溅落到飞行器停下的位置之外。但现在还不能确定这就是由飞行器带来的外星生物，细心的他们又在四周找了一遍，除此一苗之外，再也没有找到其他像这种样子刚发芽的幼苗了，看来这棵小苗很不一般。如此想来，他们心中总算形成了统一的共识，这可能就是飞行器所携带的生物种子发芽了。

他们在一边细心地观察着，刚刚从小子叶中破壳而出的细叶，在阳光下显得晶莹剔透，新鲜的露水沾在上面，不起眼的绿色此时十分吸引人们的眼光。这种特别的绿透露出一种怪异，稍微不注意，仿佛就会发生变化，在不经意间快速成长。只一会儿工夫，它的嫩叶就在三人的注视下又长大了一圈，按照这样的生长速度，要不了多久就会长满整个五彩峰的。

　　三人看着这一切，心中感到一阵欣慰，这可是他们几天来魂牵梦绕的、迫切想弄明白的飞行器所带来的物种啊，现在不管是不是真实的，最起码他们可以判断这棵小苗确实与众不同，极有可能就是他们迫切需要寻找的东西。

　　叶梦琪说："不管这是外来物种还是外星物种，关键是我们现在该怎么办？"

　　小宇说："那我们将小苗挖回去好好照顾培养，好不好？"

　　努努看了看小苗，摇摇头不太同意地说："这棵嫩苗太小，挖走怕会弄伤它，不如让它长在这儿，等它长大了，我们再来看看，然后决定是否移走，再作考察研究怎么样？"

　　小宇与梦琪点点头，认为努努确实考虑问题比较周到，于是三人达成一致，先让这棵小苗暂时在五彩峰生长，等它长到一定的长度，再来研究也不为迟。

　　三人看了一阵，将周围的小草除掉，又为小苗培了一把土，感觉到再也没有什么事情可做了，才慢慢腾腾地下山来，一路唱着歌儿高兴地走向回家的路。

　　三人边走边唱，一时显得十分热闹，脸上的不快此时一扫而光。

　　不过，三人的心里至今还存在不太理解的疙瘩，这件惊动整个商城的天外来客事件，为什么到现在都没有什么研究结果，也没有相关新闻报道，比如飞行器是什么原因坠毁的，那两个瓶子中到底装的是什么。科学家们也该将研究结果公之于众了，为什么就杳无音信了呢？这确实令人匪夷所思啊。

　　不甘寂寞的校园三侠想到这，心里平静不下来，现在正好没事，何不顺便去找找马明起爷爷，他可是参与此事件的研究专家啊！从他那儿了解一下飞行器研究的详细进展情况，才是最好不过的事儿。

　　小宇一将自己的想法说出来，梦琪与努努马上附和赞同。这样一来，他们就将回家的路线改为到清园疗养院去看望马明起爷爷，这样顺便可以探听一下与飞行器有关的事情。

奇特的种子

一路说笑，不知不觉间，小宇他们就来到了清园疗养院，没有过多的客套，也没有太多的繁文缛节，轻车熟路就来到了马明起爷爷的住所，今天正好，马明起博士没有外出，这可为小宇他们提供了一切便利。

马明起博士看到小宇他们三个人来了，心里非常高兴。一阵招呼之后，马博士就将他们带到了客房中，亲切地询问小宇他们："这么久没有来玩，是不是最近功课比较忙？还是不记得来这儿啦？"

听到马爷爷这样一问，他们都有点不好意思起来。最近学校里的事务确实比较多，不是与外校搞手拉手活动，就是筹备艺术节的事情，不但学习上忙不过来，这么多事情赶巧凑在一块儿，让每个人都显得特别劳累，因此就没有时间来看望马爷爷。小宇有点不好意思地解释说："最近学校的事务确实多，因此没有来看望您，感觉很对不起您……"

"啊，是真的这样忙，那当然不能耽误时间来看我了，还是学习重要嘛！"看到小宇他们面有难色，马明起知道他们肯定是没有时间，要不就是碰到了太多生活与学习上的难题，既而理解地安慰他们说，"这没关系，没关系的，我只是说笑而已。"

"马爷爷，今天我们是带着目的来的，您是知道的，五彩峰上发生了飞行器坠毁事件，但至今我们都对此一无所知，您能不能给我们透露一下具体的情况？"看到小宇还犹犹豫豫，在一边的努努就抓住时机开门见山地向马博士讨教了。

"噢，你们是说那个飞行器坠毁事件啊。"博士停了停，看了看他们，好像在卖关子，弄得三人心潮起伏的，好在他停了一下又换了一种口气说，"我还是知晓一点点内情的。"

"什么内情？"这时轮到三人着急了，异口同声地反问他。

"飞行器后来到底怎样了，我也不知道，因为飞行器已经被运送到省城或者是京城里，被高层作为外来物进行研究去了，听说这件事还得保密。但对于袁教授他们研究的外来物体问题，因为我也参与了，还是知晓一点，这可是一件令人十分不解的事儿。"马明起博士慢慢地向他们解说着，"你们还记不记得那两个瓶子？"

"记得，那里面装的是什么？"小宇抢着问他。

马博士慈爱地抚摸着小宇的头说："不是什么宝贝，只是一些经过特殊处理带入地球的种子。到底是被太空辐射过，还是从外星球带来的，还不知其详情。不过，我们通过与生物学家沟通，发现确实是一些有生命特征的种子，完全可以在地球上生长，不过它具体有什么特性，与我国的本土生物有什么不同，有没有危害，至今还不得而知。"

叶梦琪问："马爷爷，那它们到底是些什么种子？"

"经过几轮比照，最后生物学家们得出了结论，把它暂时命名为蛇舌草的种子，是一种被强化的外来物种，由于我对生物研究不多，因此也不知在我国有没有这种植物。"

"啊，蛇舌草，居然是蛇舌草，一种绿色爬行类植物，一个外来物种，这可是又一个崭新的偷渡客啊！它本来就是一种特别疯狂厉害的物种，据说其生长速度非常惊人。"叶梦琪将自己所掌握的知识告诉大家。

"又是外来物种，它们对我们地球的环境有没有危害？"小宇有点迫不及待地反问她。

看到大家不解，梦琪为了打消大家的顾虑，缓和紧张的气氛，说："还是我先来给大家科普一下蛇舌草是什么植物，是不是这种草有蛇的舌头呢？可能是有点类似吧！相信见过蛇的朋友都知道，蛇的舌头通常被叫作蛇信子，吐出来以后一般是分叉的。那么这种野草为什么又叫蛇舌草呢？跟蛇的舌头有什么关联呢？我曾经到老家的村里调查，听老人讲故事说起过，这种野草的名字由来还有个传说，这个传说里有一位名医，被邀去为一位重症病人诊治，但是名医找不到合适的药方，在名医犯困打盹的时候，有个穿白衣的女子带他来到户外，在白衣女所站的地方却有一条白花蛇，在蛇舌伸吐的位置，一下子就化作丛丛小草，名医用这种小草治好了病人，因此蛇舌草又被叫作

'白花蛇舌草'。真正的蛇舌草是一种天然的草本植物，药用价值很高，它的茎与叶片都能当药，对人类是有利而无害的。"

"原来如此，那好处多于坏处呀！"听到梦琪如此介绍，努努对蛇舌草的印象没有这么坏了，看来可以用来为人类服务，这没什么大惊小怪的。

"但它是外来物种，可能从外太空光临地球，还有变异等无法预料的因素在内，因此不能对它掉以轻心。"小宇在旁边有点担忧地补充。

"确实，既然是外来物种，就有对我们不利的一面。前不久，我们在生物课上就听到生物老师给我们讲过外来物种，起初它们没有什么特别大的危害，若任其泛滥，接下来的事情就有点说不清楚了。"努努的兴致也被提起来了，做出非常审慎的思考之后，他不无忧虑地接过话头说。

"要是如此，这剩下的两个瓶子就显得尤为重要了，要真的是有害的外来生物，它们将会给人类造成巨大的伤害，不知这些蛇舌草的种子现在怎么样了？"小宇听努努说得如此严重，也是忧心忡忡的。

"你们三人怎么啦，一听我说到这个外来物种，就叽叽歪歪地说个不停。"马明起博士好奇地看着这三个小鬼，心里也乐了起来，"其实不用担心，这些种子已经被市植物研究所严密保管起来，放在那儿就跟放在保险柜里差不多。"

不管马博士怎样保证，校园三侠还是对这些神奇的外来生物提心吊胆，生怕种子会发生什么意外，种子对人类有益无害还好说，要是存在任何的隐患，要是被不怀好心的人控制，做出一些意想不到的坏事来，后果堪忧啊。

今天从马明起爷爷处了解到飞行器的大致情况，特别是证实了这些种子确实是外来生物，那么他们在五彩峰上发现的那棵小幼苗极有可能就是一株外来生物，并且还是一株已经发芽，正在不断生长的蛇舌草。

据杨傲雪老师说，外来物种一旦侵入某地，就会给本地带来不可逆转的灭顶之灾，不知蛇舌草将来对地球有没有影响，会不会危害人类的生活。如此想来，真有点一朝被蛇咬，十年怕井绳的意思了。是不是自己太谨慎，或者杨老师对于外来生物的说法太危言耸听了。

不过，不怕一万，就怕万一，这可是校园三侠一再担心考虑的事情，希望不是，对此，他们一再在心里祈祷。

神奇生物

　　临近新年，节日的气氛越来越浓，同学们也十分企盼元旦的到来，到时可以互送贺卡，捎上美美的新年祝福。

　　新年来了，还有许多打算，得让自己好好总结一下，好的就会留下精彩的印记，不好的希望在来年做好补救的措施，同时，还可以享受一个三天的小长假，放松一下紧张的学习，有空时还可以憧憬一下来年的美好，如此想来，心里都会感到十分温馨和惬意。

　　为了迎接新年的到来，商城实验学校正筹备一系列的庆祝活动，快乐假日，放飞梦想，特别是学校的艺术节正在紧锣密鼓地进行排练，阵容庞大的腰鼓与鼓号队正不停地在操场中进行着队列的变换，专门负责这个节目的梁聪慧老师真是乐此不疲，这也是她的拿手好戏。

　　另一个大型节目校园剧《希望》已经进入最后的彩排阶段，整个学校不管是哪一个年级哪一个班，都已投入认真负责的排练之中，全力以赴地完成迎新年的艺术节庆祝活动。在临近新年的热烈氛围中，校园也就显得无比热闹与喜气。

　　桂花树上所结的一些籽儿，红紫红紫的，可能味道正是鸟儿的最爱，还有香樟那浑圆的小颗粒，也给鸟儿留下了充足的食物，校园里的那片小树林简直是它们的乐园。锣鼓喧天，震荡的声浪吓着了正在常青树上争着觅食的小鸟，一声鸣啾后，它们双翅一扑，将枝条向下一压，然后一飞冲天，消失在遥远的天际。法国梧桐在风中不停地抖动，枯黄的树叶纷纷飘落，给干净的地面画了几团不同的枯黄色彩。

　　操场上除了排练的选手，还有许多没有排练任务的学生，他们也乐意充当最有热情的观众。在这些热心的观众之中就有马小宇和丁努努，他们虽然不大喜欢参加各种文艺活动，但他们却喜欢欣赏文艺表演，特别爱赶这份热闹，还有一个原因就是因为他们俩最要好的朋友叶梦琪也参与了排练，所以一有空他们就会来操场上观看表演，为他们呐喊助威，这可是近来他们俩每日雷打不动的功课，算是支持好友吧。相对来说，其他的任何活动一时都动摇不了他们的注意力。

"特大消息！特大消息！"正当同学们的兴趣都集中在迎接新年的喜庆气氛中时，小宇他们班的活跃分子李狲神色慌张地跑来了，一脸惊讶地大声叫喊，很快就打破了正常的排演秩序。

原来在这段时间，各班忙于排演节目，没有人来管这些没有节目的人，在这段特别松懈的日子里，他们也就乐于在校园内外自由行动。这样一来，一些纪律自觉性差的同学就可以借机外出，正好李狲在外面听到了一个令人惊恐的消息，然后他就想立刻将这个消息告诉同学们。

处于操场中的师生一时变得愣头愣脑了，不知到底是什么特大消息，待在原地不明所以，他们还以为是不用参加排练了，心里还为这没日没夜的排练心烦呢。

喜欢与他人抬杠的周娜迅速从排练场跑出来，指着李狲的鼻子说："又在妖言惑众，传播什么小道消息，你认为妄传虚假信息不犯法吗？"

这样一来，很多喜欢凑热闹的同学都围拢来欣赏另一幕西洋镜。

李狲却急了，他变得有点结巴地说："这、这、这次是真的，我没有说谎。"

"既然如此，那就有话快说。"努努也在一边催促。

这时，李狲有点神秘地说："你们知不知道曾经发生在五彩峰的飞行器坠毁事件？"

周娜打断他故意的卖弄，耻笑他说："这个事早就过时了，整个地球人都知道。"

说到现在，还是没有人相信自己，李狲有点急了，他生气地说："我不是要告诉你们飞行器的情况，而是要说飞行器坠毁之后所发生的事，你知道多少，你懂不懂我要说的是什么？"

听到这儿，小宇才算听出了一点门道，不知他们发现的那株蛇舌草幼苗现在到底怎样了，这段时间因为看排演节目，好久都没有关注它了，他责怪自己真粗心。

他看到周娜又要发作，于是眨了眨眼，制止了她，有意安抚李狲说："你是说飞行器坠毁之后的事，这倒是我们关注得太少，但具体是什么特大消息呢？先说来听听！"

"还是小宇明事理。"看到小宇为他解围，李狲向他投去感激的眼神，接着说，"听说在五彩峰发现了一株外来生物，生长十分神速。"

"我还以为是什么大不了的事，一种生物，有什么值得大惊小怪的。"周娜这时似乎找到了讥笑李狲的把柄，一脸的揶揄耻笑。

"说什么你也不懂，你知道外来物种入侵是什么意思吗？这可是一场关系到人类生死存亡的战争。"李狲反唇相讥。

再争下去，有可能引发一场同学之间的口水大战，小宇看到这儿，就出来打圆场劝架了："好了，好了，先听李狲将事情说清楚，不用如此唇枪舌剑地来白费口舌，耽误大家的时间。"

大家听此一劝，不再耍嘴皮子，操场上一下子变得寂静下来，李狲看了看围在四周的同学，神气十足地说："我也是刚从外面听来的消息，不知是否属实，不过，听人们传得神乎其神的，我也不过是接屁打屁，作个传声筒来依样说话罢了。他们说在五彩峰上发现了一种生长极快的植物，短短几日，那株植物就已经从山腰向下蔓延疯狂地扩张，几乎占据了五彩峰的大部分地区，所到之处，本土生物几近死亡，动植物被全部吞没，同时，这种植物还有剧毒，人也不能随意触摸，如果没有防护，一旦触摸就会中毒，严重时还会引起死亡，现在正向人工湖进犯，不知能不能想到控制的办法，要是真的蔓延到我们这儿，后果将不堪设想！"

"你说的是不是真的？"这回轮到小宇他们吃惊了，他摇着李狲的手希望得到最真实的答案。

李狲点点头，并且赌咒发誓说："千真万确，一点也不假，要是撒谎会遭天打雷霹的。"

"不好，这下我们这个城市有大麻烦了。"小宇一听，大惊失色地丢下一句话，就慌忙离开这儿跑了，留下同学们站在原地发呆，弄得大家一时不知所措。

蛇舌草作乱

祸兮福所倚，福兮祸所伏。这是极有哲理的一句话，在这样一片歌舞升平的美好氛围里，有一场灾难正在暗流涌动，逐步向商城市包围过来，打破了人们喜迎新年的和谐气氛。

当马小宇听到李狲所说的外来生物这个问题时，他的心里不由一急，李狲所说的不就是前次他们向马明起博士请教认识的外星生物蛇舌草吗？短短几天，情况就发生了如此急转直下的可怕变化，这可是他们没有想到的。因此他一知道这个情况后，心里的第一反应就是想快速跑到五彩峰去实地看一看，现场调查核实。

当跑到学校前门的时候，他又慢了下来，总感觉心中还有什么事儿没有办妥，有什么牵挂一样，他拍了一下自己的脑袋，自言自语地说："你看我这个人，总是丢三落四，为什么不喊上梦琪与努努，这可不是校园三侠的办事风格啊。"

他只好又折回校园，看到还在原地发愣的同学，个个都目瞪口呆的。他们现在也无心思排练了，发生了这样的事儿，能不能继续表演庆祝新年还是一件不确定的事。

看到他们发呆，马小宇二话不说，叫上梦琪与努努一阵风似的向外面奔去，现在商城市发生了这么大的事，这必将是一场生死存亡的巨大考验，如果弄得不好，还会演变成一场毁灭性的灾难，后果将不堪设想。

他们可顾不了这么多，完全没有心情向老师请假，三人好似心有灵犀，很快就来到了学校外面的公共汽车站，登上一辆开往五彩峰的公交车就出发了。

今天的公共汽车上也十分拥挤，很多人都听说五彩峰发生了怪异的事情，好奇心令人们不停地向这个地方进发，都想目睹外来生物入侵的现状，了解具体的进展，好及时安排家庭的正常生活。

因此在汽车上，校园三侠又再次听到了关于飞行器所留下的种子滋生的各种怪异事件，这为他们前去调查提供了好多第一手材料。

一个戴着圆形帽的乘客对他的邻座说："你们听说五彩峰的奇怪植物了吗？"

身边的那个乘客回答说："听说了一点，好像那个怪物长得十分迅速，是不是这样？"

"对，听有关部门的专家介绍说这个物种是飞行器带来的特殊物种，和我们地球上的一种叫作蛇舌草的爬行类植物十分相似，现在人们正式将它定名为'蛇舌草'，它有极强的生命力，生长十分迅速，短短几天就已经从五彩峰蔓延到整个人工湖，并且向我们这个城区大举进攻，相信用不了多久，我们这儿也会变成这株奇怪物种所控制的战场。"戴帽乘客接着补充说。

邻座乘客一脸惊讶地问："这样说来，要是这种叫作蛇舌草的奇怪物种真的扩张到我们生活的城区，对我们有没有危害？"

他这一说，马上就将车上人的话匣子打开了，大家七嘴八舌地说开了。

其中一个大学生模样的青年推了推眼镜说："当然对人类有危害了，外来生物除了有顽强的生命力之外，既不容易消灭，还有不少对我们人类是有害的，有的还有剧毒，可以直接杀伤甚至杀死地球上的生物，它们还会遮蔽阳光，将本土生物严严地覆盖包裹，使它们得不到阳光进行光合作用而最终死亡。如果它们大举进攻还将水道阻塞，道路中断，房屋压垮，总之就如到了世界末日一样可怕……"

"那这种生物有没有毒，不会对人类与动物造成伤害吧？"人们听到解说之后，感觉一阵后怕，真有种毛骨悚然的感觉，在一边早已忍耐不住的叶梦琪揪住话头，及时向这位大哥哥请教。

"啊，说到蛇舌草有没有毒害，现在好像还不太确定，没有这类伤害的传说。一般情况下外来奇怪的物种对人与动物应该是有伤害的，不过，现在一时也说不清楚。"他有点模棱两可地说。

接着车厢里就起了争论：

"外来物种蛇舌草应该没有危害，不会有毒。"

"当然有毒害，要不它们研究这种地球上早就有了的植物干什么呢？"

······

小宇他们听了，在心中这样想着：看来从现在人们对蛇舌草的争论中是难以了解到详细情况的，它是否会带给社会危害，还要亲眼所见才能一见分晓。

好在他们很快就要到目的地了，一种急迫的心情正在胸腔中剧烈地跳动着。

车子没有到终点站，听人们说前面已经被蛇舌草侵占堵塞了，交通道路正在被一点点蚕食，乘客们只好下车，让公共汽车调头返回。

不过，稍微走一段路，抬头就可以看到五彩峰了，山上依然是青翠欲滴的一片，远观没什么特别之处。但当他们走近，小宇完全被眼前的一幕惊呆了，真不敢相信，这就是前几天他们看过的景色吗？目之所及，到处都是蛇舌草的天下，人工湖旁的公园已经成了蛇舌草的世界，人们的一时疏忽，让它们短短几天就泛滥成灾了。

难怪已经引起了人们的恐慌，原来蛇舌草已经开始发动对人类的进攻，这不得不引起人们的重视了。

校园三侠围着长长的公园长堤走了一段，宽阔的休闲公园随处可见蛇舌草的身影，它们爬上公园的路，侵占了一大半范围，有的已经缠上了路边的栏杆，开始向人行道上高高的风景树进攻。不少小树被它的藤萝紧紧缠住，然后就是厚厚的绿叶铺天盖地，快速将绿化植物遮得严严实实，只能微弱地苟延残喘。还有的伸向各种建筑物，前面被它们侵占的地区，人们一时应付不了，纷纷扔下房屋开始另觅他处，搬迁了。

蛇舌草用不屈不挠、无孔不入的干劲，将它们的魔爪钻入房屋，整个建筑外墙都爬满了蛇舌草，有的从墙脚向上探头，有的从各个缝隙进入，这个地方基本上都成了无人区。看着这触目惊心的一幕，小宇与梦琪、努努表情严肃起来，停下来仔细观察起蛇舌草来，发现它们与地球上原本的蛇舌草有明显不同：粗大的藤蔓肥厚变形，比地球上的那种植物明显要大几十倍。叶片也变得比原先更加宽大，不完全是普通蛇舌草细碎的椭圆形叶片，产生变异的叶子各种形状都有。

看到这儿，小宇对梦琪与努努说："这应该是一种变异，是不是从太空来的东西经过处理后都会发生变异，这与我们人类到太空育种有什么区别没有？"

"应该有区别，因为这是一种特殊生物。"努努看着眼前的一切，稍作思考后解释。说着，他就用手想去提起蛇舌草的叶片，仔细观察一下结构，手指刚一接触到蛇舌草的叶片，他就惊叫起来："哎哟，好痛。"手一下子就红肿起来。

"到底怎么啦，大惊小怪的。"小宇看着他这个样子，有点想笑又笑不出来地问他。

"我被什么东西刺了一下，你们看手都肿了。"努努脸色都变了，一边不停地哼哼，一边痛苦地压低声音说。

在一边的叶梦琪笑着说："是不是真的，就是刺了一下，也不至于弄得如此小题大做吧，让我来检查一下，看到底是什么东西弄痛了我们的大英雄。"她说着就准备伸手去翻找蛇舌草藤蔓上的刺。

小宇一个"慢"字还未说出口，叶梦琪的手指就触上了蛇舌草的叶片，像有灵性一样的蛇舌草藤快速地向她移来，吓得她快速缩回了自己的手，脸上也是十分痛苦万般难受的表情，感觉比努努还要严重，这时努努不忘奚落报复一下叶梦琪："怎么样，舒服吧。"

叶梦琪痛苦地说："我都受不了啦，你还在斤斤计较，以牙还牙。"

这时小宇才发现，梦琪的手比努努的还要肿得厉害，看来女同胞手上的肌肉碰到这个，受伤确实还要严重一些，他有点心疼地说："你们两人，到了这个地步还要耍嘴皮子，真是坐在火山上还要寻欢作乐。"不过小宇还是不太理解，为什么我们不能用手碰蛇舌草，是不是上面有毒素，还是有什么东西，得仔细观察清楚。

他找来一小段树枝，用力拨动着蛇舌草的爬蔓，被惊扰的地方，蛇舌草仿佛有眼睛一样，藤蔓不断地向他的手这边探过来，好像有灵性的生命一样。

马小宇经历了这可怕的一幕，吓得他赶快丢掉手中的木棍，小宇头上的汗都吓出来了，惊得他不住地吐舌头。难道它们已经动物化，还能与人类对抗不成，怪不得人们都从这儿逃离了家园，看来他们早就领略到了蛇舌草的厉害，应该是想尽了办法，都无法对抗它吧。

看来这个城市完了，不知以后会是什么结果，小宇有了一种担忧。他看向人工湖中间的神锐研究所，不知他们现在有没有受到蛇舌草的侵扰，要是他们能将连接之桥截断，蛇舌草又不能从水路进攻，那爸爸他们暂时应该是安全的。

　　具体情况是怎样的，小宇也不知道，此时他关注的是眼前的状况，对爸爸他们也就没有想那么多了，只能静看事态的发展了。

变异物种

校园三侠看着蛇舌草已经疯狂侵占了人工湖休闲景区的大部分地区，心里很不是滋味。小宇对自己用树枝拨动蛇舌草时它们的反应更是不解，它们居然还具有了动物灵性的反应，能迅速向人类进行不友好的袭击，这可真是一种奇怪的外来生物。

一向对生物比较有研究的叶梦琪口里还在不停地叫着"哎哟"，但她也弄不懂蛇舌草为什么会这样，完全改变了性状，与地球上的本土生物已经有了天壤之别，到底又是什么原因造成现在这种结果？她在心里翻来覆去地想着。

她蹲下来，仍然用小枝条小心翼翼地拨弄着蛇舌草，她看到了令人十分惊奇的现象：一些小豆芽样的细根密布藤条之下。这样一来，所到之处，它们既可以吸附一切物体，成为征服力量十分强大的进攻型生物，又可以随时随地地吸取土中养分，补充生长的所需能量，促使它们疯狂地生长，难怪短短几天就能从五彩峰快速蔓延到城区的公园和一切它们都能够到达的地方。

蛇舌草上面的叶片明显要比地球上的物种大一圈，这样又可以使它们享受到更多的阳光，同时它们还有向光性，对热量感觉比较灵敏，人一接近它们，叶片能跟着人手的方向捕捉对手，难怪努努与梦琪在不经意间就着了蛇舌草的道道。

从他们两人的状况进行分析，蛇舌草除了有顽强的生命力之外，还有最厉害最危险的，就是对地球生物有巨大的危害性，人与动物都不能与之靠得太近，一旦接触就会中毒受伤。好在努努与梦琪他们只是手稍微接触，因此受伤极轻，但红肿的手上还是留下了十分难受的奇痒刺痛感觉，用梦琪带来的清凉油反复涂抹，痛感才减轻了一些。

　　蛇舌草以它们特别旺盛的生命力，不停地向商城市区中心进犯，刚才还与小宇他们有一段距离的蛇舌草，突然之间就让人感觉到它们非常迅速地扩张，已经慢慢靠近了他们，面对这一奇怪的现状，三人都目瞪口呆，不知有什么方法可以使这些外来生物得到控制。

　　三人沿着原先休闲公园的道路，想继续向前看看情况，但沿途所见令他们感到惊恐万状。蛇舌草正不停地向主城区迈进，粗大的藤蔓一路猛长，布满了湖边的休闲路，有如无数条毒蛇向大地吐着长长的信子，稍有不慎就会着了它的道道，让人想来就毛骨悚然。

　　浓密的叶片一层层地包裹好藤萝，贪婪地吸取着阳光，所到之处，所有的植物由于被蛇舌草分泌出的一种特殊气味所麻醉，又不能照见阳光，失去了光合作用的本土植物就迅速崩溃，走向死亡。

　　原先听得见的小鸟鸣叫，可以看见的各种小动物，大都逃离了它们曾经的快乐家园，没有来得及逃走的都被蛇舌草所俘获，成为它们魔爪之下的猎物。

　　巨大块茎似的藤蔓不但向地面进攻，还向空中发展，公园边的栏杆上、休闲椅上、路灯与各种公共设施都爬满了蛇舌草，曾经为大地添美的各种绿化树都爬满了它们扩张的藤蔓，连高大粗壮的古树都无一幸免，美丽的城市、人间的乐园在顷刻之间正在变成人间的地狱。

　　凡是有蛇舌草的地方就是一派萧条，因为人类不敢再碰蛇舌草，现在不是敌进我进，与之战斗，而是另一种令人心寒的惨境，人们都逃离了曾经的美丽家园，暂时搬到了居住在其他城市或是其他地方的亲戚朋友那儿，只想远离蛇舌草伤害的地方，等待事态的好转。没有了对手，这里就成了蛇舌草肆意攻击的战场。

　　它们所到之处可以说是所向披靡，压倒了一切公共设施，毁坏了一切花草树木，毁灭了城市里的一切生气。同时，它们还向现代最坚固的房屋进军，一路吸取各种养分，从下水道、防洪口、地面的楼房等各种入口向现代化的建筑发起了进攻。

　　一些攀沿上窗台像带吸盘的蛇舌草藤，伸出它们的须蔓抓住了各种铝合金辐条、不锈钢防盗网，不管是多么好的建筑材料，由于不堪重负，很快都会变形，逐渐被瓦解。像得胜将军一样的蛇舌草更是一路猛攻，不少结构不甚牢固的房屋由于受不了这样的重压，都倒塌了。昔日的人间天堂，现在完全变成了一个好像遭遇核爆炸后的无人区，一片惨状。

突然从前面传来小动物的惨叫声，循声望去，他们发现一只纯白的漂亮可爱的宠物狮子狗，可能是惊慌失措的主人没有来得及抱走它，也许是它调皮，自己挣脱管束跑出来的，不幸落入了蛇舌草的魔掌之中。刚才还活蹦乱跳，仅仅十多分钟时间，小狗就被蛇舌草制服了，它静静地躺在蛇舌草的绿叶丛中，一会儿就不再挣扎，已经被毒杀死亡，顷刻之间这儿就变得死寂一片。

看着这如人间地狱的场面，叶梦琪心中狂惊不止，吓得脸色一片苍白，幸好努努和小宇都走过来安慰她，她才感觉好了一些。然后，三人慢慢地往来路走去。

小宇看着蛇舌草疯狂的状态，心想：这儿已经是蛇舌草的天下了，不知处于人工湖里的研究所是不是也有蛇舌草的阴影笼罩，不知蛇舌草是否有克星。

想到这里，他对努努与梦琪说："我们何不去人工湖那边看看，蛇舌草现在是没有什么东西可以制服，不知它们对水有没有禁忌，要是对水有防范，那就有办法了。"小宇很有信心，他认为一旦找到突破口，搞研究工作的科学家们一定有办法解决好蛇舌草这个外来物种的入侵问题。不过他嘴里虽然这样说，心里还是十分担心他爸爸马知欢等研究员的安危。

他们沿着还没有被蛇舌草侵占的休闲路向人工湖靠近，然后惊奇地发现，处在五彩峰旁的神奇人工湖依然湖光激滟，美不胜收，丝毫没有被蛇舌草施展淫威的痕迹，这可是令他们感到十分奇怪的地方。

看到这一幕，小宇悬着的心总算落下来了，他转过头对努努与梦琪说："你们看，为什么蛇舌草不向湖水进攻，这是不是说明它们怕水啊！"

"这不可能，刚才我就观察到了，不少蛇舌草特别中意陆地上的水，有水的地方生长得特别快，应该是水面缺少支撑，它们才不再向湖面蔓延。"叶梦琪凭着自己对植物的特性非常熟悉地做出推断。

跑得比较快的努努伏在湖边仔细地观察着蛇舌草的生长态势，过了一会儿，他向小宇他们喊叫着说："水对它们没有害处，相反还有促进催化作用。你们来观察就会发现问题。"

他们都来到湖畔观察，发现不少蛇舌草都十分喜欢水分，一来到水边，生长就特别旺盛，伸向水中的粗大藤块没有丝毫损伤，更没有腐烂。

看着这一切，三人感到前景一片迷茫，不禁陷入了沉思之中：看来现在没有东西可以暂时制约蛇舌草的生长，未来的商城不知将走向何处，是走向灭顶之灾，还是会出现什么奇人来拯救一切，让人类避开这场大劫难。

疯狂的进攻

"我们孤独走在这大街上，看不见那些迷人的风采……"小宇他们三人从人工湖公园往回走，因心情十分无奈，就哼起了在学校十分流行的一首伤感歌曲《孤独走在这大街上》。

商城市已经不是原先的城市了，街道上到处都是逃离的人群，惊慌失措、满地狼藉。据这些逃离家园的人讲，现在不仅仅在人工湖公园发现了蛇舌草，其他多处地方也发现了蛇舌草的存在。它们以顽强的生命力快速对整个商城市形成包围之势。

每日接到各地越来越多不利的紧急报告之后，政府部门也一时陷入了被动恐慌之中，都想快速消除这场突变之灾。省委书记钟立民对此突发事件高度重视，不但亲临一线进行调查，为人民做好安抚与稳定工作，还责令市委书记欧阳峰挂帅，市长阳康宁全权负责，处理解决这一重大的灾难性问题，特别要保障人民的生命安全。代号为"除魔"的行动马上在全市展开。

武警消防官兵首先想方设法进入五彩峰，想从源头切断蛇舌草的根基。其他一些没有办法靠近的地方，一批特警凭借直升机从空中进入，用高爆炸弹炸蛇舌草的大本营，然后喷洒高浓度的除草剂，想将蛇舌草彻底清除，暗想只要在五彩峰切断了它的根，它们就没有了后续的生长，应该是一种最好的除魔方法。

理想很丰满，现实很骨感，这些理论与实践相结合的做法，收效甚微，毕竟蛇舌草的生命力太强了，它地下还有根须，只要有存活的细胞，它又会在其他地方因形就势，疯狂扩张。

或许是刺激了它的细胞，在斩断五彩峰上的根之后，其他地方的蛇舌草呈现更快蔓延生长的势头。看来想尽一切办法还是不能抑制，它们依然呈现出一片生机勃勃的景象。

武警消防官兵尝试采用火烧的方式烧死蛇舌草，他们淋上火油，倒上芒硝，点燃五彩峰满山的蛇舌草，在一片汪洋的火海之中，仿佛听得见蛇舌草痛苦挣扎的咆哮。仅仅只是一段时间，这些经历过特殊环境考验的顽强生命马上适应了烈火的考验，又重新产生了变异。可能蛇舌草本身就是从外太空经过高温进入地球的，它们不怕火，普通的火烧温度并不能奈何它们，烧过之后，稍事休整又迅速恢复。可能是这些外力激发了它们的灵性，它们又开始成片生长。

武警消防官兵又采用各种化学药品进行杀灭，用毒气等以毒攻毒，甚至运用电磁激光等现代化手段，依然不能对蛇舌草产生彻底的控制效果，这些外来生物的生命力太强了。整个除魔行动一时陷入相持阶段，找不到最有效的应对方法。

这些现场，校园三侠都亲眼看见，并进行了全程跟踪，没有一点效果，他们看到一通通火焰就如一阵阵助长催化剂，蛇舌草不但没有受到伤害，反而不断地向施火者扑面而来，吓得不少消防官兵不得不停下来躲避，而采用其他化学药物更加刺激了蛇舌草的疯狂生长。

此时的人们才知蛇舌草的厉害，它们已经有了灵性，人类在这些疯狂的生物面前，穷尽一切办法来控制，但在它旺盛的生命力挺进行程中，变得束手无策。

人们看着这一切，到处都是蛇舌草扩张的世界，大地上的人们已陷入绝望与无助之中，一时面面相觑，已经无计可施。

小宇对努努与梦琪说："如果找不到蛇舌草的克星，任它肆意蔓延、危害世界，我们的地球将会遭遇一场大劫难。"

努努听了也是忧心忡忡，他建议说："这些外来物种既不怕水火，又不怕药品，不知它们怕不怕电流？"原来，他想到了小宇用软件给他们下载的身体电能。

"对呀！对呀！我们体内都存有电能，何不试试看？或许对抑制蛇舌草的疯狂生长有用。"一直沉默的梦琪帮腔说。

自打他们从马明起爷爷的生命密码软件中学到一些特别的能力后，正愁没有用武之地。

　　三人说做就做，找准了一处离他们比较近的蛇舌草，三股强大的电流齐聚一起向蛇舌草击去。

　　一阵攻击过后，三人筋疲力尽，但对蛇舌草不起任何作用。看来电流对蛇舌草作用不大，甚至在受过伤害之后，它还有了一定的免疫能力，跟武警消防用的方法一样，每试用一种方法，它们就增加一些防御能力，仿佛蛇舌草已经有了灵智，学会了自我疗伤。

　　这样想尽一切可用办法之后，它们依然无所忌惮地生长，人们面对它的疯狂扩张，感到无能为力，整个商城都陷入了困境之中。

　　街道上到处都是废弃的物品，好多超市、商店早已关门，就连好多的加油站也陷入了蛇舌草的包围圈中，没油抛锚在路上的汽车一辆辆多了起来，人们在客运瘫痪、地铁休整的情况下，只能选择步行的方式，以各种能想到的最快捷的方式逃离家园。

　　敌进我退，在空荡荡的街道中，高大的各种建筑物之间，很快都成了蛇舌草的天地，整个商城眼看就要变成一座空城，人类遭遇到了大劫难。

城市大劫难

城市到处都是被废弃的物品，空置的房屋，原先花花绿绿充满生机活力的城市已死寂一片。

政府在尝试各种办法消灭蛇舌草无果后，只能先帮助市民安全撤退，并且将灾情向上级汇报，希望快速找到制服蛇舌草的方法，以解商城目前的危机。

同时，另一路人马——科学家们迅速用飞机将那两瓶种子送到了中国科学院，以求研制出对付这些外来入侵生物的方法。当他们将这儿的异常情况向高层做了汇报之后，高层对这种突发灾情十分重视，专门派了由中科院常遇春院士带队的调查小组来调查商城面临的紧迫问题。

这些科学家马上展开工作对两瓶种子进行分析。然而，不管用什么科学的方法，还是看不出它们与地球上原本的蛇舌草种子有什么不同，看不出有什么变异。科学家们一无所获，一时也毫无头绪。

马明起博士回忆起前不久在五彩峰获取这两瓶种子时的情景，一个细节使他陷入了思考，那个毛手毛脚的助手曾将其中的一个瓶子摔落在地，可能就是从那时开始，有一粒种子不小心被遗忘在那儿的土地上，这也就是蛇舌草最先从五彩峰发源的原因。现在最令人不解的是，为什么商城市四处都发现了蛇舌草疯狂的身影，它们与五彩峰那株好似并不属于同一粒种子，而是另有来历，那么这些种子又是从哪儿冒出来的呢？

这其中是另有什么没有注意到的地方，还是哪儿出了纰漏，当他把自己的想法向大家提出来时，大家也以为可能是这个环节出了问题，是个突破口。

原先校园三侠最喜欢在车水马龙的大街上徜徉，看城市的美丽景色，享受美好的都市生活。但这一切美好都随着蛇舌草的不断扩张而消失了，特别是到现在还没有找到制服蛇舌草的方法，小宇他们的心跌到了冰点，不知还要多久，商城市的人们才能享受到和平与安宁。

幸好，居民们虽然撤离了城市，以中科院院士常遇春为首的科学家们正从各种途径对蛇舌草进行研究，希望能在短期内找到制服它的方法。

现在街道上几乎没有什么行人，昔日热闹的都市，现在成了一座寂静的空城。幸亏他们所住的地方蛇舌草暂时还没有光顾，因此他们还没有撤离，三人漫不经心地在已经布满蛇舌草的街道上走着。

这时，前面出现了一队人影，向他们走来，三人一时惊住了，这个时候谁还有这么大的胆子，竟敢在被蛇舌草占领的地方大摇大摆地行走，这确实太令人匪夷所思。

三人正在发愣，一个熟悉的声音问道："小宇、梦琪、努努，你们三人怎么还在这儿没走？"听到熟悉的声音，小宇这才弄清楚原来是米雪队长带着几名公安干警。

校园三侠热情地与米雪队长打招呼，不过对米雪队长他们的行为极不理解，小宇好奇地问："米队，现在所有的人都撤退了，你们怎么还没走？"

米雪笑着说："这有什么，现在整个城市都陷入了瘫痪，我们正奉命巡逻保卫这个城市，以防坏人趁机作乱。"

原来是这样，小宇他们这才算是彻底弄明白了。这下轮到米雪对他们好奇了，她接着对小宇他们说："你们胆子真大，现在这个城市到处充满了危机，还敢在这个危险的地方四处乱闯。快离开这个鬼地方，以免碰上不必要的麻烦而出现意外。"

努努没等他们回话，就抢着说："米队，没关系，我们也是在寻找蛇舌草的克星，想快点找到办法消灭它们，也好让商城的人们早点回来，让商城市重归原先美好的生活。"

米雪点点头，然后说："这可是一个十分艰巨的任务，现在科学家们对蛇舌草的研究也陷入了困境，还没有找到解决问题的办法，这也是最令人纳闷和头疼的事情。现在弄得全城一切都停止了运作，所有学校不知要停课到什么时候，商店、工厂、银行等各个部门都被停止，全部陷入瘫痪之中，这也是我们所有商城人忧心忡忡的地方，现在我们能做的就是好好保护这座没有多少人居住的城市，不让犯罪分子有空可钻。"

梦琪十分赞赏地说："对，现在的商城十分脆弱，更需要你们这些和平卫士来保护，才能为以后的恢复正常秩序做好坚强后盾。人民会永远铭记的，你们永远是功臣。"

　　米雪摸着叶梦琪一头长长的秀发，充满爱意地说："谢谢你们的理解与支持，我们会在非常时刻尽力而为，也请你们放心，我们一定与坚强美丽的商城共存亡。"

　　米雪有点不放心他们，提醒说："现在这儿到处都充满了危险，你们最好还是和我们一起离开这个地方，以防万一。"

　　"好的，我们也对这儿失去了信心，正愁没有地方可去，现在可好了，可以跟你们一同回去了。"小宇听了米雪队长的劝告，顺势与他们一道离开了这个令人担心害怕的地方。

迷局中的拐点

　　美丽的商城基本成为一座空城，蛇舌草几乎控制了大半个城市。没有被它们占领的地方还偶有人们的活动，不过那也只是一些在装运东西、准备转移的搬运队伍，剩下的就是一些没有人管的狗呀猫的，许多小宠物成为无家可归的弃儿。

　　米雪队长他们已被上级专门责令，留下来作最后撤退保卫商城的安保队伍，因此他们每天都会在各个地方不停地巡逻，及时处理突发事件，保障商城的安全。

　　另外，他们还有一个任务，就是要保证专门研究蛇舌草的专家小组的安全，让他们尽全力最快研制出制服蛇舌草的克星。

　　校园三侠的家人也都跟随大部分人转移到了安全的安置点，学校早已放假，因此他们就有空闲时间在外面自由活动，甚至可以随心所欲地乱逛了，这也让他们对蛇舌草作乱商城的全过程有了一个比较清晰的印象。

　　在已被蛇舌草的淫威控制的大地上，面对蛇舌草扩张的海洋，尽管他们有特异功能，也只能"望洋兴叹"，毫无办法对付这种外来入侵物种的疯狂进攻，由此可见人类在特异灾难面前是多么的渺小和无力。

　　这样转了几圈之后，他们也只能看着蛇舌草肆无忌惮地不断向前延伸，而没有一点办法控制。他们的心情落到了最低点，感觉相当无奈。

　　过了一会儿，校园三侠跟随米雪队长来到紧张的市紧急研究中心。这儿虽然是一片繁忙，但他们做事总是井然有序，并没有因蛇舌草的进逼而受到影响，特别是没有一点儿混乱之感。

　　他们十分严谨的科学态度、忘我的工作热情是多么值得人们敬佩啊！不过，至今地球上还没有找到制服蛇舌草的克星，这可是令科学家们最头疼最恼火的事情。

校园三侠走到一个摆放有高倍放大镜的观察室门前，正好马明起博士也在里面，正看着一个小瓶子发呆，小宇他们看见了，热情地与他打了招呼。

马博士看到这三个小鬼，紧锁的眉头一下子舒展开来，停下自己的发呆，希望这几个聪明的小鬼能给自己带来好的思路，于是就带着他们三人来到观察室，陪他想想其他的办法。

三人来到观察室，看见大家的脸上都带着一股压抑的气氛。他们没有办法控制蛇舌草，因为工作压力大，心里肯定都是一片阴霾。

很快，一段蛇舌草的标本被运用电脑操作的方式放大无数倍后进入了他们的视野。以前他们只是走马观花地看看蛇舌草，其实并没有对它们做过认真细致的观察，特别是梦琪与努努受伤之后，他们就更加讨厌蛇舌草了，因此没有彻底弄清楚它们的结构。

现在进入了观察室，他们才有机会静下心来仔细地观察蛇舌草。它们的形状与地球上本土的蛇舌草有所不同，本来是长条形的叶片，如蛇类所吐出的长长的舌信子，不规则地长在茎的周围，本是一种很好的药用植物，不料却在这儿完全发生了变异，成为危害商城的罪魁祸首，成为人人谈之色变的公害，这是人们不敢想象的事实。

眼前的蛇舌草已经发生了变异，不再是原先的模样，叶片已经变得肥大，体量是原先的好几倍，每个叶片都分了无数个小岔尖，一片接着一片互生，好像是粘连在藤条上的，细看上面还布满了小小的茸毛，特别是粗壮的藤蔓上更是密布着小尖刺，看来变异刷新了世人对于植物的认知，已经看不到它们原本的模样了。不要小看这些尖刺，上面布满了毒素，没有保护措施的皮肤接触之后，定会红肿且疼痛不止，如摄入太多的毒素，人畜还会有生命危险。

蛇舌草被放大之后，大家就看得清清楚楚了，一株蛇舌草的藤萝就像是一座小小的森林，里面荆棘丛生，叶面小尖牙密布，处处暗藏杀机，人们稍有不慎就会受到伤害，甚至碰得头破血流。

这时小宇回想起努努与梦琪受伤的过程，有点迷惑不解地问："马爷爷，上次我们被它的芒刺刺伤之后，都感到十分难受，这是为什么？"

马明起博士脸色凝重地回答："是蛇舌草本身带有的毒素侵入人体的血

液之中，使碰触到它的人产生疼痛反应，现在听说严重的会使人休克，如果没有及时得到救治的话，时间一长还会有生命危险。"听他说得这么严重，让人谈虎色变，看着这些蛇舌草，小宇不由得浑身一颤。

蛇舌草有超强的自我保护能力，人类不能随意杀灭它们。它们现在在地球上为所欲为，异常猖獗，不知怎么才能快速找到制服它们的法宝。想到这儿，整个观察室里的人都陷入了深思，观察室里的气氛相当沉闷。看到这么多人都一脸凝重，就是刚走进来的常遇春院士也无言以对。

梦琪看到这一情状，故意没话找话地打破窘境问："马爷爷，不知你们现在的研究有没有结果，但据我思考，要找到制服它们的克星，不应仅仅从蛇舌草本身出发，而应该从其他方面找突破口。"

"其他方面找突破口，又该从哪儿入手呢？"马博士不知他们是否有更好的方法解决问题，有点迫不及待地反问她。

叶梦琪停了停，用手捋了一下眼前的刘海儿，不紧不慢地说："我认为应从来源地开始进行分析与研究，特别是从坠毁的飞行器那儿查找起，你认为对不对呢？"

"飞行器，对对对，从来源处查找，就可以将问题弄个水落石出。"努努在旁边附和着回应。

马博士听了他们的提醒，不置可否，将头转向常遇春院士，明显是在征求他的意见。

常院士点点头，肯定了他们三个小鬼的观点，然后才说："你们提出的建议很有道理，为我们打开了另一条解决问题的思路，我们确实只关注蛇舌草本身，所以至今都没有走出这个死胡同。"

他看着马明起博士，看到他同意自己的观点后，接着说："从蛇舌草在飞行器中不会生根发芽可以判定，这几个装种子的瓶子肯定不简单，对不对？"

"你看我这个人，一到关键时刻就犯迷糊了，真是做实验做糊涂了，这才算找到解决问题的关键了，这个建议比坐在实验室里愁眉苦脸地空想蛇舌草的基因与特性要强一百倍。"马明起博士好像如梦初醒一般，吐出了心中的疑惑。

细心的小宇不失时机地说："你们还记不记得，在飞行器上曾经有一个箱子，里面有三个放瓶子的空格，不过，我们只看到两个格子中有物体，也就是两瓶种子，这些种子可能受过什么特别的保护，或者是被人为处理过，所以不会在瓶子中发芽生长，是不是这个道理？不过，还有一个问题，另一个空格不知是否有什么蹊跷呢？是否装过另一个瓶子呢？"

"是不是真正制服蛇舌草的克星，第三个空格才是解开谜团的钥匙呢？"努努接过小宇的话题继续补充说。

马博士听了，觉得离解决问题越来越近了，他转向常院士说："现在我们的方向明确了，这应该是解决问题的关键，重新研究这两瓶种子，或许真能找到突破口。"

他们本来正为蛇舌草问题陷入困境而万分苦恼，现在听了这些孩子们的建议，仿佛将要找到解决问题的方法，显得万分高兴，脸上都有一种拨云见日的快意。

这时从外面跑进来一个人，这人不是别人，正是米雪的助手许伟林，他手中拿着一封信慌忙地交给马博士，马博士接过信一看，刚才平和的表情瞬间大变，他将这重若千钧的信交给了常遇春院士，这时米雪凑过来看，她这才弄明白，原来这是一封奇怪的恐吓信。

奇怪的恐吓信

干警许伟林说，他在外面巡逻时，看见一架遥控小飞机从头顶飞过。死寂一片的大地上居然还有这样的物体，这让他感到非常奇怪。突然从上面掉下一件东西，他非常纳闷地跑上前去捡起来一看，才知是一封信，并且还是一封恐吓信，于是他就急急忙忙地将这一重要信息告诉了紧急行动小组和专家们，请他们定夺此事。

常遇春院士与马明起博士打开这封恐吓信，看着信里的内容，本来浮现在眼前的高兴劲儿一下子消失得无影无踪，心里冰凉冰凉的，本来对付蛇舌草的问题还没有解决，现在可好，又冒出一个新问题，真是要人的命啊，他们的脸色变得十分难看。

在一边的校园三侠对此不太敏感，听说是恐吓信，也不知到底是一封怎样的恐吓信，认为不过是社会上的恐怖分子进行要挟的鬼把戏，因此心里并没有太多的担忧与想法，但看着科学家们心情凝重，一脸严肃，心里十分不解，可能事情并没有他们想象的那么简单吧。

于是小宇装着若无其事的样子，踮起脚尖朝转移到马爷爷手中的信上瞅，马明起博士将信往他手中一塞，小宇接过信，只见上面几行字明明白白地写着：

"地球人，你们好，我们是 WL 星球太空战警。相信你们在商城的各个地方已经见证了我们所种的蛇舌草的厉害吧，这只是我们拜访地球时送出的第一份大礼，是我们称霸宇宙计划的开始，等着，以后还会有好戏看的！"最后落款是"WL 星球"（猜测可能是"未来"拼音的首写字母吧）。

难怪这些专家们看着这封信陷入无语之中，原来是这样一件更加棘手的事情，研究制服蛇舌草的问题还没有解决，又出现了看似是外星入侵者的示威与恐吓，问题已经摆明了，他们的意思是要用蛇舌草的作乱来控制地球，最后达到不战而屈人之兵的效果，这可是新冒出的问题。

小宇通过联系思考蛇舌草事件的整个过程，心里产生了一个奇怪的念头，对马爷爷他们说："我认为蛇舌草事件没有现在这样简单了，有可能是比较严重的要挟事件。"

"为什么这样说，你是根据什么进行判断的？"听到小宇的分析，马明起博士一时也没有反应过来。

"我认为，按理说蛇舌草应该只在五彩峰出现，然后从那儿一直泛滥扩张到商城市的中心城区，但现在我们在商城市的很多地方都发现了蛇舌草，并且它们不是同一株，不是发源于五彩峰那儿，因此可以得出结论：可能是别有用心之人在进行蛇舌草的传播，故意制造事端，以造成整个商城恐慌来进行恐怖活动，最后达到自己的目的，你们说对不对？"小宇把自己想到的全都说了出来。

马明起博士点点头，同意小宇的分析，他将头转向常遇春院士他们，说："小宇说得好，大家认为这样分析有没有道理？"

大家你看看我，我看看你，点点头，常院士沉吟之后说："有道理，有道理。"

这时房间里只留下专家组与校园三侠，米雪队长默默地听了一阵分析之后，再无心情听下去了，他们全部走出了观察室。

现在的情况令大家的心情都十分沉重，如果是这样，面临的危险系数无疑又增加了不少。本来商城市就已经被蛇舌草弄得民不聊生，一片惨状，好好的家园几乎被毁坏得面目全非，说是人间地狱一点也不差。现在可好，又突然冒出一个外星人的恐吓事件来，还公然向科学家们宣战，他们太猖狂了，看来后面要走的路会非常艰难。

米雪将现在所发生的一切向公安局领导做了汇报，她想这已经不是她一个人可以决定的事儿了，未来商城的安全保卫工作和地球人类生死存亡的攸关问题都必须报上级研究决定才能最后定夺。

很快公安局的阮健夫局长传来了指示，要求米雪继续保卫好商城市的安全，特别是保障专家组的人身安全，并密切配合协助上级派来的特警进行侦破工作，尽力挫败这些恐怖制造者的阴谋。

米雪将公安干警全部集合起来，向他们传达了上级的精神，然后他们就开始召开案情分析会，着手研究当前的紧迫问题，并部署后段的工作要点。

米雪干咳了一声说："从目前情况看，我们的重心应该转移到侦破外星人的破坏活动上来，你们认为怎么样？"

"我认为这些外星人还会继续搞破坏活动，不知他们会再玩一些什么新花样。"许伟林看着米雪队长说。

干警李鑫听了，补充说："当务之急还是要先找到制服蛇舌草的克星，要是有什么可以制服它们，外星人的任何威胁都不起作用了。"

"但现在的关键是专家们对蛇舌草也毫无办法，一方面城市在受到蛇舌草的严重破坏，另一方面还要受到外星人入侵的威胁，不知他们还会做出什么可怕的事情来，我们确实没有退路了。"米雪这时心里也十分迷乱，摆出一副疲惫不堪的样子说。

他们乱哄哄地讨论了许久，依然毫无头绪。

"前次你们说在坠毁的飞行器上发现了一个箱子，其中还有三个空格，却只装了两个瓶子，剩下一个位置是空的，这可能是一个关键，我认为这其中必有蹊跷。"听到大家都在为蛇舌草的事焦头烂额，干警欧克芹说。

许伟林这时也提醒米雪说："另一个空格里面放了些什么呢？要是没有猜错的话，要么是一瓶同样的种子，要么就是一瓶可以抑制外星生物种子生长的药剂，任何东西都是相生相克的，我想他们既然想来地球捣乱，一定是做好了无懈可击的安排，要不就没有道理可讲，对不对？"

"道理是有，但比较牵强，不过就算如此，又说明什么呢？"米雪反问他。

"如果这一推理成立，那么我们就必须转向另一种侦破的思路，寻找第二种破案的线索了。"许伟林继续推导。

"到底什么思路什么线索，别卖关子，快说来听听。"思路引到这儿，头脑反应比较敏捷的米雪多少也听出了一点儿头绪。

看到米队开始顺着自己的思路，许伟林也有点兴奋了，他提振了一下自己的精神，开始分析案情了："我想在我们到达飞行器出事地点之前，毕竟有很长一段空档时间，这段时间发生了什么我们都不知道。外星人还有没有活口，他是不是在地球人发现之前早就隐藏到一个安全的地方了，我们不得而知。这个时候有没有其他别有用心的人捷足先登也不可定论。或许有人拿走了这瓶药物和一部分种子，而他们就躲藏在我们身后，冷眼旁观着蛇舌草危害商城。又或者他们起初也不知道这些东西到底有怎样的威力，只是为着收藏好玩，不知以后会发生这么多的波澜曲折，你们认为如何？"

"有道理，从我们在商城多处地方同时发现蛇舌草的疯狂扩张迹象来看，确实有可能有人捷足先登偷走了一些东西。"米雪有点兴奋地肯定，"那么，现在我们就必须调整思路，才能更快地找到解决问题的方法，你们认为怎么样？"

听到米队这样的分析，大家都同意这个观点。

事情往往就是这样，如果不做案情分析，没有找准方向，就会走很多弯路。大家这样一提一议，发挥集体的智慧，对于当前破解蛇舌草的难题基本上有了一个比较清晰的思路。

讨论到这儿，米雪对大家说："刚才我们已经形成了共识，不过这也只是大家的一种推测，不能确定。具体操作还需要与专家组进行磋商，特别是需要联系这一封奇怪的恐吓信来通盘考虑，因此问题并没有我们想象的那么简单。现在还不知这封恐吓信的真实性有多大，如果真有外星人的威胁存在，那问题就复杂多了，毕竟他们是虚无缥缈的东西，至今可以说是神龙见首不见尾；如果是地球人玩的恶作剧，那就是恐怖分子利用生物武器进行恐怖活动，这另当别论。"

大家听了米队的分析，本来有点轻松的心情又显得十分紧张。

高能物理研究所

米雪队长眼看着整个商城市马上就要变成一座空城，心里感到非常苦闷，可以说是压力山大。于是，一个人出来透透气。突然，心里闪过一个念头，蛇舌草研究至今没有结果，何不去市高能物理研究所看看坠毁飞行器研究的进展情况。特别是对那具"外星人"尸体的研究，是不是也该有一些眉目了？这可是最直接了解研究外星物体的地方，或许从这儿还可以意外得到帮助，寻找到一丝线索也不可定论。

想到这儿，米雪交代了保卫任务，特别要求助手许伟林与欧克芹等加强警戒，做好细致的巡逻保卫工作，然后独自一人向高能物理研究所走去。

其实她想到市高能物理研究所来还有一个特别的原因，那就是她的未婚夫何云霄研究员就在这儿工作。她极力想从爱人那儿获得灵感，以获取心灵上的最大安慰。

商城市东南方向，现在已经成为蛇舌草的天下，而西北地区还是相对安全的，因此除了搬走的一些单位外，许多单位还在做最后的坚守，其中就包括高能物理研究所、植物研究所等科研机构，还有动物园等，显得很坚强。

一些平时供人们休闲娱乐的公园，原先人满为患、异常热闹的地方，现在已经是门可罗雀，特别冷清。近来这些单位也在想办法早日撤离，准备搬迁到安全地带，才能解除大家对蛇舌草的恐惧。

好在由这儿到高能物理研究所并不远，走二十分钟的光景，很快就到了那儿。

按习惯她信步走向何云霄的办公室，在这个非常时期，他是不会轻易离开自己的工作岗位的，特别是为了就近解决蛇舌草问题，上级还将已经运走的飞行器又运回来，让他们就地进行研究，看对制服蛇舌草是否有用。

阳光静静地洒在高能物理研究所的一块空地上，那艘坠毁的飞行器被运回来之后就静静地放置在这里。不过令人感到奇怪的是，平时对飞行器特别敏感的何云霄却不在这里，米雪找了几个地方也没有看到他的身影，询问了他在研究所的几个同事，他们都说有段时间没看见他了。这可是米雪始料未及的事情。

何云霄到哪儿去了呢？到底发生了什么事情？询问高能物理研究所的人，他们都不清楚，米雪只好一脸失望地离开了高能物理研究所。

刚走到主干大道，便碰上了在外面闲逛的马小宇他们三人，米雪本来心里就比较孤寂，心情也比较低落，这下看到梦琪他们，马上有了兴致。

小宇看到米雪队长一个人在这儿，感到十分纳闷，于是好奇地问："米队，专家们正在研究所对蛇舌草愁眉苦脸，你倒好，一个人还有心情在外面闲云野鹤，好自在啊！"

"别说风凉话了，我烦躁死了，小宇你们三人不是也挺自在的吗，你们的父母不怕你们在外游荡会有危险吗？"米雪反唇相讥地打趣他们。

叶梦琪故意岔开话题说："米雪姐姐，你们不要互虐了，如此这样耍嘴皮子酸不酸，有精力，你还是跟我们说说蛇舌草的事情吧，这才是当务之急，好不好？"

"我也正为此事烦恼呢，至今都没有研究出一个制服它的办法，我们都快要挺不住了。"米雪一脸无奈地说，"今天我想来高能物理研究所了解一下飞行器的具体情况，却吃了一个闭门羹，负责此项工作的何云霄又突然不知去向，这些专家们真的不将当前的紧迫当回事呀。我们现在的压力很大，我到现在也不知道这事儿该怎么办？"

"看着蛇舌草疯狂进攻的势头，所有的商城人压力都大啦，因此我们要尽快找到破解蛇舌草的克星，这才是保卫城市安全的法宝。"小宇认真地说，"我听说在这儿有一个特别有名的人，是专门研究空间飞行物体的权威，不知是不是你刚才所说的何云霄研究员？他是你的爱人吧！"

米雪点点头说："何云霄是我的未婚夫，他是研究空间动力飞行轨道参数的高级工程师，是很有名的研究员。不过近年来他们研究所因为没有出过什么特别有用的成果，科研经费受到影响，单位也不太景气，因此研究所在商城逐渐淡出了人们的视线，他们也被消磨掉了锐气。我也好几天没有与他联系了，不知他现在到底干什么去了，或者是另有秘密任务吧。"说完她的神色变得黯然起来。

几人一路边说边想，不知不觉又转到了生物研究所，他们走进观察室，想看看他们的研究有没有新的进展，刚到这儿，还没落座，许伟林就急急忙忙地向米雪耳语了一阵。

米雪听后脸色大变，原来他们又被另一件奇怪的事所困扰，干警们在研究所的顶楼观察时又捡到了一封恐吓信，上面这样写着："我们是战无不胜的 WL 星球太空战警，相信你们已经见证过我们的厉害，我们准备再给地球人送一份厚礼，地点在动物园，时间是明日上午八时整。"

先前的问题还没有解决，这个虚无缥缈的自称为外星组织的机构又像幽灵一样神秘出现了，他们真是无处不在、无孔不入啊！

这可如何是好，这些问题一直如一座大山，压在米雪他们的头上，令人喘不过气来，现在他们不相信，有人在公然对商城进行挑战了，不管是外星人入侵，还是别有用心的恐怖组织，他们已经威胁到商城人的正常生活了，这可是真实存在的事情，所有这些不断冒出来的事件，一时弄得他们个个都焦头烂额。

目标动物园

摆在面前的事实是，有一个自称是外星人的组织正在威胁商城的安全，他们采用外星物种这个生物武器，疯狂地进行破坏活动，对地球人的生存构成威胁。

他们采取的方式就是利用蛇舌草对商城各个地方进行疯狂进攻，希望逼迫人类就范，达到自己的目的。不过令人不解的是，他们这样做的目的是什么呢？没有人知道。

米雪联系前因后果一想，心里也不住地打着寒战，这可是他们遇到的最厉害的对手，她陷入了无助的窘境之中。

昔日十分美丽的商城，在蛇舌草的疯狂扩张中，逐渐变成了一座空城，大半个城市都已经被它迅速蚕食，失去家园的人们大多都搬离了，静等事态的好转，再来重建家园。蛇舌草还没有到达的地方也是人心惶惶。看来不解决目前的危机，商城的安全就没有保障。

米雪向阮局长汇报了 WL 星球太空战警准备在动物园进行恐怖活动的突发情况，局长准备再抽调特警，不日就到，好助他们一臂之力，不过现在还需要米雪独立支撑，适时控制全局待援。

米雪结合案情与自己的分析，在公安刑侦案情分析会上说："从两次收到恐吓信可以看出，这已经摆明了是一件外星人想征服控制地球的恶性入侵事件，因此我们现在的重心应转向寻找制造恐怖事件的恐怖分子，或许找到这个幕后的操控者才是解决问题的关键，下面还是请伟林说说这封恐吓信的来历吧。"

"前一次我还亲眼看见有一架遥控微型飞机在高空给我们送信，送到人面前突然间消失了，可能是人工智能遥控的吧，当时我没在意，现在这封信却不知是怎样送达的，我们也是在屋顶上无意间发现的，这些入侵者真是神出鬼没，现在既没有找到他们的巢穴，也不知他们的具体情况，不知对付他们又会遇到怎样的困难……"许伟林满是忧虑地说。

米雪接过他的话头说："我们现在不是说难题的时候，关键是怎样来应对他们的这次挑战，你们说对不对？"

"对！"大家都异口同声地回答。

"既然有挑战，那么我们就要勇敢面对，与他们打一场最直接的硬仗，有没有信心？"米雪给战友们鼓劲。

"有！"

"我们决不轻饶这些入侵者。"

看到干警们群情激越，米雪也受到鼓舞，她笑着说："那好，任何事情不管做得怎样天衣无缝，绝对不会空穴来风，都会有遗漏的细节，只要我们有决心，抓住蛛丝马迹，敌人的阴谋就不会得逞，因此我们就有了战胜敌人的信心与勇气，因为邪不胜正！下面我们就来具体部署一下，积极做好防御应对动物园的恐怖袭击事件，先给他们以坚决的反击。"

其实，面对WL星球的恐吓，米雪心中总是难以平静，忧心如焚的。那些暗藏在商城的恐怖分子至今还未正面交锋，也不知到底是什么状况，可以说是一无所知。从他们种植在商城各个地区的蛇舌草来看，有着毁城灭地的危害，可见他们的威力十分强大。因此就在专家小组还在为恐吓信的真实程度存在怀疑之际，她的内心早就预感到有事要发生，并且还没那么简单。

特别是从五彩峰现场侦查回来，米雪对于失踪的另一个瓶子一直存在怀疑，它到底去了哪里？为谁所用？跟这个恐怖事件有没有关联？

现在爆出的恐吓信事件，加上蛇舌草的扩张，这一切都不是偶然，仿佛里面存在必然的联系，其中一定有阴谋，一定有人做了手脚。从这些迹象可以看出，这应该是一个隐藏的恐怖犯罪团伙作的案，只是还不知目的，还没有找到他们的巢穴而已。这可是最令人头痛而又最不可捉摸的事情。

事情演变到现在，躲藏于暗处的那些人终于忍不住了，开始动起来了。不管这封恐吓信是不是真实的，最起码要做好措施，将损失减少到最低，这也是上级领导对自己的最低要求。

米雪展开这一封还不知来源的信，再一次仔细地念着："我们是战无不胜的 WL 星球太空战警，相信你们已经见证过我们的厉害，我们准备再给地球人送一份厚礼，地点在动物园，时间是明日上午八时整。"

大家看了看墙上的挂钟，心情也随着滴答的敲打声音变得沉重起来，时间正一分一秒地过去，为了以防万一，宁可信其有，不可信其无。

当务之急就是将商城人民进行娱乐休闲的乐园——动物园里面的动物进行大转移，将它们运出这个将要被恐怖袭击的地点，保证动物朋友的安全。千万不能让珍贵的老虎、威猛的狮子、可爱的金丝猴等人类最好的朋友受到伤害。

在接下来的时间里，米雪和干警们都在为这事忙碌，一方面保障安全，另一方面做好搬迁的说服工作，尽量使搬离工作做得尽善尽美。

不过，在被遗弃的商城市运送这些庞大的动物并不容易，毕竟很多道路被堵塞，再则这么多动物哪能在那么短的时间里找到更安全更合适的藏身之所呢？因此只好一切将就了，只能做些简单的处理，必要时再随机应变吧。

好在有饲养员的协助，先将不少的珍贵动物优先运送，分散进行哺养，这样斑马、大象等体型较大的动物就相对被滞后，等待转移。他们还存有一丝侥幸的心理，不知这次恐吓是否当真，要是虚惊一场，不但劳民伤财，还会给动物的安全带来威胁。带着这种想法，转运动物的行动还是做得不那么完美。

第一次较量

留守的人们都在观望，希望这次恐吓不是真的，人们多么希望任何灾难都不要再降临商城，他们再也不想承受任何可怕的袭击了。

尽管人们对于这样的恐吓已经习以为常，由害怕转为了麻木，特别是对于蛇舌草的危害也没有以前那样敏感了，现在连科学家都束手无策，至今都没有办法来对付它们，他们都自身难保，何况自己只是些平民小百姓，又有什么办法能改变眼前的现状呢？

因此，带着这种心态，人们普遍对蛇舌草十分麻痹与淡然了，心想已经多次领受过它的威胁，那就再来一次，即使来了，他们也有了智慧，那就是消灭它们，要是打不赢就跑，暂时撤退，这样一来，就是蛇舌草再疯狂，又能对人们怎么样呢？

双方陷入了相持阶段。

天气虽然是一片晴朗，临近八点钟的时候，太阳刚刚从东方升起，没有多大威力，但给人的感觉是十分温暖的，预定的时间很快就要到了。

不过，面对外星人的挑战，人们都没有宁静下来，都早早地来到了动物园，不信归不信，但爱凑热闹的人还是来到了动物园的周围，他们也确实想见证一下外星人是如何实施恐怖活动的，特别想看看外星人的形状，是不是个个都三头六臂，还是个个都怪物模样。

环顾四周，好久都没有一点儿要被恐怖袭击的迹象，更没有看到异样的外星人，人们紧张的心里开始松懈起来，不少人还认为，这只是外星人玩弄地球人的一种恶作剧，不值得相信。

有很多人开始撤离，正当人们的兴趣消退之时，突然从半空中传来一阵轻微飞机悬停蜂鸣的声音，很快它就进入了人们的视野。

　　原来又是一架极小极小的微型遥控飞机，它在动物园上空盘旋了一圈之后，突然一个俯冲，就将一些东西借助一阵轻烟被直接吹送到地面，看来外星人的行动开始了。

　　当时的人们被这一幕吓得赶紧散开，像躲瘟神一样掩面而走，生怕这些可怕的东西被自己沾染上，好在小飞机只此一次，立马飞走了，很快就消失在天空中。

　　连一直在紧紧跟踪追击它踪影的米雪都没有看清它的来路去向，她只是非常懊恼地骂了一句："真是见鬼，哪有这样神出鬼没的鸟飞机，连个鬼影都查不到。"

　　"你们快看，你们快看！"随着一阵惊叫，本来就对刚才的飞机来临没有多大兴趣，准备散开的人们，这时大家的注意力都朝发出惊叫的人那儿看去，你猜大家看到了什么？

　　一株大家十分熟悉的蛇舌草幼苗，就如见风就长的神话人物孙悟空那样，非常迅速地长大了，并且它们快速向周边蔓延，一下子将动物园的大块地方占领了，将许多小动物挤在一起，还没来得及转运的动物陷入了绝境。人们正目瞪口呆地注视着这一切，大家本来平静下来的心重又被提了起来，变得急促惊讶，如果按这样发展，不知事态将向怎样恶劣的方向转变。

　　蛇舌草一旦被种在动物园，犹如脱离了束缚的野马，一下子在动物园里疯长，带尖形的长叶片，在阳光下显得更加碧绿，像变魔术一样，稍微仔细一点，用人眼就可感知它们正在舒叶展筋扩张开来的慢镜头。

　　它们一边拖着长长的黛青色藤条，青青的尖刺环生在粗粗的藤蔓上，使人想起毛毛虫那种令人恶心的样子，心里就会生出一种不舒服的感觉；一边不停地将绿色向四面八方扩张，真像是走到哪就吃到哪的牛羊，触须崎角有多长就能伸展到多远的地方，特别是每一片叶子上仿佛都有眼睛似的，使人想起它们正一路欢歌，不停地进行开疆拓土的扩张活动。

　　它们从动物园的中央位置不断蔓延，但园外，一长到被围墙圈起来的地方，它们马上又转向园内的其他方向，好像受人控制听人指挥一样，有了灵智，只是在园内发展，切不可踏出动物园半步，看着这一切，人们都沉默不语，心事重重。

　　看来外星人掌握了这样的生物控制技术，能让生物按他们的意愿生长，作为一种可怕的生物武器来征服别人，可见其科学水平的高超。

　　顷刻之间，园内就已经全部被蛇舌草所占领，到处都是连连的绿叶，到处都是旺盛的生命力展现，要是它们被当作绿色的欣赏植物，那简直是一幅太好看的风景，可惜它们是作乱地球危害商城的入侵物种。

　　它们一来到地球就给人类带来灾难与恐怖，这可怕的一幕在人们的目睹中疯狂地展示出来了。

　　如果按照这样的生长速度，不用多久的时间，它们就可以完全霸占整个地球，那时，人类才真是到了世界的末日啊。

　　要是不能控制它们的生长，任其肆意泛滥成灾，后果将不堪设想。

　　看到这番景象，没有人会欣赏这浓浓的绿。心里滋生了满满的忧虑，若任其泛滥，没有办法得到控制。细思极恐，每个人都感觉到十分后怕，这是一种多么可怕多么危险的外星生物啊！

　　米雪与干警们，还有许多来见证蛇舌草的市民，这时没有人说话，没有人谈笑，静得有点反常，有点快让人沉不住气了。

　　他们静静地站在动物园外面，透过黑色金属栏杆，突然，他们看到，有一只受惊的小梅花鹿跑出来了，它努力想找一个没有蛇舌草的安全地方，但里面已经没有空地了，已全部被蛇舌草侵占了。

　　它迈步想选择可容脚之处，但有灵性的蛇舌草总是跟着它移动，几次被藤蔓缠住都被它费尽力气甩开，但蛇舌草的尖刺可能已经刺破了它的小腿，好几次小鹿都不停地用头为患处揩抓，但它不敢停下来，拼命地奔跑，最后被挤到爬满了蛇舌草的中间，它可能对这些绿色植物还没有意识到危险。

　　很快，小鹿就感到了不适，蛇舌草开始施展它的魔力，梅花鹿走了几步，就被蛇舌草的藤蔓所缠住，茎上的尖刺紧接着又刺入梅花鹿的肌肉之中，一阵神经的麻醉，可爱的梅花鹿完全失去了抵抗力，哀叫几声之后，一下子倒在蛇舌草的绿色怀抱之中。

　　蛇舌草无孔不入地嵌入小鹿身体的各个部位，它们贪婪地吮吸着小梅花鹿的体液，短短几分钟时间，蛇舌草就将梅花鹿吞噬了。

　　目睹了蛇舌草吞噬梅花鹿可怕一幕的人们，此时脸色大变，人群中开始了一阵较大的骚动，很多人惊慌失措地选择了离开，从他们那一脸惊愕的表情中可以看出，可能是准备开始新一轮的逃离吧。

米雪本来想好好安慰一下这些人群，但眼前的一幕让人猝不及防，她也阻拦不住逃散的人群。

现在，科学家们至今还没有找到制服蛇舌草的克星，人们缺乏对生命保护的安全感，逃离商城以求自保，这也是无可厚非的事情。

这些外星物种明显与地球植物有着不同的基因，这也给研究带来了困惑，因此她也是感到底气不足，几次话到嘴边都被迫咽了回去。

现在的情势是不容乐观的，米雪也没有勇气站出来控制局面了，要是人们反问她有什么方法可以保障人民的生命不受侵害，没有，她只能哑口无言，没有任何底气向人民保证。

再待下去，也没有办法对抗蛇舌草，心里的无奈迫使自己只能选择黯然神伤地离开。

不知能有什么办法来彻底消灭这种新入侵的祸害——蛇舌草，她在心中狠狠地骂着，然后带着干警一班人马，有点失望，异常寒心地离开了这片伤心之地。

动物园中最后留下来比较大的动物如斑马大象等，它们开始也是将蛇舌草当作一种可吃的食物，但仅仅一会儿的工夫，马上就被蛇舌草包裹住了，魔爪样的藤蔓嵌入了身体里面，很快吸干了动物的血水，吞噬着它们的肌肉，最终成为可怜的猎物，动物园里空留下几具动物白森森的骨架。见证了这一惨烈过程的人们，面色大变，再也没有人去欣赏每一场动物的猎杀，都不想再看到蛇舌草吞噬生命的惨烈，没有例外的都落荒而逃。

蛇舌草不但在地面组成了厚重的封闭墙，还不断地向空中堆积侵占空间，一些树木也被它们层层包裹，被压断被蒙住，堆积如山，地上空间形成了一个绿色的立体王国，到处都是蛇舌草的世界。

植物失去了与太阳见面的机会，正在苟延残喘。小鸟被惊动，被带有特殊气味的蛇舌草迷醉驱赶，逃离着飞出了魔爪的控制，离开了巢穴，能飞的都飞了，没有逃走的，成为它们口中的美食，到处都是一片惨状。整个动物园都成了蛇舌草称霸的世界，就连生活在地洞中的老鼠也没有幸免，它们慌慌张张地从地底下钻出来，不过，它们也一样逃脱不了被蛇舌草吞噬掉的命运，这儿立马成了一切动物死亡的坟场。

除了蛇舌草，再也没有任何生命了，这是恐怖分子进行的一场毁灭人性的战争，看到这番惨状，至今想来都令人毛骨悚然，要是外星人真正占领了地球，用这样的手段来控制人类，地球将是怎样一个可怕的世界啊！

面对这一惨状，人类在与入侵物种进行的第一次较量中是多么渺小，人类显得无能为力！人类在外部力量面前显得多么无助！

不能找到制服蛇舌草的克星，人类就面临巨大的生存危机，不彻底铲除它们对地球构成的威胁，数千年辉煌灿烂的地球文明将沦为外星人的附庸与奴隶，摆在人们面前的将是怎样一场艰苦卓绝、生死存亡的战争啊！

克敌制胜的法宝

在这荒无人烟的大地上，满眼只看到蠢蠢欲动的蛇舌草，犹如一种生命力最强大的进攻性生物，它们张开血盆大口，正在吞噬着商城最后的生命。

米雪看着这一切，心情万分沉重，特别是科学家们还对此束手无策，没有找到解决问题的关键，这也就在制服蛇舌草的过程中形成一种无奈的延误。

要是能尽快找到制服蛇舌草的克星，那么人类眼前的灾难就可以及时得到解决，让人们早日回到自己的家园，开始重建家园了。

但现在，米雪摇摇头，她感到窒息，不知何时才是灾难的尽头。

她不敢想将来，只是漫无目标地在仅存的空地上游走，面对如绿色海洋一般泛滥的蛇舌草，人类显得多么渺小，只有望洋兴叹的悲哀。

不知不觉，她又来到了市高能物理研究所，之前自己专程来看望未婚夫何云霄，没有看到他的踪影，不知现在他在没在所里，她一边自言自语地向前迈步，一边不由自主地来到了所里。

几日不见，这里的情形已不同往日，原先还比较景气的高能物理研究所，现在也成了蛇舌草控制的地区，在短短的时间里，四周已经全部被蛇舌草的魔爪所包围，不少蛇舌草正逐步爬上高楼，张牙舞爪地挥舞着触须，正沿着各种缝隙往里钻往上爬。

看来商城市已经完全被外星生物控制了，没有净土了，到处都成了蛇舌草耀武扬威的世界，这里的研究人员早早就撤退了，此地只留下一个空空如也的研究机关。

不过米雪还是心存疑问，特别是未婚夫何云霄，自从出现外星生物蛇舌草入侵事件之后，一个人就像在人间无缘无故地蒸发了一样，到底出了什么意外，还是有什么秘密任务，这中间有什么隐情，成为她心中的一个谜。

面对当前的问题，米雪一想到这些，弄得她心里很不是滋味，专门搞刑侦工作的她，这些反常的事情连起来仔细一想，她感觉到其间肯定没有这样简单，一定有问题，应该存在着某种关联，这样一想，更加坚定了她再次仔细探访疑惑的好奇心。

尽管此地已经成为一座空城，人去楼空，蛇舌草对靠近它的人虎视眈眈，但她有办法可以威胁它们，不能随意伤害到自己——有放电达几万伏的警棍防身，相信多次领教过厉害的蛇舌草，也不敢轻易来袭击她。

为了避免麻烦，米雪还是尽可能选择避开蛇舌草，不与它们正面交锋，这样想来，她更加有信心有把握来面对当前的环境了。

既然来了，没有人在，我何不进去再探一探，或许能从中找到他们的研究解决方向也不得而知。

她的脚自然而然地带她来到了高能物理研究工作所的通道。

要想进去也不是一件容易的事，蛇舌草不但包围着整个工作区域，现在也开始向整个研究所的建筑进攻了，它们包围了外墙，爬上了楼道，从下面看，整个大楼基本上都披上了一层绿装，看来这儿完全成了蛇舌草的天下。

但这些都难不倒米雪，她抽出随身携带的高压电警棍，看着这些好像在向她龇牙咧嘴的蛇舌草，露出十分令人可怕的嘴脸，有如张着血盆大口的猛兽，随时都会吞噬一切似的。

但米雪已经与它们较量过了，基本上有了一些对付它们的方法，前几次校园三侠马小宇他们就曾向她说过，电对蛇舌草有震慑作用，看来这些外星生物对电流比较敏感，还是有所敬畏的，不过并不能杀死它们，但最起码可以延缓它们对人类的干扰，这些她都十分清楚。

不过，米雪尽管对商城以前所发生的一些刑事案件从未皱过眉，陷入如此境地，但现在面对蛇舌草的侵袭，没有办法最大限度地克制，心里还是没有多大的把握。

特别是看到蛇舌草吞噬小动物时的疯狂，现在想来，人在灾难面前显得多么渺小，她回忆刚才那一幕，还是心有余悸的，不想太过分刺激这些危险的生物。

她用对讲机与助手许伟林等干警联系之后，要求他带人来这儿再进行一次仔细的侦查，然后，一路靠着电警棍开路，蛇舌草似乎有灵性一样，在高压电的强磁区丝毫也不敢对米雪有所企图，这也是她十分欣慰的事，怕电也为她前行开辟了一条安全通道。

但是这些电量也只能抵挡一时，保存能量就是保存生存的机会，因此尽量做到不消耗太多的电量，以备不时之需，这才是目前最重要的事情。

避过了这些难缠的生物之后，她费了九牛二虎之力才到达何云霄的工作区间。

米雪稍稍叹了一口气，开始观察起这个地方来，不过有一个特殊的现象，她看向了停留在空地上的飞行器，好似没有蛇舌草去纠缠它，就是现在进入何云霄他们的研究所，好似蛇舌草也只是趴在外围，丝毫没有侵入他们办公的地方。为什么这儿透着奇怪呢，她不由多了一个心眼。

看着这儿的办公室，整个工作区间空空如也，几个房间里面都显得十分凌乱，可能是事发突然，一些文件乱七八糟地散放在工作台上，连地上也到处都是，好多件工作服都没有整理，就被随便地搭在几把已经倒地的高靠背凳上，就是休息床上也凌乱地丢了好多衣物，饮水机里面没有一滴水，暖水瓶滚倒在地上，瓶体上满是灰尘和污渍，好似好久都没有人来清理过。

灾难来了，这些文件可不能乱丢，她将这些文稿一件一件地收拾，突然一个标有"WL"特殊字母的文件映入眼帘，如条件反射一样的米雪，马上就想到了外星人那封恐吓信的落款"WL"，是不是何云霄他们已经研究解决了神秘飞行器的问题，破解了蛇舌草的基因密码，还是他们已经掌握了一些秘密而遭到神秘绑架，离奇失踪呢？这一切与他们现在所研究的飞行器与蛇舌草有没有关联呢？一连串的疑问一下子在她脑海中涌了出来。

好在这时，干警许伟林和欧克芹两个人快速来到了这个地方，他们对米队特别留心这个完全被蛇舌草侵占的地方感到十分不解，但从她认真分析案情的态度来看，他们又只好一言不发，随着她一起仔细审视起这个高能物理研究所来。

米雪将自己发现的这个特殊文件悄悄收好，这可是一个暂时的秘密，只有等问题全部水落石出、全部得到证实之后，再来分析，才能最终做出结论，是否跟何云霄有关，这可是新发现的一条线索。

这一切不解之谜令她思绪万千，心里一直不得宁静。但想到这其中的利害关系，可能这是破获此案的一个突破口。

她在心里暗想，未婚夫失踪，这个特殊的文件，以及几次收到的恐吓信，还有最近新碰到的一些反常事件，是否都与何云霄有关，蛇舌草是不是他弄出来的，到底有何企图，虽然心里没底，但开始有头绪了，看来这些蛛丝马迹值得让自己前后联系起来好好想想了。

这整个案件是否有什么疏忽大意的地方，还是哪个环节出了纰漏，她继续在这几个房间里刻意搜寻起来，她一边看着这几个房间，一边不停地思考。

"米队，你过来看一下。"对细节比较关注特别敏感的欧克芹对米雪大声喊着。

米雪好奇地问："有什么新发现？"

"你们来看看蛇舌草的生长态势，整个大楼都被它所包围，但我观察了一下何云霄工程师的这几间研究室，你们看看有没有什么特别之处？"

许伟林看了，很有同感地说："确实有不一般的地方，别处都被蛇舌草所占领，简直成了一个绿色的世界，但就是这个地方空留一片很大的面积，没有蛇舌草入侵的一点痕迹，保留着一片净地，难怪进来这么久，都不用担心蛇舌草对我们会有任何危害呢！"

"这倒令人感到奇怪了，难道蛇舌草怕了这个高能物理研究所？"米雪有点若有所思之后，接着说，"我们仔细找一下，或许会找到制服蛇舌草的克星。"

一线转机

米雪手中攥紧刚才找到的标有"WL"特殊字母记号的文件,心潮翻滚,难道蛇舌草事件真的与未婚夫何云霄有关,这与自己从别处侦听来的新纳泄密与被盗案件是否有关联,还是真有什么外星组织,如此复杂的联想,令她想得头都要爆炸了。

看着现在的情形,她不得不再次陷入深思,恰在这时,小宇、努努与叶梦琪他们三人慌慌张张地向高能物理研究所跑来了,上气不接下气地急着准备向米雪讲述他们刚才所看到的奇怪一幕。

"小宇,你们怎么了,先歇一歇,不要着急。"米雪看着他们三人狼狈的样子,生怕他们受到了什么伤害,于是故作轻松地安慰他们。

小宇他们三人看看这个场景,一时急着想说的话,就被她这一句阻止住了,看来还是先沉住气,慢慢观察了解一下情势再说。

现在是刑侦队负责,三个孩子不想左右他们的办案方向,只能先看看米雪队长,知晓他们对于蛇舌草危害商城的问题有没有什么新进展,因此,已到嘴边的话就没有急着说出来。

原来,事情的反常情况是这样的:因为学校被关闭,学生好久都不能上学,十分无聊的校园三侠由于有可以自我保护的特异本领,可以忽略蛇舌草对他们的攻击,因此这几日都在外面不停地闲逛,其实他们也是想找到制服蛇舌草的克星,好尽快让商城恢复正常。

今天正好又没有事做,三人就相约到外面去看看。面对蛇舌草的疯狂进攻,他们也是心急如焚,十分迫切地想找到制服它的法宝。

但从马明起博士的最新研究开始,直到无数的生物、植物及高能物理方面的研究专家,穷尽一切办法,花费了很长时间,面对蛇舌草的疯狂却束手无策，没有找到任何可以制约蛇舌草的方法，现在面对日益严重的蛇舌草事件，整个商城甚至国家层面已陷入困境之中，小宇他们看到如今的迷局，因为无法破解，他们也正为这事烦恼着。

他们三人漫无目的地在被蛇舌草包围的街道上逛着，这些可恶的入侵者，虽然十分可恶，但有特异功能的他们，让蛇舌草对他们还是有所禁忌。

更何况他们在身体上做了特别的防护，穿上了厚厚的衣服、密封的靴子，这样一来，他们对于人人谈之色变的蛇舌草还是不太害怕，在外面闲逛，总是希望能快点找到克敌制胜的途径，好解除蛇舌草对人类所构成的巨大威胁。

商城市大片大片的土地成了蛇舌草疯狂肆虐的世界，好多的高楼大厦都已人去楼空，成了无人区，给人一种十分荒凉凄败的感觉。

美丽的学校，好多大型商场，很多公共场所都不得不暂时被忍痛遗弃，到处都是蛇舌草伸出的绿色魔爪，经过它们控制的区域，仿佛能感受到这种可怕的生物的阴森恐怖气息。

整个商城陷入了死寂，充满了死亡危机，让人再也看不到生机盎然的景象了，稍有不慎就会着了蛇舌草的道，随时都会有生命危险，他们这样一边走，一边不住地叹气。

小宇对梦琪与努努说：“原先这儿车水马龙，人流络绎不绝，霓虹亮照，水柱激越，乐音缭绕，使高大雄伟的建筑物显得美轮美奂，活力充沛，夸不尽现代化城市的繁华，可现在这儿却成了一片废墟，这个城市看来都被蛇舌草毁了。”说着心里一股无奈的伤感就表露出来了。

“是呀，本来好好的城市，被蛇舌草一弄，简直是面目全非，令人惨不忍睹。”叶梦琪在旁边也是神色黯然。

努努遇事总是显得比较冷静，喜欢从多个方面多个角度进行思考，不过，此时也只能无奈地安慰他俩说：“现在不是伤感放弃的时候，我们总有办法可以战胜它们的，毕竟邪不胜正。”

“对，邪不胜正。我相信科学家们一定有办法可以对付蛇舌草的入侵，不过只是时间的长短问题。”看到好友并不气馁，小宇振作精神，眼睛望着前方坚定地说。

突然前方有一道白色人影迅速一闪，在这个绿色的世界里，显得格外引人注目，小宇惊讶起来：“前面好像有人！”

"哪儿有人？我怎么没有看见！"低头不语的叶梦琪吃惊地看着他们，一时摸不着头脑地反问。

努努证实说："确实有一道光影从面前闪过，不知是人还是什么东西的反光，不过，不管是什么，刚才这种怪异场景确实使人感到反常。"

"那我们悄悄摸过去看看，具体弄清楚是怎么回事、怎么样？"小宇看到努努与自己所见略同，于是提议道。

他们点点头，校园三侠在这个特殊时期算是达成了一致。

近来好久被关在临时安置房中，三人感觉到万般无聊，能有特别刺激的活动，确实能调动他们的兴致，这也是他们自从帮助破获新纳软件被盗大案以来最不畅快的时候。

因此，三人说到前面有情况，特别是当前蛇舌草危害的猖獗时期，有如给他们注入了一针兴奋剂，吸引着他们不由自主地向前面摸去，极力想探清楚这个神秘出现的身影到底是一个什么存在。

校园三侠就如侦探一般，小心翼翼地向前面那栋被荒废的大楼摸去，他们蹑手蹑脚地避开了好多蛇舌草，借助手中之电开路，清除障碍就慢慢来到那栋大楼的下面，仔细听听之后，没有什么声音，只好小心地继续向上摸去。

小宇轻轻地对他们说："你们发现这儿与别处有什么不一样吗？我观察到这儿有一种十分奇怪的现象，蛇舌草应该将整个大楼全部包围，但这儿除了楼梯间通道再加一个单独的三楼都没有它们入侵的痕迹外，其余地方，就是上面的楼梯间却又全部被蛇舌草包围占据，这可是最令人不解的地方。"他们向这个地方望去，确实如小宇所说的一样，难怪他们三人不费吹灰之力就快速潜行到了三楼。

做过了地下侦探工作的他们，对于去摸清情况线索还是很有经验的。

几个人猫着腰，顺着没有蛇舌草侵扰的这个楼层向前侦察，先在门口静听观察，再逐渐跟进，搜查了几间房子，发现前面几间房子里都没有动静，更没有看到什么白色的人影。

再往前，突然传来轻微的响声，好像是什么机器的转动声音，但只一阵儿功夫就没有了，三人马上变得警觉起来，屏声静气凝神听了一下，没有异常，小宇向他们两人做了一个手势，然后三人偷偷地向房间门口摸了过去。

努努慢慢将头抬高，警觉地透过玻璃窗，向里面一瞧，发现了一个穿白色长大褂工作服的高大身影，此时没有抬头，正在全神贯注地摆弄着一个小玩意儿，小宇他们不敢暴露目标，只好一个个小心地观察，但还是看不出这个人到底是什么模样。

突然一阵机器转动的声音传来，将他们三人吓了一大跳，好在这个人并没有出来，不过确实让他们虚惊一场了。

小宇做个手势，要梦琪与努努小心，接着又十分细心地向窗内探望，不过，总算看清楚了里面的情形，从那个人的外部轮廓，小宇感觉到十分的不可思议，这不正是米雪警官的未婚夫吗？

特别是他在房间里摆弄了一阵之后，从这儿飞出了一个奇怪的东西，飞到外面才看清楚，原来是一架遥控飞机，是不是又准备做什么不可告人的勾当，还是继续发出什么信息呢？

联想到近来米雪他们经常收到的恐吓信事件，是否跟这个人有关，难道这一切蛇舌草入侵事件的操纵都是出自他之手，不过没有揭开最后的谜底，也不能做出最后的肯定，因此三人看着这一幕，虽然惊讶得合不拢嘴，但也只能是做出自己的猜测。

梦琪和努努也从窗棂中看清了里面人的影像，除了惊讶，三人一时都说不出话来，这个人确实是那个叫作何云霄的工程师，真是神龙见首不见尾，原来他躲藏在这儿啊！

难怪好多人都在找他，这个高能物理研究所的专家，在这个特殊时期，他又在做些什么呢？是做破解蛇舌草的研究，还是有着不可告人的目的？

研究解决办法，应该也不会如此隐秘，或许是在做什么见不得人的坏事吧，难道人们一直在寻找，老是找不到制造恐怖事件的幕后黑手，原来是他，从他派出无人机送信的事情，可以猜测他就是整个蛇舌草事件的始作俑者。

难怪米雪他们一直还蒙在鼓里，那么他到底与蛇舌草有怎样的牵连，他现在所做的一切又作何解释，三人都不敢想象，小宇做了个手势，低声说："走！"以后再来理论。

三人一路无语，快速离开了这栋有问题的大楼，跌跌撞撞地跑来，就是准备向米雪他们汇报刚才所看到的奇怪一幕。

意外的发现

小宇与梦琪、努努来到高能物理研究所，一看到米雪与她的两个助手正看着研究所发呆，这时他们才算是彻底搞清楚了事情的来龙去脉，或许他们通过自己的分析，将看到的蛛丝马迹向他们说明，这儿绝对有问题，已经知道了事情的原委。

看来，这起恐怖活动极可能与高能物理研究所脱不了干系，要不，他们怎么会对这里反常的一切大皱眉头呢？

好在他紧急刹车，才将快要到嘴边的话儿咽了回去，静下心来，审慎地环顾周围的环境，这儿也不例外，就跟刚才他们所看到的情形一模一样，整个大楼，除了这一层没有被可恶的蛇舌草所包裹外，好像其他地方都已经被蛇舌草所占据，成了一片废墟，严格意义上就是一个无人区。只不过缺少了遥控飞机的蜂鸣声音，没有曾经在此活动的身影而已。而校园三侠的特殊发现还只是怀疑，没有具体深究，一切都要等事件弄个水落石出，等到这件事得到百分之百的证实才能最后确定，因此面对这样的敏感性问题，又牵涉到米雪的未婚夫，一时还真的难以说出来。

看着沉默的米雪他们，小宇他们三人也没有再说话。

努努拉了拉小宇的手低声说："不用说了，这儿的一切就是我们刚才所看到的一切。"

"对，看来米雪队长他们全明白了，他们也开始怀疑这儿了。"小宇会心地点点头。

此时真是无声胜有声，一切尽在不言中。他们开始跟着米雪在这一层的几个研究室里仔细侦察起来。

前面的房间里除了一些稍微被米雪整理好的文件之外，凌乱的办公桌里面并没有什么重要的文件，可能何云霄研究员他们在最后撤退的时候还是有所侧重地进行了重要资料的转移。

米雪又对里面几间工作室进行了逐一排查，这里面有多间实验室、储藏室，还有临时性的起居室，这些房间里的东西虽然没有作过大的搬移，但也弄得凌乱不堪，原先还想整理，这时，面对这些不愉快的场面，甚至看着某些人性的丑恶、被扭曲的灵魂，他们再也没有心情来整理房间了。

叶梦琪看到米雪警官脸色阴沉，他们几人也是一言不发，生怕影响他们的工作，轻轻地拉了小宇他们一把，然后三个人就来到另外几个房间，逐一查看遗留的物品，心想，凭自己的细心寻找，希望可以找到一些特别有用的线索。

三人转到外面的通透式阳台上，透过窗台，向外一看，现在的位置是研究所一栋六层高的楼房，可以看到下面到处都被蛇舌草所包裹，上面也是整个被它们的浓绿所覆盖，要是不作过细的观察，一般难以发现这儿的第三层。

这些隐藏在暗处的犯罪分子，他们通过制造的恐怖活动，不知目的到底为何？如此毁灭一切的灾难，令人们在灾难面前失去了抵抗，无奈只好放弃美好的家园，被逼得不得不暂时搬到安全的区域躲避。

不过这些别有用心的家伙，不知还有没有什么新花样，想出什么更恶毒的方式来危害社会，他们到底所图的是什么？

从他们设置的环境，公然选了这样一个场所作为安身之处，现在还特别玩出了这些伎俩，真是应了那句"越是危险的地方越安全"，原来这才是灾难操控的巢穴。

要不是他们不畏艰难来这里探险，哪里知道在被蛇舌草肆意蹂躏的地方还有这样一个安全所在。

现在，他们也高兴不起来，这场灾难何时才是一个尽头啊，何况还没有真正找到幕后的黑手，一想到这，看到这一番惨状，心里不由对这些犯罪分子产生一种强烈的恨意。

"快来看看这是什么。"正当小宇与努努看着外面被蛇舌草所覆盖的大半个商城出神的时候，叶梦琪的一声惊叫打破了当时的宁静。

小宇和努努不由自主地被吸引过去了，他们凑近一看，只见地上不过是有些水渍的痕迹，感到十分失望，努努有点不高兴地说："我们的大小姐，这有什么大惊小怪的，我还认为你像哥伦布那样发现了新大陆呢。"

叶梦琪听到努努这样小瞧自己，马上晴转多云，一脸的不高兴准备发作："你又没有看清楚，你这个人怎么这样毛糙呢！"

小宇看着两人斗嘴，这可是他们的拿手好戏，不到一定时候他们俩是不会善罢甘休的。

小宇对他们的斗嘴不闻不问，只顾一个人低着头来研究梦琪所指的地方，仔细一看才发现，在阳台边上，有一大块明显湿漉漉的水影，好像就是被复印在楼面上一样，以往要是被水所打湿的水门汀地面，要不了多久就会干燥消失的。

这儿的情形却完全不同，被水弄湿的地方并不是刚才弄的，就是他们进来都有很长一段时间了，即使弄湿了也应该快变干了，但这却完全颠覆了正常的理念，这个地方总是保持不干的状态，稍微有点好奇心的人都会对此现象耿耿于怀，不会放弃分析与思考的。

小宇用手指沾了一下地面上的湿痕，犹如一层不干胶一样，有一点湿滑的感觉就沾到了手上，拿近鼻子闻了闻，也没有什么气味，在光线下还有一丝淡淡的光泽，真是不可思议。

他看着这个奇怪的现象，心里想着，一时陷入了困惑与不解之中。

梦琪与努努斗了一阵，看到小宇没有加入欣赏的行列，感到有点奇怪。

不过，努努还是对梦琪表现出忍让妥协的态度，自诩好男不与女斗，特别是看到有米雪他们在这，感觉有点无聊，又有点不好意思，因此这场特殊的拌嘴很快就偃旗息鼓了。

没有心情的梦琪，心里更不畅快，心想自己好心要他们看这些非同寻常的东西，反而受到一阵奚落，于心不甘，你们不看那就将水渍全部扫掉，她有点泄愤似的用手从这水渍湿痕上扫了一下，很快这些物质沾了许多在手上，一种明显不舒服的感觉更加衬托出她的不好心情，想将手上的东西快点去掉。

正当她在阳台上揩拭手上的水样污渍时，不经意间碰到外面已经从楼上垂下来的蛇舌草，本能的畏惧使她快速将手抽回，抱怨自己真倒霉，真是喝水都磕牙，眼睛看着蛇舌草不由打了一个寒战，因为早已与它们交过手，这可不是一种好吃的果子。

叶梦琪看看手，虽然与蛇舌草交过手，接触到它们的枝叶，以往肯定会发生肿胀疼痛的感觉，但现在一点儿反应也没有，这就奇了，这到底是怎么回事。

她简直不敢相信，眼睛不自觉地转移到下垂的蛇舌草上，这一看，她一时惊讶得说不出话来，刚才与自己接触的那茎蛇舌草已经开始枯萎了，看来它们是怕这些奇怪的液体啊，原来它们就是蛇舌草的克星，兴奋的她忘记了刚才与努努拌嘴的不快，大声地喊出来："找到啦！找到啦！"

这一喊就将米雪、小宇与努努他们的注意力都吸引过来了，大家都不解地看着反常的叶梦琪，心想，这个一向文文静静的女孩子，今天到底怎么啦，总是一惊一乍的，还让不让人安心一点。

不过大家还是被她的惊叫吸引过来了，准备来看看这个文静的女孩，今天如此反常到底怎么了，大家也想弄清楚她刚才到底是怎么回事。

米雪来到梦琪的身旁，眼睛锐利的她一眼就注意到了梦琪所注视的那棵已经完全枯萎的蛇舌草，这是不是他们一直在寻找、在研究制服蛇舌草的克星。

她不由睁大自己美丽的眼睛，一时被惊喜定格在原地，兴奋得好久都说不出话来。

真是踏破铁鞋无觅处，得来全不费功夫啊，此时的她既是满脸的兴奋，更有一种如释重负的快意。

现在，围在一起的几个人看着这一切，突然间都明白是怎么回事，这标志着在与蛇舌草决战、进行最后较量的时机到了。

无意间被梦琪发现的液体简直就是天下的至宝，这时，大家才知道这件事情的现实意义，不经意间，这一场看不见硝烟的战争才真正在此时有了巨大的转机。

他们在破解制服蛇舌草这个祸害的难题上有了突破，原来这些液体可以杀死它们，只要将它们交给科研机构，通过科学家对这些液体的成分进行分析与测试，我们就有办法研制消灭蛇舌草的武器了。

想到多日不解的难题，一旦得破，人类就有救了，多日愁眉不展的心情一下子变得轻松愉快起来，在场的人一时都欢呼起来。

真相越来越近

米雪队长他们在高能物理研究所发现了那种特殊的液体之后，又多次用它去对付蛇舌草，通过试验，发现这种液体真的对蛇舌草有杀灭作用，辛辛苦苦寻找对付蛇舌草的药品，终于有了突破性的进展，久压心头的阴霾总算有了一种拨云见日的感觉，为最后解除这些所谓的外星人威胁有了一个缓冲的空间，这样我们就有了应对的法宝。

他们将这一惊人的发现告诉了研究蛇舌草的专家小组，有了样本，原先专家们为了寻找制服蛇舌草的克星，在亿万种物体中十分盲目地进行试验，可见在短期里研究的难度之大显而易见。

真是踏破铁鞋无觅处，得来全不费功夫，相信用不了多久就会分析找到对付蛇舌草的克星，正当他们在为此暗自庆幸之时，一位干警又匆匆忙忙地跑到米队面前耳语了一阵，原来他向米队汇报又收到了一封恐吓信，信上说："地球人，你们已经见证了蛇舌草的厉害，现在向你们发出最后通牒，必须在两天内释放新纳案件的所有被关押人员，要不我们将让地球成为 WL 星球的殖民地，我们一定会说到做到。"

大家都不解，特别是提到新纳事件的相关案犯，许伟林插话问："是不是与我们先前破获的那起新纳软件大案有关？"

米雪轻蔑地扫了一下恐吓信之后，点点头，然后哈哈大笑说："他们所提到的这些新纳案件的相关人员，其实就是指还在关押服刑的肯尼特等一干要犯，他们因为盗取神锐研究所的高科技产品，已经受到法律的制裁，但这些阴谋罪犯还不死心，还在阴暗角落垂死挣扎。不过，现在不用为蛇舌草入侵而担惊受怕，我们已经有对付它们的办法，这些跳梁小丑也就不足为患了。"这次米雪胸有成竹，好像一点也没有着急，完全有信心与开始现身的敌人打一场硬仗了。

小宇他们看着自信感重又浮上米雪的脸庞，他们知道现在离案件水落石出已经不远了，这也与他们亲眼所见的一幕有惊人的巧合。

看来他们的推理得到了证实，那个何云霄就是幕后的一个黑手，还是主要人物，特别是从房间里传来的蜂鸣声音，有可能就是小型遥控飞机的马达声音，正是由于它的出动，马上就给米雪他们送来了恐吓信，现在比对一下这个奇案，可以说是菜篮提乌龟四脚活现，什么外星人入侵地球，不过是他们找的一些借口，玩的一些噱头而已，说不定这一切的开始都与隐藏在商城的那伙犯罪分子有关，其实都是一些别有用心的人在操纵生物武器搞恐怖活动，他们为了一己私利，想用蛇舌草来毁灭商城这个美好的家园，达到自己不可告人的目的，从而犯下滔天大罪，这可是人神共愤的恶行。

特别是看看现在的商城局面，整个环境被弄得哀鸿遍野，满目疮痍，人们流离失所，不得安宁，他们真是太可恶了。

小宇他们三人心有灵犀，很快就将整个事件联想到了一块，心中开始为蛇舌草侵扰破坏商城这件严重的生物武器所带来的恐怖事件而愤愤不平。

"小宇，你们刚才不是有什么话要对我说吗？"看到正在沉思的校园三侠，米雪这才想起，小宇他们是来告诉自己什么事的，因此看到他们在发呆，终于打破沉默开口问他们。

小宇这才回过神来，有点迟疑地说："啊，没什么，你们不是都知道了吗？这还用说吗？"

"什么都知道了，不知你指的是哪个方面？"米雪听他这么说，此时心里也有点摸不着头脑了。

小宇一想，他们可能只顾着研究破案，解决蛇舌草对商城人民的威胁，根本不知道校园三侠他们发现了什么，特别是其中牵涉到她的未婚夫，现在他更不好当着这么多人来说，要不，米阿姨会下不了台的。

但自己如果不说出个所以然来，他们是绝不会放松盘问自己的，不如将那儿的异常情况说清楚吧："是这样的，我们在另外一个地方也发现了一个惊人的秘密，完全跟这儿是一模一样的，整个大楼都被蛇舌草所覆盖，但只剩下三楼一样没有蛇舌草的缠绕和干扰，你们说怪不怪？"

"你们要说的就是这么一件事，这确实很奇怪，真是不可思议。"米雪他们听了，这才舒了一口气，原来如此啊，真是虚惊一场。

其实这些事实明摆在眼前，这可是一个国内的败类与国外的一伙犯罪分子狼狈勾结的行为，他们在暗处兴风作浪，在组织进行破坏活动，他们的目的很明显，可能就是要挟上级部门照会释放犯人，只是现在还没有找到他们的巢穴而已，但离最终揭开破案的谜底已经不远了。

且说以袁天岗教授、常遇春院士、马明起博士为首组成的专家组，通过对米雪他们提供的那些特殊液体进行分析研究，虽然至今没有搞清楚蛇舌草的基因，也没有找到制服它们的克星，但这些东西确实对它们有特别的抑制与杀灭作用，这无疑是意外地为他们找到了一种制服蛇舌草的特效药，因此久压心头的大石头总算落地了，特别是现在已经分析到这些液体的成分，是一种苯氰化合物，科学家们可以从现成的苯氰物质中提取，然后再按特殊的比例进行调制，去除其中的抑制毒素，才能按严格的操作配制成特效药，通过实践研制，并且运用到实际中去对付它们，试用效果还很显著，这样一来就有了可大举消灭蛇舌草猖狂进攻的时机，有了这样的盾牌，就能够大面积灭杀蛇舌草，商城人民正在期盼一个真正和平世界的来临。

这些情况也是小宇他们从马明起爷爷那儿了解到的，不过小宇至今都对米雪的未婚夫何云霄这样的举动不太理解，好端端的一个高级工程师，他这样做到底有什么益处，这其中有什么不可告人的目的，还是整个事件就是一个巨大的阴谋与骗局，他只是被动参与，还是有什么苦衷，至今都令人捉摸不透，他们也不可而知。

叶梦琪看到小宇这几天老是为这个问题抓耳挠腮的，真是吃不好睡不香，心里也十分担心与苦恼，她提醒小宇说："你不是有一个新纳软件吗，马博士还有一个可以穿越时空的时间飞船吗。"博士已经带领小宇他们玩过几次，去过未来的商城时代，看到了高速发展的现代化都市的繁华，也回过先前的岁月，去考证过好多非凡的事件，古往今来，各个时代都可以按照指令进入，实现自己探索的目的，效果还不错，他们还真的想再去经历一番这样神奇的时间旅行。

现在，面对米雪的未婚夫何云霄的问题，谁也不知道他到底是什么原因而沦为一个被人利用的角色，犯下了对商城人民不可饶恕的罪行，现在虽然他还未被抓捕，但对他进行全面的了解，也是在间接减少不必要的麻烦，实现对此事件的快速处理。

有了这一重考虑，要是还能用到马博士的时间飞行器，他们就可以在时间的主轴上找到答案，就可以从飞行器坠毁的地方开始寻找，这样不是更能找到解决问题的快捷答案吗？

小宇一摸脑袋说："你们看我这个脑袋，一到关键时刻就断电掉链子，怎么就忘记了这个十分有用的时空转换器呢。"

好在这些特殊的宝贝，小宇他们早就已经转移到安全地带了，那儿没有蛇舌草的可恶纠缠，现在也不用操心上课，更没有父母的盘问与跟踪，他们快速来到上级部门为马明起博士他们这些专家所提供的、远离危险的临时研究所，得到马爷爷的许可后，他们准备再进行一次超越时空的旅行，以便再一次查明商城发生蛇舌草灾难的来龙去脉，为最后消灭它们找到更好的途径。

三人进入时空飞船之后，在显示屏上输入飞碟坠毁前的时间，按下启动按钮，一阵正常的运转之后，他们三人就消失在一望无际的被蛇舌草所包围的绿色海洋之中。

重返案发现场

时空飞船经过一段时间的转换，马小宇与叶梦琪、丁努努按照预设飞碟坠毁前的时间来到了五彩峰。三人从飞船上下来，先将飞船隐蔽好，然后再四处张望，此时天上还是繁星点点，异常宁静，不时有飞机从高空闪烁着飞过，地上流光溢彩，一片繁华，使商城显得更加美丽。自从有蛇舌草事件侵占折腾人类家园以来，好久都没有看到这样令人惬意的景色了，大家不由都张开双臂，眼望星空深深地呼吸，然后对着苍茫大地狂喊："五彩峰，我们来了！五彩峰，我们来了。"

夜晚的高山上阵阵凉风轻吹，感觉十分凉爽，但他们三人一点都不感觉到冷，现在他们最大的心愿就是找到神秘飞行器失事后曾经发生人为被盗过程的最初证据，用来验证一下那个神秘失踪的瓶子是不是为别有用心的人所占有，找到了它也就找到了最终破解当前迷局的最好方法，也为最后战胜蛇舌草找到最佳途径，为最后的胜利铺平道路。

小宇对梦琪与努努说："现在时间还早，记得此时离飞行器失事的时间还有一段，对不对？"

"好像是快要到了，不过我也记不太清了。"努努想了想，摇摇头不敢肯定。

"不管怎样，最起码飞行器还没有光临这儿，我们得赶在飞行器光临五彩峰的时间前来观察，这才是最好的安排，为找到证据，我们必须先做好一切准备，这也是破解谜案的最好做法。"小宇知道再说什么也没有用，但暗自庆幸他们提前赶到了飞行器即将坠毁的出事地点。

叶梦琪接过话头："记得飞行器的出事地点就是我们现在站立的地方附近，对不对？"

"正是，正是。"努努在一边通过目测，惊讶地说，"这样我们就可近距离看到飞碟失事的整个过程了。"

"错，这儿不安全，快离开！"梦琪看到飞行器失事的地点被落实，马上大声提醒他们两个。

小宇与努努一听，看着叶梦琪，一时还不明白她的意思，待在原地不知所措。

"快，离开这儿。"梦琪再次强调，提高声调说，"你们真是糊涂了，那个奇怪的飞行器马上就要来了，你们想让飞行器在自己头上爆炸，让我们三人都成为殉葬品吗？"

这样一说，小宇与努努才算彻底明白了叶梦琪的意图，三人赶快撤离这一区域，找了一个稍稍偏离飞行器的地方，即使发生爆炸或是着地燃烧，根本就不会危害到他们的安全，通过目测还可以非常隐蔽地看到出事地点，这样大家都静静地等待着那一个惊心动魄的时刻到来。

他们三人刚刚选择了一个比较安全的地方，还喘息未定之时，从商城的东南方向划过一道白色的炫光，正飞速向五彩峰掠来，速度快到不可想象，他们惊讶得张开嘴，一时都说不出话来。

真正的飞行器来了！一个带白色光团的太空舱样的物体快速飞行着向这儿靠近，与空气摩擦所产生的火花划出一道道十分耀眼的炫光，如一架中弹的小型飞机拖着长长的尾巴，一头向五彩峰半山腰快速撞击而来。

随即就听到一声巨响，连校园三侠面前的大地都在剧烈地颤抖起来，接着又听到从飞行器里面传来一声惨叫，这可能就是那个可怜的外星人遭到了不幸，接着，一切奇怪的声音旋即消失了。

山上飞行器周围燃起了一片大火，可能是过高的温度点燃了里面的易燃物质，将飞行器整个烧烤了一通，时间一分分流逝，然后飞行器上的火就慢慢熄灭了。

看到这突而其来的变故，三人一时惊慌失措起来，忘记了上前，只是眼睁睁地看着大火将整个飞行器燃烧，校园三侠只能在原地跺脚懊悔，此时坠毁飞行器的地面也被烘烤变红了。

巨大的热功当量向四周辐射，他们明显感觉到了热源辐射的威力，本来身上还有点凉意，此时被这热浪一烘烤，暖和极了，三人浑身一震，重新打起了精神，但因为火力还很大，热力逼人，一时人都不能靠近。

接着传来一阵焦煳的气味，好久，飞行器上的高温才慢慢减弱，校园三侠判断，好像现在安全了，才小心翼翼地靠近飞碟，想在第一时间找到这些东西。

在第一案发现场，这与他们以前所想象的一幕没有两样，特别是那个箱子里确实有三瓶东西，两瓶种子，另一瓶装了一种无色的液体，与他们以前的分析如出一辙，为了看看是哪个人在上面做了手脚，他们没有拿走这瓶救命的液体，一定要看看是谁最先光临这个地方，是谁在最后做了手脚，他们快速地从飞行器上撤离，凝神静气地隐蔽在小土堆后面，目不转睛地观察着飞行器接下来即将发生的事情。

不过，等了好长时间，那个幕后人物还没有出现，校园三侠有点着急了，这可是令他们三人感到无比纳闷而又十分不解的地方，他们隐蔽在一矮树丛中，搞好伪装，静等这即将发生的奇异一幕。

寂静的夜晚此时显得十分漫长，小小夜虫又开始在草地间鸣叫，天幕依然是星光灿烂，一切变故来得快，静止得也十分迅速，特别是现在经过了长时间山风的吹拂，一丝丝凉意袭来，三人不由打了一个寒战。

等待的时光是最难熬的，又一个小时过去，还是没有人影出现，这与他们推导所猜测的是否有出入，还是从头至尾整个过程都是错误的，再等下去，三人都有点坚持不住了。

正当他们有点灰心丧气的时候，突然从山下扫来一道微弱的手电筒光柱，三人同时都看到了，本来生怕希望落空的他们，此时无异于给每人打了一针兴奋剂，心情马上又变得高兴起来，寒意此时也减轻了不少，都默默地注视着下面这个小光点，正在由远及近地快速向飞行器移动。

近了，终于近了，近距离观察，他们这才看清：这是一个三十多岁的高个子青年人，特别是他用手电筒的光照向飞行器时的反射，使他们更加清晰地看到了这个人的真面目，原来真如他们所猜测的，这个人不是别人，正是他们一再怀疑的高能物理研究所的高级工程师何云霄。

他来到飞行器面前，没有环顾四周，可能他是第一个知晓飞行器坠毁的人，因此做事干脆利落，毫不犹豫地快速打开飞行器的舱门进入里面，前后不过一分钟的时间，他的手中就多了一个瓶子，正是装蛇舌草种子那个型号的瓶子，这可是三人亲眼所见的。

这一切都在时空隧道里得到了证实，不过三人至今还是想不通，好好的一个高级研究人才，为什么会堕落为一个危害人类的罪人呢，特别是这样做对米雪也是极不公平的，他们想到这儿就不敢再想下去了。

这样看来，真是世事难料、人心难测啊！

珍妮花

"地球人至今还没有答复，我们的忍耐是有限的，你们的无知令人讨厌，等着瞧吧！"

最近，米雪他们又多次接到多封恐吓信，特别是这些一直还未谋面的隐身人，已经在商城市的其他地方种下了蛇舌草，它们就如一条条可怕的毒蛇，正在飞速吞食这个曾经美丽的城市，整个商城已经陷入万劫不复的危险境地。

幸亏还没有人员伤亡的报告，这可是不幸中的万幸，现在商城所有武警以及外援部队已经进驻，并且全部进入紧急状态，做好了应对任何可能发生的意外的准备，他们只等上级的命令再开始统一行动，最后将犯罪分子一网打尽。

以米雪为首的刑侦大队专门负责保卫专家组的安全，协助上级派来的特警侦破此案，米雪结合自己所掌握的一些线索，初步对此案情有了一个比较清晰的思路，一张铺开的大网正在她心中向外慢慢地撒开，只等最后的各种鱼儿入网，就能来个一锅端。

对于破获此案，米雪已胸有成竹，她通过调查分析，已经掌握了整个案件的大致线索，在这个案件中，有个极为关键的人物，我们不得不再次说说高能物理研究所的高级工程师何云霄了，她可是最令她伤心又最不可理解的神秘人物。

从她查找到的资料就能比较全面地了解和认识这个何云霄了，其实他的家就在商城的郊区，父母都是老实巴交的农民，他从小就特别聪明，是从商城考出去的一个高才生，进入大学攻读物理学空间动力系统控制专业后，又被国家保送到国外留学，一生可以说是春风得意、光环耀眼。

他回国之后在首都一个神秘的科研部门工作，由于自己的某次意外失踪，造成由他为主研究的代号为"曙光一号"工程神秘被盗的事件，国家由此蒙受了巨大的损失，他也因此受到最严厉的处分。

之后，他也因这起事故而一蹶不振，最后他请求调回商城，被分在商城一个高能物理研究所，专心致志地从事空间动力学的研究，其间他还见证过好多飞行器光临地球的过程，通过破译外星密码，与外星人有过神秘的接触，特别是对这个领域有着很超前的研究，还发表了一些有关神秘飞行器的论文，引发了国际国内 UFO 爱好者的研究热潮，为此他也重新受到科研部门的重视。

曾经的他一度成为高能物理研究所的权威，也是一种骄傲，这是前提。同时，他还与公安局刑侦队的米雪是最好的朋友，交往一多，曾经受过伤害的何云霄开启了人生的第二春天。

通过频繁地接触，这一对靓男俊女慢慢地产生了感情，他们相爱了，开始有确定婚姻关系的意向，一度成为商城人口中才子佳人的美谈，按理说他应该好好在此工作，朝着自己美好的人生前进，但不知何故，谁也不会想到，他会在人生的道路上意外迷失了方向。

这不得不从他在首都那次意外的失踪事件说起，作为国家科研部门的高级人才，他掌握着许多高科技的秘密，特别是自己突出的才能，更是得到了同事们的好评，正当他春风得意、踌躇满志地准备为国家大干一番的时候，突如其来的意外却发生在他身上。

坐在四周被蛇舌草所占领的这些阴暗角落里，何云霄一脸的无奈，他不停地叹着气，现在的局面已经越来越难以控制了，自己正在走向毁灭的痛苦深渊，他已经没有任何退路了，正在做最后的挣扎。

回想起自己在国外的留学经历，他遇到了自己的初恋，一个名叫珍妮花的异国姑娘，她热情大方、聪明伶俐、温柔体贴，特别是她的温馨关照，使这个远离故土的游子感受到从未有过的快乐，使他度过了人生最惬意最美好的一段求学生活。

何云霄完全沉浸在爱河的愉悦享受之中，但好景不长，他深爱着的珍妮花，纯洁真情的她，突然间在大学城消失了，不久何云霄就接到了珍妮花被黑社会绑架的消息，当地警方也多次介入侦查，但都无功而返，最后这个案子也不了了之，他深爱着的珍妮花就这样在人世间杳无音信。

一直都没有听到她的任何音讯，好在自己临近毕业，他带着伤痛回到了祖国，为了转移对爱人的怀念，他将全部精力都用在忘我工作上，认为只有工作才可以减轻自己对珍妮花的思念，这样全身心地投入到高级部门搞科研，更是得到领导与同仁的好评，由此受到重用，并被安排负责其中一个绝密的国防课题"曙光一号"，他以年轻人的狠劲和自己杰出的才智做出了一些可喜的成绩，造就了自己人生事业的辉煌。

但意外的是他与一直爱着的珍妮花重逢了，其实这才是自己噩梦的开始，他也为之葬送了整个人生的幸福。

那年春天，京城的春天十分迷人，公园里百花齐放，争奇斗艳，花坛边草地上的长椅旁，到处都是踏青游览的红男绿女，年轻父母带着他们的孩子来享受大自然馈赠给人世间的美景，他们的活泼天性给春天带来了更加充满活力的气息，构成了人间最美的童话。

说着伊伊情话的青年男女，他们向世界展示着另一种美好，被装饰成一幅幅迷人的画面，仿佛就是另一个充满传奇、令人向往的伊甸园。

何云霄看着这美好的一切，他不想打破这份美好，只是孤身一人选择在美丽的公园快意地游逛，在茫茫人海中，淡看世事风云变幻，看云卷云舒，欣赏着人间最美的风景，要是平凡度过这些时光，也算是人生的一大乐事。

无巧不成书，真是天意弄人，在这个放飞自我的公园，何云霄意外碰到了自己在国外留学时结识的异国美女珍妮花，自从她遭受绑架神秘失踪之后，以为他今生今世再也不会见到心爱的姑娘，一时的场面令他不敢相信这是现实，好在两人很快就由惊讶回归了平静，毕竟他们都成熟了许多，这对命运坎坷的恋人紧紧地拥抱在一起，道不尽失散后的悲欢离合，诉不尽的相思缠绵，两人完全沉浸在美好之中。

何云霄了解到他深爱着的姑娘历经生活沧桑，受尽世间磨难，至今还是孑然一身，漂泊在外，那份长久隐藏且受过伤害的感情又再一次被点燃起来，很快他们又重新坠入了爱河，演奏着新一曲最浪漫最温馨挚爱的命运交响曲。

何云霄的工作热情重又恢复到最佳状态，这为他的科研项目"曙光一号"的尽快研制完成加入了助推剂，他开始收获爱情与事业的双丰收，也做过无数次与珍妮花双宿双飞的美梦，每每看到她如花的笑意、体贴入微的关怀、温情脉脉的凝眸，就会沉浸在无限美好的幸福遐想之中。

　　这可是自己人生的第二次青春，完全放松了对特殊工作的保密要求，这一疏忽如一失足就成千古恨，由此造成了工作的巨大失误，为自己的人生铸下了大错，为他的堕落酿下了难以下咽的苦果。

欲望的膨胀

那是一个特别的日子，自己的科研项目已经差不多被全部攻克，胜利的喜悦溢于言表，何云霄变得特别兴奋，嘴里还不住地哼唱起流行歌来。

"云霄，什么事让你这么高兴，看你一脸兴奋、快乐无比的样子，到底有什么喜事，说给我听听？"珍妮花灿笑嫣然地望着他娇滴滴地说。

"亲爱的，现在我终于可以好好松一口气，休息一下了。"何云霄一回到家，搂着奔向他怀抱的珍妮花高兴地说，"我们的研究项目可以结题了，我的整个心都变得轻松起来了。"

"真的，那太好了！真为你自豪。"她搂抱着他的脖颈甜甜地吻着，"亲爱的，今天可得好好为你庆祝一下，怎么样？"

他拥抱着珍妮花，满是深情地注视着她，点点头，然后就与珍妮花开始了温馨浪漫的晚餐。

今天的晚餐特别丰盛，全都是她做给何云霄最爱吃的菜，他感激地看着她，眼里满是爱意，他幸福着、陶醉着，感觉到自己是世界上最幸福最快乐的人。

"云霄，为了庆祝你的成功，今天我们好好玩个通宵怎么样？"

"好，你想怎么玩都可以。"何云霄看着美丽的珍妮花，他已经没有反抗的力量了，她为自己付出这么多，先前又受过那么多的苦，可自己又没有给予过她所预期的幸福，还在跟着自己继续受苦，因此这一个小小的心愿，自己更不想让她失望。

两人一直吃到杯盘狼藉，醉眼迷离，何云霄都不知自己是怎样醒过来的，反正这一醉，等到自己醒来，才发觉既不在单位，也不在家里，这才发现珍妮花与自己一道被抓，两人被转移关押到一个昏暗的地下室。

值得庆幸的是，两人都没有受到伤害。这儿好似一个私设的神秘地下室，昏暗的灯光下显得更加阴森恐怖，他的周围站着几个彪形大汉，还有几个满脸横肉的家伙，一个穿着白色长衫一脸胳腮胡子的人正机警地注视着自己，原来他们落入了一个别有用心者机构的魔爪，这时他才清楚，他们在乐极生悲的过程中已经被人无声无息地轻松绑架了，他的人生噩梦由此正式拉开了帷幕。

原来，现在的珍妮花已经不是原先单纯可爱的珍妮花了，她已经是某国训练出来，完全靠美色去捕获男人的工具，就是上次在国外的意外失踪事件，她就落入了当时一个国际犯罪组织手中，他们将珍妮花训练成了一个无所不能的色情棋子，现在正好可以使用其来诱惑何云霄，从而实现他们最后不可告人的目的。

珍妮花进去之后，在威胁利诱之下，开始她也是任何事情都不服从，但一旦身陷魔窟，为了保命，她也无能为力。

当前，摆在她面前的有两条路可走：一条是合作，成为他们发展的靠美色服务帮助他们实现目标的工具；另一条就是沦为妓女，接受他们各种非人的摧残与蹂躏，过着一种没有尊严没有自由，也永远没有出头日子的非人生活，这样的结局，最终还是不可能活着走出这个魔窟，只能屈辱地死去。

她也看到了许多同样被绑架来的姐妹们反抗的录像，她们一个个都没有活着离开这个魔窟，在求生欲望的本能面前，她答应了他们，开始了自己不光彩的灰色生活。一个貌美如花的姑娘就这样被毁了，她接受了他们一些特殊的训练，最终被严格训练成了一个靠出卖美色而生存的工具。

特别是他们掌握到何云霄工作的重要性之后，受利益驱动，这个暗藏的犯罪组织就极力想得到这个有着高度机密的科研成果，而这时，珍妮花又是他们培养出来的最得力的人选，凭借她曾经与何云霄有过特别亲密的关系，顺理成章，意外的重逢让这一阴谋诡计最终得逞。

现在，他们没有向何云霄做任何工作，墙头上的一个大屏幕此时打开了，里面全是何云霄他们研究绝密的全过程，特别是自己酒醉之后被洗脑所留下的过程也历历在目，这个"曙光一号"在他们这伙狡猾的犯罪分子手里已经没有任何秘密可言了。

"何云霄工程师，这可都是你送来的杰作，我们经过改进修正后的'曙光二号'可能比你的'曙光一号'还要先进,怎么样?"那个一脸络腮胡子的人阴阳怪气地说。

何云霄声嘶力竭地骂道:"你们这伙强盗,太无耻、太卑鄙了。"

"这怎么能怪我们呢,全是拜你所赐啊!"为首的那个人皮笑肉不笑地讥刺着。

原来他们是通过珍妮花之手,在他的工作服等处都安装了微型摄像机和窃听器,何云霄在研究所的所有研究数据就全部被拍摄进去,他们通过监控还知晓了整个研究的操作过程,最后阶段,怕他们将参数隐蔽修改,就设计了这样一场庆祝会,通过洗脑的方式才彻底将"曙光一号"弄到手。接下来事情的发展就与珍妮花的遭遇有着惊人的相似,虽然珍妮花利用自己的真情欺骗了他,但她也是被逼的,迫不得已,要是自己不就范,他们将对自己与她不利,最后何云霄不得不选择了妥协,被迫加入了这个罪恶的组织,沦为一个为他人窃取情报的可耻工具人。

这样一对纯情的恋人,在灵魂受到污辱的情况下,不是选择抗争,而是双双成为出卖利益的可耻败类,成了可怕的懦夫。

这个犯罪组织向他们许诺,何云霄不但让国家的"曙光一号"科研成果受到致命的损害,成为他人生不可翻身的污点,现在还继续受到这伙人的要挟,提出只要他与珍妮花完成最后一次任务,将商城市的一切正常工作与生活秩序破坏打乱之后,将被关押的肯尼特那一伙国际罪犯成功解救出来,他们两人就可以得到一笔高额的安家费,允许他们可以自由选择到一个喜欢的国家去定居,过上他们惬意的生活。

在威逼利诱之下,何云霄被留在商城进行特殊活动,而珍妮花自然被派往别处执行任务,其实他也知道,他们不过是一对被利用的恋人,在尘世做着一些见不得人的勾当,继续危害社会。

邪不压正

　　商城市这几天陷入了蛇舌草疯狂进攻的艰难时期，正遭受着灭顶之灾，那个隐藏在暗处的恐怖组织经历多次运作之后开始浮出水面，从最初的传达恐吓信到现在公然向全市发出恐吓通告，特别是商城市市委书记欧阳峰，这几日也接到"太空战警"的电话，一再逼迫市政府快点做出决定，早日释放被关押的囚犯肯尼特等，若不答应，恐吓会让商城变成一座人间地狱。

　　欧书记一边做好安抚工作，与这伙隐藏的罪犯谈判，为延缓对城市大毁灭做了很多努力，一边命令米雪等公安刑侦加紧破案，敦促专家组尽快将制服蛇舌草的药品加大马力大批量生产，以备不时之需，一场面对犯罪分子的歼灭战正紧锣密鼓地秘密展开。

　　话分两头，单表一枝。

　　以何云霄等太空战警这一线有如影子一样的恐怖组织，他们一直等着商城市政府释放关押的肯尼特等人，但没有实质性进展，他们也开始进行最后的反扑，想快点让这场战争早点结束。

　　他们一方面受制于国际犯罪团伙的威胁，必须完成在商城进行蛇舌草生物武器的撒播行动，给整个人类造成巨大的威胁和恐慌，这样就可以配合他们达到自己的目的。另一方面他们还受到太空某组织的制约。

　　前次这个 WL 星球来地球进行探访任务的飞行器失事之后，曾经与外星人有过交往的他意外地收到了他们的电波，破译了他们的密码，通过几次暗中交往就建立了联系，WL 星球找到了他很高兴，吸收他为太空荣誉公民，并许他将来很多的荣耀和特权，特别是他们的飞行器即将坠毁的时候，通知何云霄第一时间赶到出事地点，取走他们的生物种子和控制生长的溶液，以便将来使用。

　　因此何云霄利用这个空当，第一时间做了这番手脚，得到了外来生物的种子和控制生物的药液，这样一来，他就可以控制蛇舌草的生长速度、漫延范围、危害程度，因此蛇舌草在商城就像听话的孩子一样，随时随地受到人为的控制，成为一种最具杀伤力的生物武器，差点将整个商城摧毁。

　　作为高级工程师的何云霄通过与WL星球人的交往，已经知道他们高度发达的科技文明，促使他的欲望不断膨胀，这也是他权衡轻重之后，产生了人性大裂变，沦为别有用心之人的工具。

　　他与珍妮花所追求的那种镜花水月式的美好生活，在与人民为敌的卑鄙坠落中是不可能善终的。

　　一生受坏人所制，如果自己不按要求办事，那个国际犯罪组织就不会轻易放过他们，他们丝毫没有退路可以选择，即使办完了，也只是他们手里的棋子，随时都可能被抛弃。就是现在，他对国家所做出的不法举动，自己的国家和人民也不会放过他们，因此，只有自己救自己，让自己成为别人的主宰，甚至还可以好好报复一下那个可恶的犯罪组织，到时他们强加给自己的一切，都可以其人之道还治其人之身，一并还给他们，这才是他期望的最佳结局，也是自己没有办法走出的终极之路。

　　特别是现在，何云霄通过特别的途径，联系上了WL星球的人，这可是自己最能取胜的一张王牌，何况现在地球人在向外太空的探索征途中还一直处于迷茫的阶段，我们至今还没有真正征服过离人类最近的星球——月球，那谈到遥远的星球与星系更是一个可望而不可即的梦。

　　WL星球就不同，他们的发展速度和文明程度完全不能以地球人的科学发展速度来看待，他们派出的飞行器已经是超光速的飞行目标物体，在他们的意念中提到的不是飞行速度有多快，而是认为思想的速度有多快，那么征服宇宙的速度就有多迅疾，这反衬出地球与他们的科技文明存在着巨大的差距。

　　何云霄意外获得这些信息之后，加之有他们的大力支持，有高科技撑腰，有令地球人头疼的生物武器开路，这样，自己不但可以成为地球上的盟主，全世界都会以他为尊，唯他命是从，同时还可以借机与国外那伙犯罪组织算算总账，甚至好好收拾他们一顿，让他们施加给自己的全部都归还给他们，到时就可以与自己深爱着的珍妮花真正过上神仙眷侣般美好的生活，想到这，他心里生出无限的美意，他多么希望这一美梦永远都不要破灭。

何云霄一人正坐在自己曾经工作过的高能物理研究所的工作室中，正美美地做着自己成功的春秋大梦，而处于一片恐慌之中的商城市已经到了最危险的时候，市委书记欧阳峰在这关键时刻，根据米雪他们提供的线索，果断地做出了战斗部署，要求所有警力全部投入战斗，与犯罪分子进行最后的较量。

商城公安战士与上级派来的特警戮力同心，一起行动，他们从多次发出奇怪信号的神秘地穴中找到了犯罪分子的巢穴，一举捣毁了他们的基地，切断了他们与星座的联系，将他们一网打尽，为整个战斗的胜利赢得了机会。

米雪他们带着干警们快速包围了高能物理研究所，封锁了这两栋大楼，将正在做美梦的何云霄一举抓获，他们还从工作室里搜出了在飞碟上神秘失踪的那瓶溶液，许伟林用小木条沾了一点点靠近蛇舌草一试，发现它们都因快速受伤而变得枯萎，这可是制服和控制蛇舌草生长的特殊溶液啊。

不过，这些科学家们早已经研制出了成分相同的溶液，已经开始在商城进行大面积清除蛇舌草的战斗了，特别是洒在蛇舌草的根部效果更好，它们成片成片地快速消亡，最后都化为尘埃。

许伟林将这瓶溶液交给米雪，米雪看着何云霄，这可是他对人类犯下滔天大罪的证据，她嘴巴动了几下，没有说什么。不过，她心中极不是滋味，眼中满是怨恨，她不清楚何云霄为何会走到这一步，这可是她一直在思考而想不通的问题。

干警们押着何云霄向公安局走去，胜利的喜悦在他们的脸上荡漾。

这是一场正义与邪恶的战斗，人类凭借自己的智慧终于战胜了邪恶，看到胜利的一幕，人们都舒了一口气，要不了多久，人们的生活就会重新开始，美好的家园就会在富于创造力的人民手下开始重建。

人们为战胜这一场特殊的灾难而付出了惨重的代价，不过阴霾已经消散，迎接他们的将是阳光灿烂的新商城。

迷情的哀叹

有心栽花花不发，无心插柳柳成荫，真是应了这句古话，国家科学院派出了这么多的科学家，加上由其他地方抽调来的专家，他们组成一个特别的专家组来研究制服蛇舌草的药品。由于与外星人有明显不同的基因图谱，在短期内，地球上根本不可能研制出有针对性的克星，因此科学家们面对蛇舌草的泛滥成灾也只能望洋兴叹，面对突发灾难事件只能束手无策，这是他们没有想到的事情。

好在有校园三侠的歪打正着，因为偶然的机会，马小宇他们找到了可以制服蛇舌草的特殊溶液，无意间为科学家们找到了一条研究针对蛇舌草克星的捷径。

科学家们以此为突破口，找准切入口，快速研制出应对蛇舌草的克星，从而挫败坏人的阴谋取得了最终的胜利。他们总算没有白来商城，终于给全市人民交上了一份满意的答卷，为最后消灭隐藏的罪犯立下了汗马功劳。

现在商城人民谈得最多的也是这种神奇药品的奇特功效，特别是现在能够大量生产，为消灭蛇舌草对商城人民的危害发挥着巨大作用。

走在商城的街道上，外出逃离的市民现在都陆陆续续地回来了，很快就加入重建美丽商城的队伍中来，最热闹的是人们与武警消防官兵们一道，投入杀灭蛇舌草的战斗中去。

这些神奇的溶液只要喷洒一点点，蛇舌草被这可怕的克星一沾，马上就失去了抵抗力，然后迅速枯萎死去，最终慢慢消失在人们的视野中。

大片大片的土地重新显现出原来的面目，幸亏蛇舌草在商城肆无忌惮的日子并不太长，要不这些可爱的绿色植物在蛇舌草的浓密覆盖下，缺少阳光，不能进行光合作用就会死亡。

这些有点枯黄的植物经受住了严峻的考验，现在，终于可以丢掉一切负累，又可以轻松地舒一口气了，它们张开久被缠痛了的枝条，在太阳底下随风摇动，慢慢开始恢复生机了。

商城里参与重建的人们越来越多了，如此一个清理大军组成的战斗团体，仅仅几日，已经将大部分的蛇舌草清除了，为劫后余生的商城人民送来了一个充满生机的城市。

大家都投入到重建家园的紧张劳动中，压坏的房屋可以重新修复，倒塌的就只能是想办法重建了，幸亏这样的房子并不多，倒掉正好可以重新改建，当然最幸运的是没有出现人员伤亡事故，这是不幸中的大幸。

还有一个消息，听马明起博士说，那个曾经坠毁在五彩峰的飞行器因为毁损严重，已经成了一堆无用的废物，更别说可以探究到他们的动力系统。其实什么也研究不了，关键是他们比较阴险，为了不泄密，不让别人复制他们的技术，在坠毁前就实行了自爆，一切都破坏得不成样子了。寄希望于外星人，想从那儿进入研究，现在就连那具烧焦了的尸体，因为已经完全碳化，也研究不出什么东西来，因此对于这舱飞船是否为外星人拜访地球的运载工具，还不如说是某个不友好国家所制造的先进飞行器，他们可能出于不可告人的目的，携带了生物武器，想给世界制造混乱，所以才做出这么大的举动来，可能是因飞行器出了故障，必须坠毁时才联系到他们在商城的代理人，于是就有了何云霄最早的行动，以及后续相关的破坏活动。因此在当时关于飞行器的争执一直没有定论，最终在大家的冷淡中此事也不了了之。随着商城逐渐走向正常，所有的猜测也就止步于此，谈论相对减少了。

小宇他们已经接到学校准备复学的通知，三天后就可恢复上课，后段的学习任务还很重，因此学校需要对教学时间进行合理安排，以便及早将耽误的时间补救回来。

停课很久的他们心里也很高兴，这样又可以与同学们在一起，开启新一轮的学习了。

毕竟上课有趣得多，他们也极力想早日回到学校读书，这样，他们马上又可以开始愉快的校园生活了，想到这，他们三人心里都万分高兴。

这一段时间在外面放风，整日无所事事，东游西逛的，特别看到这些一沾上就中毒的蛇舌草，心里便生出一份讨厌，这些被别有用心的人施放的生物武器作乱整个商城，大家已经见证了它的危害，因此它们早已成为人人讨厌的过街老鼠。

在本次大案中立下汗马功劳的要算这些保卫商城平安的警察，他们夜以继日地奋战在防范蛇舌草入侵本土的第一线，他们置个人的安危于不顾，显现了崇高的英雄本色，因此他们是商城人民的功臣。特别是破获了隐藏在商城的这个犯罪团伙，保卫了国家安全，清除了存在的隐患，每个人的脸上总算露出了开心的笑容。

米雪一个人选择了沉默，她没有与干警们一道欢庆这场战争的胜利。她偷偷地来到关押何云霄的地方，在她心中有一个问题至今还没有得到解答，不知他为什么会这样，会这么快堕落成现在这个样子。

阴暗的房间里，何云霄低垂着头，一言不发，他现在悔之晚矣，痛恨自己的失足，以至葬送了一生的幸福。

自从珍妮花离开之后，自己有米雪这样的女友，应该是人生的一大幸运，可惜因自己一时的贪念，令他不能自拔，以致酿成了大错，完全没有了回头路，真是悔之晚矣。

他痛苦地摇头，不想见任何人，也不想与任何人坦露心迹。因此，不管米雪怎样质问，怎样诱导，他都保持沉默，这时他的内心是异常痛苦的。

米雪也知道，一切已成过去，没有任何挽回的余地，面对何云霄，自己又能怎么做呢？

这一切都是他自作自受。天作孽犹可恕，自作孽不可活。自己犯下的滔天大罪，除了自己坦白，洗心革面，其他任何人也救不了他，现在再说什么都是多余的，何况面对的是自己曾经想托付终身的人。

一个人的人生道路虽然十分漫长，但关键处往往只有几步，因此，要走好这人生之路可不是容易的。

她这样想着，知道自己说得再多也没有用，不如好好开导他，或许他还可以从头再来，还有出头之日。

临出拘禁室，米雪对何云霄说："云霄，你好好改造，你还有未来，我等你出来！"说着，她的眼角湿润了，她知道，这曾经的一切都将不复返了，两个人的手再也难握在一起了，她快速转过身去，离开了这个伤心之地。

何云霄看着自己曾经的爱人，现在自己已成阶下囚，情绪波动也很大，或许余生将牢底坐穿，或许生活从此终结，自己还有将来吗，但米雪最后说的那句，"你还有未来，我会等你出来！"他痛苦地流下眼泪，这是自己深爱的人发自内心的祈盼与拯救啊！最起码还有一线希望！

自己不管有没有将来，但不能低沉，不能放弃，一定要努力，争取早日出来，这才是自己唯一可以对得起米雪的地方。

铁窗外下起了蒙蒙细雨，经受过蛇舌草折腾的商城市笼罩在一片烟雾弥漫的青气之中，全城人民正在重建家园，与蛇舌草在进行最后的战斗，邪恶是不能在正义面前长久存在的，这是一条颠扑不破的真理，自古而然。

何云霄看着这一切，自己可以说是罪孽深重，他对不起整个商城市的父老乡亲，更对不起深爱自己的女人，他知道自己太迷于欲望，太缺少一份理智的感情，在花花世界充满诱惑的享乐中，自己注定只能在人世留下无限的哀叹。

他长长地叹了一口气，双手无力地下垂着，他知道等待他的将是漫长的铁窗生活。

抹不去的记忆

坐车事件

一辆老式汽车吱吱呀呀地在马小宇等人的面前停了下来，有几个人下车之后，他就和好朋友丁努努、叶梦琪上车了，不太舒服的车厢里，留给人的是更多不适应的感觉，丰子恺先生所描述的"上车纷争座位，下车各自回家"其实每天都在上演。

这不，校园三侠运用自己的方法，帮助商城市公安部门破获了一起牵涉到国外犯罪分子制造的蛇舌草作乱事件之后，慢慢恢复正常，校园三侠为了放松心情，在短暂的休息日专程去郊外游历一番，在回来的途中，一上车就遭遇了长途客车拥挤混乱的一幕，下去几个人后，本来可以有座位空出来让后上来的人坐下，但后排的一个小青年硬是霸占了几个座位不肯相让，小宇和善地对他说："请拿掉你的大背包，空着的座位好让人们舒服地休息一下。"但这个有点另类的小青年不管别人怎样好言相劝，就是不肯将这个包拿掉，还说这个包是别人的，等下他马上就要下车，大家看到这一幕也毫无办法，只是一脸的尴尬站在车厢里。

女士优先，梦琪没有座位，小宇就将自己的座位让给梦琪，免得一个女孩子在车厢里摇来晃去的，他一个人站在客车的中间，显得极不舒服，幸亏努努比较灵活，找到了一个可以勉强坐下去的地方，他叫小宇一起挤一下，算是解决了当时的难题。

客车一直向前奔跑，离商城还有一大段距离，沿途有人不停地上下，但那个小青年一直优哉乐哉地用背包占着那一排座位，也没有下车，大家其实都对他如此的行为充满了厌恶，他所说的那个不存在的人也一直没有露面，那个大背包一直占着座位，而好多人因为站着难受一直在感受着不舒服。

正在这个时候，那个小青年向司机提醒，说要在前面不远处的停靠点下车，请求停车。

在前面的一个交叉路口，吱呀的一声，客车停了，这个小青年开始收拾东西准备下车了。

灵活的努努快速地走过去，一把抓住那个放在后座上的大包，大声地对他说："这个包你不能拿走！"

小青年反声质问："为什么不能拿？"

"因为你刚才说过，这是别人的包，不是你的，你不能随便带走别人的包！"

"对，他刚才确实是这样说的，随便拿别人的东西就相当于偷，是盗贼！我们可以报警抓他！"反应过来的梦琪也附和，不单是她，全车的人早就对他不满了，于是也一起来帮腔，事情到这儿出现了戏剧性的变化。

如此一来，这个小青年想快速下车，却被大家拉着，就是不让下车，当时的局面已是进退两难。

这时售票员过来了，等他弄清楚事情的来龙去脉之后，有点不高兴地说："你快点说清楚，这个包到底是不是你的，不要耽误了大家继续赶路的时间。"

"这个包确实是我的！还要我说几遍！"在众怒难犯中，他先前的嚣张气焰一下子被打掉了。

不过对于这样一个无良的小青年，大家丝毫没有放过他的打算，售票员说："你说是你的，用什么证明？我可不想让你拿走了大包，别人找我们来索赔，我要对其他人负责！"

看到大家如此认真，不放过他，这时，小青年开始有点慌张了，真是你做得了初一，别人也可以做十五，出门在外还是低调文明些好，才不会吃亏。面对众怒，他只好继续求饶说："对不起，这个包真是我的，里面还有我的身份证，不信我拿给你们看！"

他从大包的小隔里拿出一个小钱夹，翻出里面的身份证给大家看，不过没有人去证实，也没有人相信他所说的鬼话，反正大家都看不惯这样的人。

既然事情发展到了这个地步，再闹下去无非也是耽误大伙的时间，小宇出来打圆场说："你说这个大包是你的，我们权且相信，但你一个人占着两三个座位，这怎么处理，相信你不会不给个说法吧！"

"对对，你不说，我还忘记了！"售票员马上反应过来了，接过话儿说开了，"你应该再补两个座位的票，我们的座位也不能就这样空着，请立刻补票。"

看了看周围愤怒的人们，他们眼里满是鄙视的目光，小青年不再说什么，只好掏出钱包又补了两张票，算是为自己的不文明行为交了学费，看来不文明也是需要付出代价来买单的。

做人留一面，日后好相见。出门在外，学会宽容，懂得与人方便，才会方便自己，这是一种良好的美德。

这一令人深思的一幕最后让小青年一个人买了三张票才算结束，看着他灰溜溜地下车，客车里爆发出一阵愉快的笑声。小惩大戒，社会就是需要正能量，不能姑息这样的恶习或是坏人坏事的存在，大家的脸上都露出了快意的笑容，当然，这样有意思的小插曲也给沉闷的坐车生活增加了点有味的笑料。

客车经过几个小时的奔袭，终于回到了自己熟悉的故乡——商城。此次外出，算是对紧张学习的一次放松，不一样的校外生活，让小宇他们感受到外面的世界很精彩。

放松之后，校园三侠马上整理行装，快速进入校园，他们也十分想念与同学们在一起的美好时光，其实心早就飞到了八班的教室。

他们快速坐在各自的位子上，心情好不容易才平静下来。小宇满意地看着这个充满温情的班级，内心显得无比温馨，好久没有过如此宁静的感觉。

杜大伟来到他的面前，热情地打招呼，问道："小宇，你们最近都去哪儿了？"

小宇友善地回答："我们三个去参观了一个人类起源的博物馆，这可是马明起博士、地质学家陈亦文等人极力推荐的，米雪等公安部门特别提供的一次奖励，我们三人才有机会见识这特别令人震撼的一幕。"

"原来如此，好羡慕你们校园三侠啊，不过，这一次特别之旅，你们有什么特别的感受吗？能不能说给我们听听？"大伟不失时机地接过话头。

这时，从叶梦琪那儿传来了一阵十分激烈的争吵声音，小宇自言自语地说："他们真好，永远没有烦恼，这才是最适合他们的生活方式。"

小宇不喜欢与他们凑热闹，只好一个人静静地坐在座位上，心无旁骛地从课桌里拿出一本科普读物，尽力想沉下心来看，但这时教室里的吵闹越来越激烈，他十分无奈地用手堵住耳朵，想减少噪音对自己的影响，但真正要达到"两耳不闻窗外事，一心只读圣贤书"这个境界是不可能的。

越来越吵的教室使他已经完全没有心情来看书了，他停了下来，默默地注视着那一群争得面红耳赤的同学，真是怪了，他们到底是为了什么争得不可开交，越发引起了他的好奇心，他静下来细心地看着，发现其中有一个特别引人注目的同学正在滔滔不绝地向大家说着什么，那可是一向喜欢猎奇的、老持怀疑眼光看问题的王经文，小宇这时才静下心来听听，好不容易才听清楚王经文拉大喉咙所说的话："你们有没有听过现在人们正在争论的一个有趣的问题？"

很多同学被吊起了胃口，连声问："到底是什么问题，别卖关子了。"

王经文有点卖弄地说："那就是地球上的人到底是怎么来的？"

马小宇听了好久一段时间才听出了一点头绪，原来他们在争论一个连生命科学家到现在都没有解决的问题。这下倒好，这也是自己十分喜欢的一个话题。

教室里也一下子炸了锅，大家你一言我一语地吵得不可开交。

朱明明说："地球上人的来历还不简单，都是由猴子变来的！"

"那么，猴子又是怎样变来的呢？"一向喜欢抬杠的周娜大声反问朱明明。

"这，这，这不简单，猴子就是由小猴子变来的吗。"朱明明有点底气不足地搪塞，连说话都有点结巴了。

周娜笑着说："你这还不是等于没说，大猴子当然是由小猴子变来的，这跟说你是由小孩子变来的有什么区别，可见并没有解决问题，而应该是说人是由猴子变来的，那么猴子又是由什么变来的，继续问下去，找到问题的症结，才能最终解决问题。"

正在一旁静静地注视着他们的叶梦琪几次欲言又止，好不容易逮着一个机会插进来说话，并且提出自己解决问题的要点："其实争论这个问题，关键要弄清问题的来龙去脉，人到底是从什么地方来的，这可是要弄清楚的一个关键步骤。"

"那人到底是从什么地方来的呢？你怎么能说清楚呢？"王经文又发挥

了打破砂锅问到底的劲头，继续反问道。

"当然是由人转变而来的，难道说人是由虫子演变而成的？"在旁边一直冷眼旁观的马小宇笑着打趣他们说。

听到这个没有经过思考的答案，大家都不约而同地回应他说："这样一说，还不是没有说到问题的点子上来，不过是绕了一个圈子又回到了原点。"

鸡与蛋之争

“那要怎么说才算是说到问题的点子上了？”小宇有点不好意思地红着脸说。

“其实不用将这个问题过于复杂化，应该说人都是由低级细胞逐步进化到高级细胞，由单细胞走向多细胞，由水路走向陆地等一系列变化发展进化而来的，其中进化较快的一支就逐步向前发展，实现了由低级生物向高级智慧型生物的进化，慢慢地就成了我们现在所见到的人类。”在旁边一直深沉思考的丁努努为了打破马小宇所处的窘境，出来打圆场了，停顿了一下接着说，“你们刚才说人是由猿猴进化来的，甚至说到是由虫子变化而来的，答案都没有错，科学家们对自然界的生命起源已经进行了长期的研究，达尔文在他的《物种起源》一书中说得十分清楚，经过几百年的推理与论证，并且得到了证实，不过我们不能确定的是到底是先有哪类人，正如我们不知道是先有鸡还是先有蛋一样。”

杜大伟抢着回答：“我知道是先有蛋，后有鸡！”

“为什么你这样肯定？”周娜反驳。

“因为科学家们进行了研究，最终得出了答案。”

“这谁信，还不是你说不清楚，就如此乱说一通，用科学家来搪塞我们！”

大伟说：“我怎么会骗你们呢！科学家们通过研究，认为地球上开始没有鸡这种动物，但是有许多有营养的有机物，这些有机物慢慢累积，于是就像一个个鸡蛋那样，它们开始变化，后来就从里面生出了各种不同的动物，有的像鸡，人们就将它叫作鸡，这就跟我们放置很久的鸡汤一样，本来没有任何生命，但时间长了，里面照样会生出无数的虫子，鸡蛋的来历就跟这差不多，你们还怀疑我是逗你们的吗？"

看到大伟能积极参与大家的探讨，并且说得头头是道，小宇他们感到非常高兴，这已经不再是从前的大伟了，看来他已经走出了家庭的阴影，先前他们借助马明起博士的时间飞船，多次进入他的生活场景，从而最终拯救了他，让他从一个不受人待见的学生到现在已经成为大家认可的十分阳光的好学生。

现在听大伟这么一解释，也说得很有道理，于是开始质疑反对他的人也少了，但对于刚才说到的一个问题，大家还是没有忘记。

"其实关于地球上到底是什么时候有人类，这个话题反而有点说不清楚！"大伟看到大家有兴趣，又将话题重新提了出来。

努努说："这很简单，我知道人是从什么时代开始，并且知道很多关于人类起源的问题——"

"努努知道得这样清楚，那么这世界上到底是先有哪类人呢？"站在他旁边的周娜此时的兴致被大大地调动起来，她不等努努说完就打断他的话头反问，"不过，我认为应该是先有女人，要没有女人，她们不生育后代，也就没有现在人类的繁衍了。"

"错，当然是先有男人，没有男人，怎么能实现人类的孕育呢？"不等别人接口，性格比较急躁的李狲好像忍了很久似的从中爆话了，其实他内心可不想让女生占着上风。

"先有女人！"

"先有男人！"

"女人！""男人！"这时教室里像炸了锅一样，个个争得面红耳赤，一时人声鼎沸，闹得不可开交。

比较有思辨意识的丁努努此时故意大声咳了一下，装着不苟言笑、一本正经的样子对大家说："大家保持安静，大家保持安静，其实，关于这个问题，只有我才能给大家带来最满意的答案，你们信不信。"

"你有什么最满意的答案？要不又是一些骗人的鬼话吧！"大家七嘴八舌地跟着起哄，脸上明显是不相信的表情。

努努故意卖起了关子，好久一会儿才慢慢腾腾地说："我认为是先有男人。"

"这算什么最标准的答案，明明是胡扯？"周娜最先进行反击。

"要是你是女孩子，你一定会说是先有女人的。"

"少来这一套，又来糊弄我们，真是狗嘴里吐不出象牙。"其他的女生们个个面红耳赤，闹成了一锅粥，开始不断地对他进行反唇相讥了。

"我这可不是信口开河，我是有证据可以证明的。"努努开始收起一套让大家不相信的表情，有点诚恳地解释着。

"证据，你有什么强有力的证据，说出来听听，这样才能让大家心服口服！"周娜又在一边鼓死劲地催促。

努努看到这一幕，清了清嗓子说："大家不要着急，先来问一个非常简单的问题，你们知道怎样来称呼男人与女人吗？"

"这不简单，称呼男人为先生，叫我们女人为小姐，不，应该是尊为女士，很多时候，绅士们经常挂在口头的一句口头语不就是'女士优先'，对不对？"周娜一口气说了一大通，说完还有点自豪。

"这就对了，刚才周娜小姐就说到了，称呼男士为先生，对不对，先生！先生！就应该是比女人先出生的人，要不为什么又不叫女人为先生，叫男士为小姐呢？"努努有点玩世不恭地笑着向大家证明。

"你这是强词夺理，不过是一种称呼罢了，并不能说明任何问题。"说不过努努的周娜有点泄气，向周围的女同胞们求助，她们也只是你望着我，我望着你，一时也没有更好的理由来反驳努努。

"没话可说了吧，其实，先有男人还不止一个证据呢，大家都懂得拼音，我们的拼音排序也是说明男人比女人先出生的最好证明，你们都知道男（nan）女（nǚ）这两个汉字的拼音，声母都相同，说明男女是同一种生物，但韵母不同，a 排在 u 的前面，这说明什么，还不是先出现的事物排在前面，后出现的事物自然就排在后面，是不是这个理儿？"努努有点得意忘形地笑着对大家说。

"你真是口若悬河，伶牙利齿，太狂妄自大了，还有没有证据，无话可说了吧！"看到努努这副得意的神情，在一边的叶梦琪想灭一灭丁努努的威风气焰。

"证据当然有，还要不要说，我还可以证明给你们看。"努努越说越有劲，"外国的男人叫作 man，女人称 woman，二十六个英文字母的排列也是 m

排在 w 之前，国际国内所有的资料都证明是先有男人，后有女人，你们看是
不是这个理儿，因此从我所收集到的证据都可以明显地证明先有男人，所以
排在前，后出生的女人排在后面，还有……"

"好啦，好啦。"小宇看到这个场面，笑着出来打圆场说，"大家静一
静，其实，到底是先有女人还是先有男人，不管任何一种性别的人先出现都
不是争论的重点，我看没有男人，就不可能出现女人，同样没有女人也就不
可能出现男人，因此我认为人类的进化应该有一个比较科学的说法，我们不
是学过盘古开天辟地、女娲造人等神话故事吗，我认为应该是神同时创造了
男人与女人。"

小宇这一说，大家的心情才又转过弯来，起到一个平衡大家心态的作用，
包括在他旁边的叶梦琪，特别是其中的女生们，更有点崇拜小宇了，她们认
为小宇帮她们说了话，为她们争得了面子，使女生们在这一场没有赢局的争
论中扭转过来了。

"不知你们想过没有，我记得见过不少的新闻报道，世界各地经常有连
体人的新闻，每年都有不少新生连体婴儿的诞生，还有不少成年的连体人想
摆脱困境在做着各种分离的手术，这说明什么呢，是不是一种返祖现象，最
先的人类可能是不分男女性别的，经过很长一段时间之后，人类为了适应复
杂多变的自然环境，才使人体逐渐分离，成了现在这个性别比较明显的男性
与女性，不过这是我的猜测，你们说这有没有道理？"小宇结合自己看过的
一些资料进行详细的解释。

好在说到这儿，他们班的生物老师提醒大家说该上课了，大家才吐了吐
舌头，这时才发觉教他们生物课的老师杨傲雪老早就来到了教室，并在一旁
认真地听了大家的激烈争论，不知杨老师听了之后会在课堂上说些什么，他
们都各怀心事做好准备，等待着紧张课堂的开始。

丢失的时间

随着上课铃声的急促响起，本来热闹非凡的教室一下子就变得鸦雀无声了，刚才还在大声谈笑的同学们看了看已经站到讲台上的杨傲雪老师，刚才他们旁若无人的演说真是太不懂得收敛，可以说是心有余悸，不过，今天大家发现生物老师正以友好而和善的眼光看着大家，紧张的心里才放松了下来。

杨老师笑着说："刚才我已经听到你们的激烈讨论，特别是马小宇说得相当好，其实关于人类的起源问题是一个十分有意义的话题。"他向教室环视了一周，咽了一口水继续说："其实关于人类的起源问题一直是一个较难解答的问题，也是我们今天需要涉及的一个内容，这节课我们就这个问题来与大家共同探讨一下，好不好？"

"耶，太好了！"听到这节课不上其他内容，可以继续探讨这个问题，大家的兴致十分高涨，有的同学还做出各种手势，一向比较吵闹的现象消失了，个个都十分自觉地坐好，准备洗耳恭听杨老师的讲解。

杨傲雪看到同学们都静静地坐等听他讲解这个问题，他清了清嗓子说："人到底是从哪儿来的呢，这可是一个必须牵涉到达尔文进化论的大问题，进化论的观点认为，地球上的生物都是逐渐进化来的，最初的生物形式是有活性的大分子，后来它们又演化为单细胞，从这些单细胞又发展出微生物、植物、鱼类等。后来动物爬出了海洋，开始了陆地上的进化，爬虫变成了哺乳动物，从哺乳动物中发展出猿，猿又进化为人。"

努努听了，站起来反问老师说："杨老师，既然最初的生物是单细胞或有活性的大分子，那它们又是从哪儿来的呢？我看过一本这样的科普读物，知道最初的宇宙只有无机物，根本没有有机物。是不是还不能说清楚人类的来源这个根本的问题。"

"丁努努提得好，确如你所说，最初的宇宙是没有有机物的，由于气候变化、雷击电闪等作用，大气中的无机物化合成了有机物，具有了最初的生命迹象。真正实现从无到有的质变，这就与我们将煮熟的肉汤放在外面，不久里面就会生出小虫一样十分相似。"

他看到同学们都睁大眼睛，好像还是没弄清楚，于是笑着，简单地打个比方说："怎样来说呢，其实人是从大海中孕育出来的，大海中的某种生物爬上陆地，慢慢进化，实现由低级向高级的进化，最后就变成了人。我们都知道人与海洋有着密切的关系，人在胚胎阶段的生活环境类似海洋，胚胎阶段的人形也像鱼类，甚至人类耳朵的形状也与某些水中生物相似，至于返祖现象——新生儿长满鱼鳞的事也经常碰到。当然，到底是哪种鱼变成我们人类祖先的基因，毕竟时代久远，一下子也说不清楚，其实这都是一些世界性的不解之谜。说到不解之谜，与我们弄不清人类的来源一样，也有许多事件让我们一直捉摸不透，你们知道地球有人类生命的历史是多久吗？"杨老师继续向大家发问。

同学们都摇头，这可是一个大问题，这时，努努还是没有多大把握地小声说："可能有一千多万年吧？"

"其实，据人类研究专家考证，人是由古猿中的一支进化而来的，古猿早在300多万年前就在地球上出现了，体型比现代猿类小，考古学上通常讲的'腊玛古猿'生活在1400万年到700万年前，而所谓的'南方古猿'大约生活在距今450万年到250万年前，有一种说法认为南方古猿是猿向人类转化的第一阶段。因此人类在地球上的出现时间，有迹可查的时间是相当短暂的，这与地球存在的历史相差特别大。"

"地球存在的历史又有多久呢？"努努接过老师的话，继续打破砂锅问到底。

"这个问题有谁可以回答？"杨老师看着同学们，故意将问题抛向大家。

马小宇在一边轻轻地回答："好像是有46亿年了。"

"回答得相当对，地球已经存在有46亿年的历史了，同学们可以算一算，在地球漫长的岁月里，真正没有人类生命的时间占多长？"他简直将生物课变成了数学课，不住地让同学们猜做算术题。

　　"这样就说明地球上绝大部分的时间是没有人类活动的时期，你可以想象没有人类生活的地球将会是一个怎样的世界。"努努故作深沉地回答。

　　"其实以前的地球并不完全是一片荒蛮，有关资料记载地球有过多次生命再现的历史，大约30亿年前，地球上的生命曾经遭受过几次大毁灭，我们是不是可以设想，除了我们现存的人类，在45亿多年地老天荒的漫长岁月里，是不是存在人类多次的文明呢，当然那个时代的生物是不是叫作人，还是称呼为什么，我们也不得而知？"杨老师开导同学们说。

　　"老师，您的意思是说地球上除了我们现在的人类，在很久以前还存在过人类或者是像人一样的智慧生物，对不对？"小宇有点没弄明白，十分好奇地问杨老师。

　　"当然，这只是一种推测，谁也不能肯定，因为从人类对以前是否存在过前人类所进行的研究，好像找到了一些证据，不过至今还是不解之谜。"杨傲雪看着小宇，然后对全班同学说。

　　周娜凑热闹似的说："老师，到底是什么不解之谜？能不能说给我们大家听听！"

　　同学们听到老师说到不解之谜，也都兴致大增，在一边不停地催促杨老师详细说清楚，现在到底找到了哪些证据，可以证明有比现在还要古老的前人类的存在。

　　看来自己无意间打开了一个令同学们十分敏感而又感兴趣的话题，不给同学们说说是过不了关的，他们也不会善罢甘休的，杨傲雪在心里这样想着，现在只有给同学们讲讲自己所知晓的一些不解之谜了，或许可以满足他们的好奇心。

　　杨傲雪整理了一下自己的思路，其实这样的鲜活例子很多，我还是从自己亲眼所见的一些令人匪夷所思、无法解释的东西说起吧："这个还得从自己不久前在欧洲某国参观一个前人类化石展览厅来说，在那儿，我对地球只存在过当今的人类产生了怀疑，地球上应该不只存在过一次人类，在漫长的沧桑里应该有过多次人类的活动。为什么呢？因为我看到了许多从没有看到过的远古化石，其中有一块古老的化石，估计年龄在3亿至6亿年间，在这块石头上，清晰地印着一只三叶虫化石，这本没有什么可奇怪的，但让人震惊的是在这只3亿年前就已经绝种了的三叶虫的身上，竟有一只人类的脚印，而且是穿着鞋子的人类脚印！这给科学探测带来的是无法解释清楚的事件！
对于真正探讨前人类提供了最有力的证据。"

"这说明一个什么问题呢？又能证明什么呢？说得这么深，我们还是弄
不明白？"小宇一时转不过弯来，十分不解地问道。

脑洞大开的课堂

"你不要着急，先听我说。1930 年，科学家早就在美国的肯塔基州发现过 10 处完整的人类足印化石，所有证据都表明那是原生代砂石海岸留下的，也就是说，在遥远的 2.5 亿年前可能已有人类在这个地区活动。"

"1968 年又有人在人类所知的最古老的三叶虫化石中发现了人类的足印痕迹，地点是犹他州的羚羊喷泉。当年有位考古学家在采集化石标本时，当他打开这片岩层时震惊地看到，一只人类的脚印和他想要的三叶虫天衣无缝地出现在一起，组成了一幅完整的古代化石图，其发现者之一是该州的教育家比特，后来又有一位是赫克公司的梅斯特。"

杨傲雪教师喝了一口水，接着说："不断的考古发现正在向今天的人类揭示一个远古人类的存在秘密。梅斯特提到发现过程说：'当我将一片岩石敲开，像卡通片般地打开，吃惊地发现在一片三叶虫的化石上面有一个人类的脚印，中央处踩着三叶虫，另一片也有完整的足印。'而三叶虫绝迹在近 3 亿年前，在此期间它们曾在地球上生活了 3 亿年，所以我们猜测这片化石的年龄为 3 亿至 6 亿年前，出现这样惊人的巧合，说明了当时古人类活动存在的证据。"

他看到同学们听得非常认真，但好似还是不太理解，于是又采用打比方的方式，非常浅显地说："同学们知不知道，三叶虫上人类脚印化石的发现，意味着远在恐龙时代之前的寒武纪就已经在地球上出现过人类的活动了，而他们距今足有 5 亿年的巨大历史间隔。须知古猿在 100 万年前才进化为人类，试问，这脚下不小心踩上三叶虫的人究竟从何而来。而人类又是在什么时候才穿上鞋子的呢？"

"人类有穿鞋子的历史，不过是 5000 年左右的历史。"一个同学应道，他是从春秋战国以前的时间来推算的。

"大概意思说得对,最早的人类出现也不过是300万年至500万年间的事,与3亿年相比,人类的历史可以说是相差悬殊,这说明在几亿年前就已经有人类的活动了,这可是一个令人不敢忽略的问题,至今还是一个难解之谜啊!另外,我还看到一些已经石化成玛瑙的铁锤柄和一块同样变成玛瑙的大木板,跟你们以前学过的《琥珀》原理相似,这些超远古遗物,它的年纪约3亿年。它的发现也很意外,在一处工地,工人们原想在施工的地方修建一座高塔,当工人们挖开13层岩石后,他们看到距地面16米深的地下,有一层不该有的泥沙,工人们清除了泥沙,就看到泥沙下面有一片开凿过的石柱残迹和岩石,据科学考证时间都超过3亿年之久,并且这些3亿年前的石头上都留有人工开凿的痕迹,而这些变成化石的工具裹挟在3亿年前的石头中间。虽然隔着3亿年岁月的时光熏陶,但看起来与18、19世纪人们使用过的采石工具惊人的相似!这不得不说是颠覆考古的大事件!还有更有趣的是,考古专家们还收集了许多夹在古老煤层里的子弹头和钻头、夹在水晶矿石里的金属球、裹在岩石里的钱币,甚至还记载着一个十分有趣的故事,在欧洲有一位幸运的老夫人,当她在冬季里想打碎一块煤放进壁炉里点燃取暖时,她吃惊地看到分开的煤块里竟连着一条精美的金项链,她取出来当作宝物,一直收藏在自己的家里供人参观。这些都是真实存在的事件,十分巧合的是,这些超远古遗物的年纪都在3亿年左右。"杨老师一开始讲,就变得口若悬河、滔滔不绝了,教室里一下子像炸开了锅一样,根本肃静不下来,大家七嘴八舌地提问,并开始在下面兴奋地争论起这个问题来。

"真有趣,那位老夫人居然得到了一条精美的金项链,真是太幸运了,这可是天下的奇闻呀。"

"老师,你说的这些是不是真的?"

"你一再提到3亿年这个时间节点,是对3亿年情有独钟,还是那个时代肯定发生过许多不同寻常的事情,值得我们去进行科学探究?"

看到同学们问了这些有趣的问题之后,杨傲雪笑着说:"其实我也被这些问题弄糊涂了,甚至有点找不着北,不过,冷静之后,自己一直在思考这个神秘而有趣的问题。如果这些东西真是出现在3亿年前的远古人类之手,恐怕地球上的生命史都得重新改写了,那时就可能存在过曾经非常辉煌的人类活动，对不对？"

同学们都异口同声地回答："对。"

杨老师看到同学们好像明白了自己所说的道理，于是接着说："当然与此类似的，离现在时间比较近的不解之谜，也一样弄得科学家们摸不着头脑，不过这节课的时间不多了，马上就要下课了，我看还是不讲给大家听算了。"

同学们听到兴头上，刚刚调动起来的兴致，又要停止感觉不那么过瘾，他们可不放过让他们可以知晓神奇知识的机会，不少同学开始求杨老师，一定要继续讲下去，他们情愿不下课。

看到同学们这样兴致勃勃，为了不扫大家的兴致，杨傲雪老师只好点点头，继续说："既然如此，那我就抓紧时间再讲一讲离我们时代比较近的不解之谜，大家都知道埃及最著名的是什么？"

"当然是金字塔！"这可是大家都十分清楚的东西，它被称为世界七大奇迹之一。

"对，考古学家们早就发现一件很奇怪的事情，在一座古埃及金字塔中，有许多精美的壁画和雕刻，它们处在漆黑的墓室和通道中，参观尚且需要有光照，更不用说制作的时候了。

"可是，当科学家用最先进的仪器对塔中积存了近5000年之久的灰尘进行化验分析后，竟然没有发现任何灰炭和烟油的微粒，也就是说，古代埃及的艺术家们在金字塔里雕刻作画时，并不是用火把或油灯来照明的！即使用了也会产生油烟熏坏墓室的痕迹，更严重的是会损坏环境，那些墓室壁画就不会保持如此鲜艳的色彩了，那么这是怎么回事呢？是不是那些艺人们都长着孙悟空的'火眼金睛'，还是有着突破黑暗的神功呢？显然这是不可能的。

"1936年的夏天，在今天的伊拉克首都巴格达郊外的拉布阿村铁路工地上，正在铺设路基的民工们又发现了一个用巨大石板砌成的古代石棺，闻讯而来的考古专家在棺内发现了大量公元前248年到公元前226年这个年代区间的古波斯时代文物。

"奇怪的是，在一大堆金、银器等贵重陪葬品中，夹杂着一些很不起眼的铜管、铁棒和陶器，它们是干什么用的呢？不久，当时担任伊拉克博物馆馆长的德国考古学家瓦利哈拉姆·卡维尼格宣称，这些东西其实是古代的化学电池！他们给它起了个很有意思的名字，就叫'巴格达电池'，它们被串联起来使用，以便通过电解法将金涂在雕像或装饰品上，可见当时的人就懂得了电解法，或是电镀法，相当聪明了。

"这发现当然很惊人，但它又像天方夜谭似的令人难以置信，所以一直没有得到科学界的承认，后来，一位德国的自然科学家艾林·艾杰巴利希特曾经与卡维尼格合作，用同样的材料仿造了一个'巴格达电池'，当他们在电池中倒入新鲜葡萄汁后，连接电池的电压表会奇迹般地显示出半伏特电压。

"接着艾杰巴利希特又将一个抹了一层金粉水的小雕像与电池接通，结果，两个多小时后，一个光彩照人的涂金雕像完成了！此后，美国科学家也成功地进行过类似试验，他们所使用的电池溶液如葡萄酒、铜硫黄、盐硫酸等，都是古代人民拥有的溶液，所以尽管巴格达电池至今仍未得到世界考古界的公开承认，但已有越来越多的人相信，早在伏特 1800 年发明电池之前的2000 多年前，古代波斯人已经在使用原始干电池了！

"因此有人判断，金字塔里几千年前的壁画和雕刻很有可能也是靠古代电池照明完成的，否则，怎么解释这些淹没在黑暗中的艺术品呢？"

"老师，你以前给我们讲过，在一些古墓中经常会发现长明灯，与这有没有关联？"记性十分好的马小宇又挑起以前的问题来考验老师了。

"问得好，这里我不得不说一个问题了，在公元 1401 年，考古学家在意大利罗马发掘了一座帕拉斯墓穴，发现整个墓穴被一盏明亮的灯照耀着，这盏灯在墓穴里已经燃亮了 2000 多年，直到考古学家把墓穴打开后它才自动熄灭。公元 1945 年，考古学家又在罗马附近发现一座古代年轻女子的石棺，她的肌肤完好无损，面容栩栩如生。打开石棺时，考古学家也被石棺内一盏明亮的古灯吓住了，据考察推算，这盏古灯已经在石棺内燃亮了 1500 多年之久而没有熄灭。为什么古灯在已经掩埋、密封了的坟墓里能燃亮上千年而不熄灭呢？这些古灯的光源何在，原理到底是什么，已经成为当前的不解之谜。"

杨傲雪老师说到这，喝了一口水继续自己的讲述："有的解释说是采用鲸鱼油，它的燃烧时间久，在一座古墓中，有钱的人在墓穴中注入几千斤上万斤的油应该不是难事，这是一种说法，但关键是在打开的墓穴中，人们只看到光亮突然熄灭，没有看到过油烟，也没有发现有油一类的东西存在，并且以后想采用一切办法让灯重燃，但都没有办法也没有人可以成功做到，这一切都说明并不是用油来进行照明的。也有人说是用鲛鱼油做的长明灯，这种鲛鱼就是世人眼里的美人鱼，用她的身体炼制成的油，长时间燃烧不会减少，也不会增多，会长时间保持一种永恒。不管哪一种说法，我们其实都无从证实其存在的合理性。不过，从这些古灯的外形来观察，它们与现代的电灯不一样，但它们的发光原理可能相似，就如刚才所说的巴格达电池，是某些古人能够制造某种特殊的蓄电池或其他能够永久发光的特殊电气装置？还是采用了核燃料与核能有关的东西，都不得而知，具体是什么……"

刚讲到这，下课铃声响了，杨老师遗憾地对同学们说："别班还有课，今天因时间关系我就讲到这儿，以后有机会，只要同学们感兴趣，我就给大家讲，好不好？"

正听到精彩处，老师却又没有时间给他们讲，同学们满脸的无奈，只好再等下次了。但老师所讲的这些不解之谜可激起了同学们对考古科学的极大兴趣，在同学之间也产生了不小的冲击波。

未知的地理

同学们意犹未尽地走出教室，生物老师给他们点燃的这一场有关不解之谜的神秘大火，很久都还在同学们的心中燃烧，久久不得平静。

特别是马小宇，听了这一堂神奇的课之后，整个心思都还沉浸在遥远的前人类时代，要是真如杨傲雪老师所说，地球的存在历史有 46 亿年，这样漫长而又不可探测到它的前期真面貌，人类在时间面前真的是无可奈何，显得十分渺小。

如此想来，真正有人类活动的历史不过是短短的几百万年，就是适当延长也不超过 1 亿年，何况还发生了那么多翻天覆地的变化，那么剩下的 45 亿多年，这样一段有如天文数字般的漫长时期，期间到底发生了怎样地老天荒的巨大变化，是人们完全不可能想象得到的。

1 亿年与 45 亿年，这可不是可以轻描淡写、一笔带过就可忽略的一个问题。小宇在心里面反复地比较思考着，地球在这一段漫长的时间中肯定有我们没有注意到的问题和被世象所掩盖的一些东西。正如杨老师所提出来的看法，在现在的人类文明之前，地球可能真正存在过比较智慧的人类，要不，他所说的那些不解之谜又作何解释呢？被杨老师激发的思考一直困扰着小宇。

"小宇，又在发什么呆，有什么心事吧？"看到小宇一副魂不守舍的样子，努努在他前面打趣地说。

"努努，我在想杨老师刚才所说的那个关于前人类的问题，心中一直有想法，解不开这个谜，你认为老师讲的真正存在吗？"

"我也有同感，这确实是一个值得我们探讨的新问题，要不……"努努话到嘴边又停住了。

小宇有点着急地接过话头："要不怎么样，有什么就说什么吗，怎么变得像个七八十岁的老太太，说话吞吞吐吐的。"

"没什么，我是在考虑，我们何不带着这个问题去向马明起爷爷请教，他可是研究人类生命的专家，怎么样？"

"对！对，你看我，怎么到这个关节眼上就忘记马爷爷了？"

"我们不如找个时间去看望一下马爷爷，又可以向他请教这个不解之谜，一举两得，岂不更好？"努努征求小宇的意见说。

"那好，今天放学时间比较早，不如我们就去拜访一下马爷爷，可以吧！"

"好，就这样说定了，到时可以叫上梦琪，别让她又对你吹胡子瞪眼的。"

"那是。"小宇说完之后，就准备收拾一下东西，只等放学就可以顺便去马明起爷爷家了。

商城的傍晚十分美丽，下班的人流从各个单位奔涌出来，组成了一道十分吸引人眼球的靓丽风景，校园三侠马小宇、丁努努和叶梦琪汇入这股洪流之中。劳动人民的创造力是无穷的，刚经历蛇舌草的破坏，但在英雄的商城人民的努力下，城市建设恢复得跟以前差不多了，这是十分令人欣慰的事情。

校园三侠走在大街上，虽然他们很欣赏大街上人头攒动的热闹景象，眼睛离不开热力四射的霓虹彩灯，心里被商城的万千繁华所吸引，但为了请教马明起爷爷，现在这一切都在他们心中退居次要位置了。因此，这一切的花花世界没有留住他们，相反，三人加快了步伐，不一会儿就来到了功勋大楼中马明起博士所居住的地方——清园疗养院，这是政府专门给为社会做出杰出贡献的人提供的休养场所，并且从这个好听的名字"清园"就能知道这儿环境氛围很好。国家这样重视尊敬科学家，可能是想借此激励更多的科学家为人民更好地工作吧。

小宇他们三人穿过特设有保安的门厅，打过招呼得到允许之后，径直来到马爷爷居住的地方。

小宇敲响了前面厚重的防护门，很快，还不太熟识的保姆阿姨出来开门，他们亲切地打了招呼之后，就被接了进去。

在马爷爷的房间里，他们发现还有一个上了年纪的人，看上去好像也有六十多岁的样子，当马博士看到是小宇他们三个小鬼来了之后，热情地将他们三人让进客房，然后就急迫地向小宇他们介绍这位在访的客人，他叫陈亦文，是现代非常著名的地质考古学家，当然也没有忘记介绍校园三侠在商城中学的奇闻轶事。

"陈亦文，地质考古学家？"小宇听了反问了马爷爷一下，有点没有听清楚似的。

"对，你认识他？"马博士有点没弄明白小宇的意思。

"不，我是感到惊讶，之前我们去参观一个博物馆就有马爷爷与陈亦文爷爷的推荐，因此我们十分感谢，对于还从未谋面的陈爷爷就这样关心我们十分惊奇，更是相见恨晚，现在正好有一些问题向陈爷爷请教，生活中的事儿为什么总是这样凑巧呢？"小宇被博士一反问，转过弯子后，这才平静下来，有点惊喜地说出自己心里的感受。

"原来是这样的，其实陈教授这次来也向我说起他最近碰到的一件怪事，你们来了也可以听一听，或许对你们有益。"马博士弄明白这些事情之后，笑着对小宇他们说。

"什么怪事，为什么最近总有这么多令人感兴趣的问题？"小宇一听，心里马上变得兴奋起来。

陈教授看着这几个孩子求知欲十分强烈的样子，特别是以前听马明起介绍过，知道他们的情况后，他也非常喜爱这些孩子，希望能在一些时候多关注他们，因此就有了前面的一次推荐，可以说是歪打正着，不曾想还有这么多的神奇经历会再次在此相遇。

他清了清嗓子说："是这样的，前不久，我到内蒙古自治区某地进行考古研究时，碰到了一件奇怪的事情，你们猜我发现了什么？"

"发现了非常多的珍宝？"叶梦琪抢着说。

陈教授摇摇头。

"是一座大型的古墓？"小宇两眼放光地猜测，"肯定是成吉思汗的陵墓，世人一直都找不到，这可是伟大的考古发现啊，对不对？"

陈教授还是摇头。

"我想应该是找到了我们现在人类不能解决的巨大考古发现……"努努看到他们俩都没有找到问题的所在，于是故意卖关子将问题岔远地说。

"对对对。"陈教授只听到这儿，就两眼放光地打断丁努努的话题，然后十分神秘地接着说，"在内蒙古自治区的一处戈壁，在一个突然断裂下陷的深坑之中，我们考古队发现了一些不能解释的超自然现象，找到了一些深埋地下的被晶化光滑似玻璃的结晶体，开始我们还以为是找到了巨大的水晶结晶体，后来敲下一块，拿来进行化验，才知是经过高温将岩石熔融之后冷却凝固结成的玻璃体。"

"玻璃？玻璃又有什么值得大惊小怪的，在我们这个世界不是随处可见吗？"叶梦琪听了，她认为一点也不稀奇。

"这样想就错了，你可知道这玻璃存在的时间有多长吗？"陈教授反问叶梦琪说。

叶梦琪一时不知怎么回答，向小宇与努努投去求援的眼神。

不等他们做出回答，陈教授笑着继续说："我们通过碳14进行测试，发现了一个令人十分不解的问题，这儿的玻璃形成时间大约是3亿年以前，这是一个什么概念，可我们人类开始正式使用玻璃的历史不过几百年而已。在一般情况下，我们人类就是到现在采用高科技也最多只能创设不到2000的温度，那3亿年以前的玻璃又是怎样来的呢，要知，能使岩石熔化，最低需要1800度，一般的大火都达不到这个温度，岩石根本不可能完全熔化而凝结成玻璃，除非是原子弹的核爆炸才能达到这样的超高温，否则没有其他可以自圆其说的合理解释了。"

"陈爷爷，您是说在内蒙古发现了玻璃晶体，说直接一点，有可能是3亿年以前所形成的，是不是说明在现在的人类之前还存在着一种更发达的人类。"小宇听出了一点头绪之后，非常着急地问。

"对，我也是这样认为的，在我们现在的人类之前，从这些不可解释的现象来推断，可能存在一种比我们更加智慧的人类，权且将他们叫作是我们现有文明历史之前的人类——史前人类吧，他们可能经受了一场核灾变之后，毁灭了，才有我们以后人类的多次进化。"陈教授一口气说了很多。

一直在旁边没有发言的马明起博士看着他们进行的激烈讨论，这时他走近讨论圈子，笑着说："你们认为刚才陈教授所讲的说明了什么问题呢？"

不容大家插话，他接着说："其实类似的记载在很多地方都有出现，例如印度、撒哈拉沙漠、古巴比伦等地都发现了史前核战的废墟，废墟中的玻璃石都与今天的核试验场的玻璃石一模一样。"

陈教授补充说："国外有一位叫作弗里德里克·索迪的物理学家认为：

'我相信人类曾有过若干次文明，那时人类存在时，早已熟悉原子能的制造与使用，但由于误用，使他们遭到了毁灭。'因此我认为在地球漫长的岁月里肯定有一些我们不能想象的事情发生过，极有可能存在一种比我们现存人类更早的隔代祖先。"

不可知的史前人类

马明起博士看着听得认真的几个孩子，在他们的眼里分明有一个神奇的世界，他欣慰地点点头，然后喝了一口水，兴奋地说："不但地球上一些不可思议的现象令人费解，就是我们以前所看的一些史册，似乎也说明以前确实存在过人类，中国的神话，或许是一种先人类的存在，要不没有过的事情，人们不可能将情节与人物设想得天衣无缝。在这不得不说说印度了，有一部著名的古印度史诗《摩诃波罗多》，写成于公元前 1500 年，距今有 3500 多年了。而书中记载的史实则要比成书时间早 2000 年，就是说书中的故事是发生在 5000 多年前的事了。

"在我们早期研究的一些书籍中，这本书最特别，其中就记载了居住在印度恒河上游的科拉瓦人和潘达瓦人、弗里希尼人和安哈卡人两次激烈的战争。令人不解和惊讶的是，从这两次战争的描写中看，他们不是在玩冷兵器，而是在打一场像原子弹被广泛使用的核战争！

"书中的第一次战争是这样描述的："英勇的阿特瓦坦稳坐在维马纳（类似飞机的飞行器）内降落在水中，发射了阿格尼亚（可能类似火箭武器或是导弹），它喷着火，但无烟，威力无穷。刹那间，潘达瓦人的上空黑了下来，接着狂风大作、乌云滚滚，向上翻腾，沙石不断从空中打来。''太阳似乎在空中摇曳，这种武器发出可怕的灼热，山摇地动，大片的地段内，动物倒毙，河水沸腾，鱼虾等全部烫死，火箭爆发时声音如雷鸣，敌兵烧得如焚焦的树干。'

"第二次战争的描写更令人毛骨悚然，胆战心惊："古尔卡乘着快速的维马纳，向敌方三个城市发射了一枚火箭。此火箭似有整个宇宙的力量，其亮度犹如万个太阳，烟柱滚滚升入天空，壮观无比。尸体被烧得无可辨认，毛

发和指甲都脱落了，陶瓷器品碎裂，盘旋的鸟在天空中都被灼烧而死。'

"要知道，看到这些惨状，现代人会立刻联想到原子弹爆炸后产生的巨大威力。在原子弹还没有产生的年代，许多学者一直认为此书中那些悲惨的描写是带诗意的夸张，可是原子弹产生后，他们才恍然大悟，这些描写就似原子弹爆炸后的情景。

"后来考古学家在发生上述战争的恒河上游发现了众多已成为焦土的废墟，这些废墟中大块大块的岩石被黏合在一起，表面凹凸不平。那么这些发生在 5000 多年前没有原子弹时期的特殊场景，向世人证明了一个什么问题呢？

"类似的情况在地球这部书籍中多次出现过，我听过这样一个事例，在非洲中西部有一个加蓬共和国，西濒大西洋，赤道横贯北部。因气候炎热潮湿，森林面积占总面积的 85%，有'绿金之国'的美称，在它的茫茫密林丛莽之中，有一个神秘莫测的地区，名叫'奥克洛'，地下深处埋藏着许多万年古迹，迄今尚未被人揭晓。该地是放射性金属元素铀的产区，铀是灰黑色粉状物或银白色结晶体，是制造核武器的主要原料。

"1972 年 6 月，奥克洛的铀矿石被运到法国的一家工厂。法国科学家对这些铀矿石进行了严格的科学测定后，发现这些铀矿石中能直接作为核燃料的铀含量偏低，甚至低到不足 0.3%，而其他任何铀矿中铀的含量一般都在 0.72%，它们之间的差距竟达 0.42%。

"这种奇特的现象引起了科学家的高度重视和密切关注，他们运用多种先进的技术手段和科学方法进行测量试验，努力寻找这些矿石中铀含量偏低的原因。经过再三努力与各方比较，发现这些铀矿石早已被人使用过，所以被遗弃的矿石才会含量低劣。

"这一重大发现立即轰动了科技界。为了彻底查明事实真相，欧美一些国家的科学家们纷纷前往奥克洛铀矿区，进行深入考察与研究。经过长期的探索，终于在奥克洛发现一个很古老的原子反应堆，又叫核反应堆。这个原子反应堆由六个区域的大约 500 吨铀矿石组成，它的输出功率只有 1000 千瓦左右。

"据科学家们考证，该铀矿成矿年代大约在 20 亿年前，原子反应堆在成矿后不久就开始运转，运转时间长达 50 万年之久。

"面对这个 20 亿年前设计科学、结构合理、保存完整的原子反应堆，其衰变的速度非常缓慢，科学家们惊得瞠目结舌，百思不解。这个原子反应堆究竟是谁设计、制造和遗留下来的呢？这个谜出现在奥克洛矿区，因此，科学家们把它称为'奥克洛之谜'。"

陈教授笑着回应马博士说："你说的情况我也知晓一些。我查找过相当多的资料，例如在大西洋的洋底发现了已有 6000 年至 7000 年历史的金字塔，以及 5000 年以前就已经存在的玻璃，在世界各地还发现了不少令人不可思议的怪现象，比如在埃及金字塔发现了一具距今 5000 年的、年纪约 10 岁的男童木乃伊，身体内有一种形状似心脏的仪器，该仪器是经过精密的外科手术安装进去的。众所周知，人造心脏的研制成功，在现代医学史上至多才有十几二十年的历史，而埃及金字塔中这颗人造心脏竟制成于 50 多个世纪之前，这实在算是医学史上一个不可思议的奇迹。

"还有 2000 年前的心脏起搏器、永远不生锈的铁柱、中世纪就已生产出来的自来水笔，2000 多年前的化学电池，在大英博物馆陈列已有 3000 至 4000 年前出现的被缩小的水晶人头，几万年前的铁钉、5000 多年前被子弹击穿的头颅，在我国发掘春秋战国时期的古墓之中，我们的考古学家发现了已经镀铬的青铜剑，这可是需要高温才能获得的金属，因此所有这些都不能令人自圆其说的不解之谜，不但找不到最终的完满答案，而且冒出无数令人惊奇的来历，确实让科学家们愁眉苦脸啊。

"不过我认为，所有这一切，用现在人类的科学知识是不能解释的，因为这些都是不因人类的意志而转移的，极有可能在我们这一代人类文明之前还存在另一次人类的活动，除了这样来设想，否则是不可能进行解释的。"

马博士接着说："对，我也是这样认为的，在地球形成的 46 亿年的漫长岁月里，假若要计算人类的历史也不过四、五百万年的时间，就是将来我们找到了更能证明人类形成还要长久的存在时间，就算有 1000 万年的历史，与 46 亿年相比也不过是微乎其微的一小段时间，简直不值得一提。据地质资料进行考证，真正有生命的历史并不长，从所发现的三叶虫化石来推断也不过 3 亿—6 亿年的时间，因此从 3 亿年地球上开始发现有生命的历史进行计算，那么 3 亿年就可以进行一次地球生命的形成，46 亿年这样让人想到地老天荒、永无尽头的漫长岁月里，又该有多少个 3 亿年，假若每 3 亿年就有一次生命的形成，那么地球生物就已经走过多次的生命轮回了，据科学研究提供的资料证实，地球上曾经发生过 5 次生物大毁灭，如此来解释说明，出现这样不能解释的现象也是极有可能的。因此，我认为在我们这一次生物大轮回中，前面肯定还有一次比我们还要发达的前期人类活动，否则这些现象就不可解释，对不对？"马博士仿佛与陈教授比赛似的，也一口气说了很多令小宇他们感到惊奇的事件。

校园三侠在这儿听着他们两人的讲述，叶梦琪张开她那双漂亮的大眼睛，感觉是见到了神奇的东西似的，一直在发呆，不过小宇与努努他们俩的兴致可高了，从以前所知晓所掌握的一些零碎资料到现在这两位专家所提供的事例，确实让他们受益匪浅，一直没有开口的努努这时试探性地说："两位爷爷，你们刚才所说的事例，是不是可以肯定地说，在现存人类之前，至少还存在过人类，对不对？"

"对，对，可以这样说，要不，用科学不能解释的这些现象，除非我们用迷信等伪科学来解释，仿佛其他的方法真的无法说清楚。"陈爷爷肯定地回答。

小宇这时也同意这种解释，他想，这些事例虽然可以令人十分相信，但毕竟还只是一种猜测加推断，谁也不能百分之百地进行肯定，要是能到那个时代去看一看，目睹事情的来龙去脉该多好，但时代这样久远，人类能回到那个离现在非常遥远的时代吗？

小宇看着马爷爷，几次都是话到嘴边又吞了回去，欲言又止的，其实在旁边的马明起博士早就观察注意到了他的表情，于是问小宇："你是有什么问题还是哪儿不舒服？"

既然马爷爷亲自问到自己，何不将这个问题向他提一提，小宇整理了一下自己的头绪，从容地说："两位爷爷，你们刚才所说的，我们都认为这是一种不可思议的现象，是世界性的不解之谜，任何答案都只是猜测，谁也不能肯定这就是一种最佳答案，对不对，有可能存在前人类，我们的隔代祖先，或许有可能是外星智慧遗留下来的文明也不得而知，除非我们能回到那个时代去亲身体验一番，最终才能获得最有权威的解释，你们认为如何？"

"对对对，要是我们能回到那个时代进行时空旅行，亲自感知那个特殊时代的一切，弄清事情的来龙去脉，才是最有说服力的证明。"一听到小宇说进行时空旅行，努努两眼放光，不等两位爷爷搭腔就插话打断小宇的话头。

马明起博士说："你们说得很有道理，我们几次到未来的成功旅行，说明进行时空旅行不是没有可能，这值得考虑。"

"到未来旅行，时间跨度没有这么大，只要地球还是安全存在的，我们人类就不会发生基因改变，也不会碰到不必要的麻烦事。但在遥远的古代，那就不同了。"陈亦文在一边慎重地提议。

"那倒是，要是那时还没有人类，或许回到那个遥远的时代，现在的你们到了那儿可能就真正变成了虫子、细菌这样一些东西也不得而知，因此存在很大的风险，这可不是说着玩的。"马明起博士用十分风趣、明显带点戏谑的口吻，神情很庄重地说。

小宇回应道："我认为应该没有这么严重，只要不出意外，就是到了那个时代，真正没有人类的踪影，我们人类就是变成那个时代的生物也没有什么可怕的，对不对？只要能保证时间飞船返回现代，入乡随俗似的与时代紧密相连，这应该是没有什么问题的。"

"我也这样认为，可以不必考虑生命的安危变化，要是真的在那个时代没有人类生存的迹象，我们人类真正变成了那个时代的生物，这样我们还可以体验一番拟人化的生活。"努努在旁边继续帮腔说。

"人变成小动物，那可能就相当有趣了，这可是我们在写作文时经常使用的拟人化的修辞手法。"叶梦琪这时也在一边自顾自地说笑着。

两位专家听了他们的谈话，只是看着他们笑，心中认为他们说的也有道理，这样的提议确实值得一试。

大漠孤烟

　　清园疗养院坐落在离人民公园不远的东南角，这里是一处有山有水的园林式建筑，依山而建，山上林木，郁郁葱葱，几条人工修整的弯曲小道给小园增添了一些深度，每天吃过晚饭之后，马明起博士都会到小山的树林里转上几圈，既可以呼吸一下新鲜空气，又可以放松一下自己的头脑，这可是他近来进行养生健身的必修功课。

　　在疗养院的前面还有一处种植了荷花的人工湖，说是湖，面积却不大，可能不足百亩吧，但里面的鱼儿可不少，坐在园子里供人方便休憩的长椅上赏荷观鱼，也别有一番情趣，这可是陶冶情操、修身养性的最好享受。

　　不过，今天通过与陈亦文教授、马小宇他们三个小鬼进行长谈，马明起博士就没有心思去赏荷观鱼了，他所有的心思都放在时间飞船的改造上了，自己设计验证过的时间飞船，前几次都一帆风顺地进行了穿越时空的旅行，这也是他花费了心血之后所设计出来的另一种高科技产品。

　　但这次，他们提出来要返回到以前，并且还是遥远的几千甚至几亿年以前那个没有把握的年代，这可是生死攸关极具挑战性的一个大问题，任何纰漏都可能造成不可估量的严重后果。因此对于这个到古代进行穿越时空的旅行成为他最大的心理包袱，为了设计最科学的程序，改进运作原理，最近可闹得他没有好日子过了。

　　通过反复的论证，马明起博士认为，在这个四维空间里，穿越时空可以到达未来，只要掌握了时间轴，控制了能量转换，那么反过来到遥远的古代也同样是可行的，虽然存在一定的风险性，但所有这些要考虑的因素应该都可以在预设程序中规避。

　　马明起博士对以前所设计的时间飞船程序重新进行分析研究，要去离现在年代比较久远、信息缺少、十分遥远的不可知时代，因此要考虑各种可能存在的突发因素，有必要对整个程序进行全面地更新与改进，以防万一，以便可以应对任何突发性事件。

他加强了时间飞船的自我保护设计，完全实现自动化与人脑意志的无缝对接，只要你的心里有什么想法，想怎样合理操作都可以凭意念使时间飞船高度自动配合，在不进行时空旅行时，还可以作为短时间的交通工具，将他们送到想去的地方。

同时，还更改了自动逃逸系统，特别是万能保险装置，一旦遇到不以人的意志为转移的突发事件时，设计可以随时终止运行，进行保护性的操作，让时间飞船完成丢车保帅的任务，就是让飞船自行毁灭，而时间飞船里面的人却可以借助逃逸系统，安全无恙地回到现实生活中来，这可是给搭乘者最不需要担忧的、最具保险性的设计。

马博士这样设计改进、完成并实践了一系列的操作程序后，利用一只被固定的小兔子与高倍摄像机进行了几次返回古代的简短试验，通过拍摄的运行过程，这只小兔子就是进入离现在一亿年的时代，生命迹象照样活跃，一点也不受影响，看来这艘改进后的时间飞船的安全系数十分高。他认为这样通过论证与实际操作，完全可以满足马小宇他们三个小鬼的返古旅行了。这时，他那一直紧绷的神经终于放松了一下，愉快的笑容从脸颊向两边荡漾开去。

好不容易才盼来一个双休日，马小宇约好丁努努与叶梦琪，在这两日里准备到马明起爷爷家去做好到远古时代的超时空旅行安排，因此，他们三人什么问题都没想就早早来到了掩映在绿树婆娑的清园疗养院，因为在今天有可能实现他们到古代的奇特之旅。

当他们来到马爷爷的家中时，马明起博士其实早就在等他们，一看到校园三侠，脸上马上荡起一种幸福的笑容。

小宇他们三人热情地与马爷爷打了招呼之后，马博士将他们三人带到了已经做过好几回改造的时间飞船面前。

春风满面的马博士高兴地对他们说："这艘时间飞船进行了更科学更人性化的设计，安装了可实行保护性的自动逃逸系统，以便保证乘坐者的安全，可以确保旅行的万无一失。考虑要到遥远的古代进行超时空旅行，有许多的变数，可能还会碰到一些不可预知的突发性事件，因此也可以说是充满刺激而有趣的冒险活动，为了安全起见，可以先尝试到离现代时间不太远的时段进行试验，掌握第一手超时空的旅行经验之后，才可以在以后的行动中做到不出任何纰漏。"

"那是，那是。"小宇看到今天就可以实现到古代的旅行，将头像鸡啄米似的不住地点着。

努努与叶梦琪在一边也是万分的高兴，回想起以前到未来超时空的开心之旅，他们感受到从未有过的惊险与快乐，今天，又可以开始这样充满刺激与带有挑战性的活动，这或许可以为他们平淡无奇的学习生活带来意想不到的惊喜。

看到马小宇他们三人好奇地围着时间飞船转，马明起既为他们这一代带有强烈的好奇心和积极探索的精神而感到欣慰，同时也为他们即将出发的超时空旅行产生一丝淡淡的忧虑，因为在进入超时空旅行的环节中，有可能存在不少的变数，可能遭遇到许多不可预见的情况，好在自己在这方面的研究中进行了精确的数据计算，做了许多万无一失的安全设计和考虑，通过多次的理论实践探究，一切应该没有问题的，他这样在心里安慰着自己。

退一万步来想，自己给时间飞船加了多重的保险，就是还不行，自己还可以在家中遥控跟踪指挥，随时可以选择终止存在危险的程序运行，照样可以使他们安全回到现实，作了如此万无一失的双重保险，应该没有任何的思想顾虑。

这时，马明起博士对小宇他们三人说："今天，你们是让一个人去试试，还是……"

不等他说完，叶梦琪就反应极快地岔开马爷爷的话题："那怎么行，我们可从来没有分开单独活动啊！何况我们还是商城中学鼎鼎有名的校园三侠呢。"

"当然不能这样，要去就一起去。"努努也跟着附和道。

小宇看到好友们都想一起去，出来打圆场说："我看还是我们三人一起去，真的到了古代，遇到不能解决的问题还可以互相有个照应，遇事还有个商量，对不对？"

其实他也不想一个人去，在那个未知的世界里，人生地不熟的，多乏味，有三个人在一起，最起码还可以说说话，解解闷的，遇事还可以共同面对，那可好得多。

"那好，你们三人同去。不过得去离我们现代生活比较靠近的时代，顺便去体验一下生活，也并没有什么不妥之处。"马明起博士看到三个小鬼都跃跃欲试地急着想去探险，也就答应了他们的要求。接着提醒他们说："现在还有什么疑问没有？要是没有马上就可以出发，需不需要再做其他的什么准备？"

三人异口同声地说："没有什么，准备好了，可以出发了。"

马博士满意地点点头说："那好，进舱，马上出发。"

小宇他们三人都豪情进发，神采飞扬地进入了已经做好了万全保障的时间飞船。

马明起博士对他们三人一再强调说："为了安全起见，这次你们就到离现代不太遥远的时代去看看，作为以后到遥远时代的一种演练，怎么样？"

小宇看着马明起爷爷，狠劲地点了一下头。

"不过，你们放心，不用怕，我会在家中密切关注你们的行踪，可以确保你们旅行的万无一失，一旦有问题我也会及时终止你们的行程，将你们安全送回现代的，相信我。"马明起博士又在为他们做临出发时的心理安抚。

"没问题的，马爷爷，我们已经进行过几次这样的旅行了，这些我们都会小心谨慎的，您不用太担心了。"努努理解马爷爷的良苦用心，反过来宽慰他说。

"好，准备好了吗？是否可以出发？"马博士看着他们，征询他们的意见。

小宇说："一切准备就绪，只等输入指令就可以操作运行。"他转过头征求努努与叶梦琪的意见，"我们去哪里比较好呢？"

"去武则天时代看看她的无字石碑？"叶梦琪提议，她最崇拜中国的第一位女皇帝武则天了。

努努说："去远一点的时代，何不去拜访一下被称为世界第八大奇迹的秦始皇陵，怎么样？"

小宇不置可否，好久才说："我们一向对古埃及的金字塔比较好奇，特别是对金字塔里面出现的一些神奇现象百思不得其解，不如就到那个地方去转一转，没有出过国的我们，顺便还可以开开出国的洋荤，怎么样？"

"行，就这样，一切听你的安排。"努努与叶梦琪听了小宇的建议，都同意去看看金字塔，正好可以解开近来所听到的关于金字塔的许多不解之谜。

小宇看着时间飞船前面的操作键盘，他将时间：公元前5000年，地点：古埃及，按要求一一输进电脑程序，接着启动按钮，时间飞船就开始高速运转，一阵快速带蜂鸣的旋转之后，他们一下子就在马明起博士的眼前消失了，他们开始了充满奇趣的超时空之旅了。

短短的一段时空飞行之后，马小宇、丁努努与叶梦琪他们三人降落到一处比较开阔的沙漠地带，三人鱼贯而出，猎猎的风带着一股沙漠特有的气息吹向他们。叶梦琪畏缩地站在原地没有行动，她向四周一看，这儿与他们从现代出发的商城所具有的一切气息完全不同，感觉到极大的不适应，幸亏是沙漠荒芜地带，没有其他活动的人群。

小宇心中也不禁一怔，满天都是黄沙弥漫，看不到一点可以显示生命活力的东西，这份苍茫与凄凉是不可言状的。怎样才能在如此荒凉的地方克服给他们造成的不利反差呢？这可是他们来到这个遥远的时代所要克服的第一个不适应症，但不管怎样还是将时间飞船进行转换，一下子改装变形，成了一种类似汽车样子的可以代步的交通工具。在沙漠之中行驶了一段路程之后，发现前面不远的地方好像是一个人口聚居地，可能也算是一个名义上的城市吧，他们下车后，向前面打量了一下，清除掉地面的印痕，然后找了一个比较隐蔽的场所将时间飞船存放好，开始了寻找金字塔的漫漫旅程。

走了一段比较长的路程之后，他们停留在离埃及首都开罗南约16公里处的一块较开阔的地带，目之所及，可以看到很远的地方，有一条玉带就出现在浩瀚的沙漠边上，这应该就是尼罗河，她在不远的沙漠边缘缓缓地流淌了数千年，没有受到污染的河水在阳光下显得十分的清澈明净。就是这样一条母亲河孕育了古埃及数千年的文明，这可是与时代紧密联系在一起的人类文明摇篮。

那儿有西岸最著名的死人城——在吉萨和萨卡拉一带的沙漠里，矗立着大大小小近七十座金字塔。透过这一片沙漠，前面不远处还可看见零星的几点房屋散落在河边的高地上，但给人的感觉还是十分冷清与凄凉的，这可与现代社会人满为患的城市化、商业化、工业化明显不同，也是他们三人初来此地感觉到的第一点人气。

　　好在没有看到古代人，因此他们也就没有必要过分掩藏自己的行踪，现在的关键是怎样找到古埃及人了解情况，不知语言有没有问题，他们带了一个可以人机互译的语言转换器，不知能不能发挥应有的功用。

　　他们三人顺着沙漠中的古道慢慢向前迈进，前面不远处好像是一个人口聚居地，他们三人算是真正见证了中国古诗中的"大漠孤烟直，长河落日圆"的美景了。

　　远处巨大的金字塔在阳光的照射下闪着一种古朴的光芒，比较厚重的色彩，经过日晒雨淋之后，变得万分凝重，仿佛将古朴的沧桑用庄严肃穆的形式展现在风沙的尘雾之中。

　　金字塔周围却没有多少人活动，可能是当时奴隶制君王的威权影响仍然十分巨大，根本就不允许他们随便进入他们灵魂居住的圣地吧！但小宇他们三人可没有这么多顾虑，他们得在极短的时间内对金字塔进行一定的调查与研究，才能彻底弄清楚一直困扰他们心中的几个不解之谜。

　　很快他们三人就来到了被称为当今世界七大建筑奇迹的金字塔前面，而其中规模最大、最高、最引人注目的要数胡夫大金字塔。站在高大雄伟的古建筑奇迹面前，除了惊叹与发呆外，三人久久不能平静，这可是他们一直魂牵梦绕的、常常想一睹为快的世界第七大建筑奇迹——古埃及大金字塔啊！

邂逅长老

人们都说人是最伟大的，但这时三人都感觉到在巨大的金字塔面前单个的人显得多么渺小，成了微不足道的个体，用沧海一粟来形容是最恰当不过的了。

小宇来到一座最高最大的金字塔面前说："这可能就是胡夫金字塔吧，这座金字塔高 147 米，边长 230 多米，一个带 400 米环形跑道的标准田径运动场有多大，它的最长直跑道也不过 100 米多一点，而金字塔的底边有 230 米，是它的两倍多，底面积超过 53000 平方米，面积要比两个田径运动场的总面积还要大。无论从面积还是高度，绝不比当今任何一座摩天大楼显得矮小，我们商城市的最高建筑也不过是 120 米的环宇大厦，比它还要低相当于 9 层楼的高度。"

三人用手摸着金字塔的塔体，一块块巨石十分细腻光滑，石块与石块之间合缝十分严密，好像没用什么黏合剂，连一张薄薄的纸片都插不进去，可见建造的精细。

马小宇带着他们看了一下，接着说："整座金字塔都是由石头建成的，每块石头看上去足有 10 多吨重，全塔共用了 260 多万块石头，与书中记载的不相上下，听人猜测他们当时建造采用木轴滚动来搬运石块，将石块滚来滚去，工作效率肯定不会很高，假若这样采用滚的办法，勤勉的工人们如果每天搬运并砌完十块这样的巨石，运用当时的奴隶，至少也需要 600 至 700 年左右的时间才能完工，但古埃及人只用了几十年就修成了金字塔，那么他们到底是怎样搬运石块并把它们逐层抬到塔顶的呢？这可是一个谜。"

努努说："现在没有人可以告诉我们金字塔的修造秘密，我们不如到前面有人的地方，向他们请教，或许可以有意外的收获，你们认为怎么样？"

"那好，我们尽量向他们打听，应该可以得到一些关于金字塔的信息。"小宇同意努努的建议。

三人围绕这座巨大的金字塔走了一圈，这可是与金字塔的亲密接触啊，叶梦琪摸着金字塔"啊""耶"地发着感叹，如此这番弄下来，半个多小时就耗费在这里了，时间不等人，他们不敢耽误太多的时间，小宇提醒他们俩说："快点，时间来不及了，走吧！"

这样他们三人才恋恋不舍地离开了胡夫金字塔。

走过一段长长的沙地，进入了前面的聚居地，好像还有一些集市，不过只是一些类似的各种加工作坊、饭店之类的，十分冷清，人们都畏缩地待在低矮的房屋之中，没有多少空闲的人，有可能是被强行征调去修金字塔了吧。

好不容易看到前面有一个人在行走，努努胆子比较大，他拦到了一个比较雍容宽厚的长者，通过语音转换器的提示，用古埃及语十分友好地向他打招呼："老爷爷，您好，我能不能问您一些问题？"

这位长者停下来，好奇地看着努努，一时没有弄清楚努努在说什么，通过看努努的神态，好像在向他提问似的，好一会儿，他才用古语回答："你说什么？我好像从没有见过你们这样的人？"

"老大爷，我们不是本地人，我是想向您打听一些事情？"努努根据提示，慢慢地一个字一个字地仿照语言转换器的提示说。

有了这样的解释后，这位长者才算明白了努努的意思，他说："我知道了，你们是外乡人，想了解这儿的事情，对不对？"

通过语言转换器，小宇他们三人都听懂了老大爷的话。既然能听得懂他们互相所说的话，那以后交谈就没有问题了，只要语速适当就可以了，小宇这样想着。

努努放缓语速说："老爷爷，你们这儿的金字塔是干什么用的？"

老爷爷听到这个问题，笑着说："你们算问对人了，我就是管理金字塔建设的长老，我们这里的人都称我为阿窖。这个问题很容易，金字塔的用途主要是用来存放法老们的圣体，埃及人自古以来就相信人死后可以转世再生，肉体死后就会产生灵魂；如果灵魂回到原先的肉身，人就能复活。所以为了保证灵魂有归宿，就必须保存好死者的肉身，将尸体制成木乃伊是保存死者肉体的最佳方法，将木乃伊放入不透风的坟墓，加以一些特别的处理方法，更是可以历经千万年而不会腐烂。"

"这我听说过,有许多科学家做过试验,1959 年,一位工程师将一条鱼放入金字塔内,只 13 天时间,这条鱼就失去了三分之二的重量;将一只绵羊放进去,它的呼吸器官在 6 天之内就萎缩了一半;一只鸡蛋搁在里面,43 天内由 52 克减为 12 克重;而鱼、绵羊的内脏和鸡蛋都没有发臭或腐烂。"努努将自己从科技书籍中学习来的一些有关金字塔的奇闻说给大家听。弄得小宇和梦琪睁着一双好奇的眼睛看着他,仿佛在听天方夜谭的故事。

叶梦琪不解地问:"为什么金字塔能做木乃伊呢?这一切又说明了什么问题?"

阿窖长老没有完全听明白努努所说的话,但叶梦琪简短而清楚的话,他多少还是听清楚了一点,他故作神秘地说:"其实,金字塔里面都有一种神秘的东西,你们听说过金字塔神咒吗?"

三人都十分惊奇地说:"没有,那又是什么?"

阿窖长老接着神秘地说:"因为随埃及法老的尸体进入陵墓的还有大量的金银财宝,为了吓唬后人不去盗墓搞破坏,法老给陵墓施加了种种恶毒的咒语,胡夫金字塔的墓碑上刻着:'不论是谁骚扰了法老的安宁,死神之翼都将在他的头上降临。'这其实就是一种保护陵墓安全的契约,谁破坏了,谁就要遭受诅咒,受到各种不可预见的惩罚,这是好多人经历过的事实。同时他们还会在里面设计一些机关与陷坑,使不少盗墓者断绝了这种念头。"

小宇点点头,怪不得经常听到某些盗墓者不能善终的传闻,看来是有点根源的。

努努接过话头补充说:"在一些科学家看来,死亡之谜并不神秘,开罗大学医学教授伊泽廷·塔豪于 1963 年宣称,墓穴内有一种生命力非常顽强而又极其危险的病毒,能在木乃伊上生存长达四五千年,进过墓穴的人,由于感染上这种病毒,就会受尽折磨,身体各种器官衰竭,最后都会窒息而死。"

一向精于生物科学知识的叶梦琪听了,马上否定说:"我也看过这些奇谈,我认为应该没有这样的事,不管怎样的病毒都不可能存活几千年,何况不少科学家运用电子显微镜对这类死亡的尸体进行了观察与化验,并没有找到这种病毒,因此没有说服力,我认为应该是一种特别的能量在起作用,其实在金字塔内部，它的结构应该是一种微波谐振腔体，对某些能量有聚集作用，正是它所聚集的放射性物质，形成可以致人死亡的一种奇特的放射性物质，是否与我们现在所说的核辐射原理相同，使人不知不觉得病身亡，这才是需要考虑的问题。"

在一边看着他们三个小鬼头争论的阿窨长老十分好奇，但又听不懂他们在说什么，他在一旁不由得感到有点好笑，这些孩子真可爱！

看到长老的反应，三人你看看我，我看看你，这时才回过味来，他们不是来争论的，而是来了解问题的，怎么一时争论起来竟忘记问阿窨长老的问题了？他们有点不好意思地笑了笑。

接着，小宇马上转变自己的语气，和气地对长老说："阿窨长老，您刚才说金字塔里面有一种神秘的物质，不知是不是真的，到底是什么呢？您能否给我们说说具体是指什么，如果真有一种神秘的物质，那么他们又是怎样安放的呢？"

"要弄懂这个问题很容易，不如我们悄悄地去看看，现在正在修建的哈夫拉金字塔只比胡夫金字塔低8米，它是埃及的第二大金字塔（当然还有正在修建的第三大金字塔，那就是胡夫的孙子孟考拉金字塔，高达99米），并且在它的旁边还有一座用整块天然大巨石凿成的狮身人面像，这座雕像可以称作埃及的又一奇观，说了你们也不太清楚，不如亲身实践去看看就会知道更多关于金字塔的秘密。"阿窨长老悄悄地提醒大家说。

小宇他们看了看周围，好像有人在注意他们了，只好都放低了音量，不再大声说话了。不过，听说可以近距离观察金字塔的建造，校园三侠心里一下子乐了起来，他们跟着这位阿窨长老迂回曲折地前进了一段路程，尽量少让那些施工的人与监督官兵发现，要是太明目张胆，引起了他们的注意，大家就会招来不必要的麻烦，这可不是他们来探访的初衷。

尽管他们小心翼翼，生怕弄出什么变故来，但阿窨长老却一点也不怕，可能他是这儿比较有地位有影响的管理者吧。看到长老如此大度自然的表情，大家也放松了一下紧张的心情。这时，长老为了打消大家的顾虑，捋着自己的胡子说："大家不用拘谨，放松些，我本来就是这儿较有地位的尊者，还是管理建造金字塔的长老级人物，因此不用过于收敛行踪躲避，但为了不太引人注意，如果能不事张扬地靠近金字塔的修建工地，不大声喧哗，不太出格，那最好不过，一切都没有问题。"

小宇他们三人听了，懂事地点点头，然后小心地跟随阿睿长老向前走，仔细观察着修造金字塔的整个过程，只见整个工地上人来人往、密密麻麻、人声鼎沸的，烟雾弥漫的场面确实蔚为壮观，集中在这个工地的人最少有好几万吧，各色各样的工匠在辽阔的沙土堆前不停地忙碌着，宽阔的场地上还有不少表情严峻的士兵在监工。放眼望去，一条长长的搬运线一直延伸到远方，奴隶们像蚂蚁啃骨头一样将巨石源源不断地运来，可以设想，从采石到运输，从漂洋过海到广袤的沙漠，如此浩大的陵墓建设工地，被奴役的人员加起来可能超过几十万人了，这确实令人震撼。

一块块巨大的石头正从一条铺设了木轨的光滑大道上向前慢慢移动，前面的一组人用胶皮绳与藤萝油绳作牵引，后面的奴隶用撬棍与手推一起使劲，各种省力的装置并用，巨石犹如一只被放大的蜗牛，在慢慢地一点点向前移动。还有一部分人将放在地上作车轮用的滚木不断从后面放到前面继续使用，组成了一个十分省力的搬运连锁机械操作图，几吨到几十吨重的大石头就在力大无穷的劳动人民手中服服贴贴而又无可奈何地艰难前进，然后再将一块块运到目的地按精确计算好了的位置叠放，金字塔建造有多高，周边就会建起多高的便于滚运大石头的堆土，一旦建成后，又役使奴隶们将残存的土石方搬运走，数十万奴隶就在统治者的奴役之下，经过几十年来的轮番作战，创造了世界建筑史上的伟大奇迹。

从他们对于早先的印记，对于金字塔的建造过程有 N 种不同的说法。有的说是由神仙和特殊的方法助力完成的，有的说是采用引水造河，利用船只运来，再用浮力的方式将石块提升到适应的位置建造的（有如我们现在的船闸原理），有的说是当时发明了一种大力运输工具，就如我们现在的火车那样，将巨石运来再慢慢堆砌，还有的说这些巨石本来就不存在，当时的人们发明了一种特别的黏合剂，将尼罗河边的沙石进行黏合，将它们造得跟石头一模一样。这儿还有一个有力的证据，那就是处于埃及的广大地区根本没有可以开采出巨石的场所，更没有找到开采留下的遗迹地方。如此等等不同的猜测在世人的心中存在不同的谜团。其实不管哪一种猜测，我们就是亲眼所见，在不同的时期可能会有不同的处理方法，如果是大石块开采殆尽，必须寻求新的开建方式，或许那个时候的人们特别聪明，真正发明了可以将沙土进行黏合的东西，一块块按规定倒置，跟现代化的建筑是不是有异曲同工之妙。

不过，在今天，通过现场的亲历，或许会解开小宇他们心中的疑惑。

在长老的陪同下，他们将建造金字塔的火热场景看得十分仔细，这才是他们所了解到的真相。

看到这儿，他们总算对金字塔的建造有了一个比较初步的印象，此时，他们的心中不由生出许多感叹：任何历史朝代的统治者为了一己之私，为了满足自己的欲望，都喜欢大兴土木，奴役人民，这是凡人的通病。

普天下的老百姓，他们都有着相同的命运。真是兴，百姓苦；亡，也是百姓苦。但劳动人民的伟大才是不可忽略的功绩，他们用勤劳与智慧创造了整个人类辉煌的历史。

法老的陵寝

从远处看，繁忙的工地构成了一个十分壮观的场面，吆喝声、号子声、巨石移动的摩擦声组成了一首繁忙而又雄壮的交响乐。

好在这位阿窖长老是一位有着特殊地位的尊者，一些监工看到他不但不会阻止他，反而十分尊敬他，这样一来，校园三侠就享有一定的便利，可以跟着他走进去仔细观察金字塔的修建了，在一座刚刚奠基的金字塔底部，阿窖长老向他们介绍说："这是法老的墓室，不但宏伟美观，而且里面的设施布局也是异常完美与奢华的，简直是另一个充满神奇的世界，你们要不要进去看看。"

他们能够进入工地里面去看，这可是千载难逢的好机会，这样可以近距离接触金字塔，对于他们了解有关金字塔的一些不解之谜简直是太有帮助了。

古老埃及的辉煌历史从修建的巨大金字塔就可见一斑，高大雄伟的金字塔是古代劳动人民智慧的结晶，一座座拔地而起的巨大建筑成为那个时代特有的一道风景线，马小宇、丁努努与叶梦琪三人跟在阿窖长老的后面，一行人慢慢地在尘土飞扬的沙漠中穿行，还不时与忙碌的工匠们避让，才不会影响到他们的紧张工作。

金字塔不是一朝一夕就能建设成的，其实埃及的法老们从自己还很年轻的时候就已经开始准备自己的身后事，筹建金字塔，他们认为人活的时间只有短短的数十春秋，而死亡才是永恒，正如坊间所说的，人生，活得不长，却要死很久很久，这才是永恒，因此他们十分重视离开尘世后的归宿，将自己的陵墓打造成另一个美丽的世界，如天国般美丽，这才是他们心中念念不忘的梦想。因此在古埃及，他们乐意建造自己回归天堂的最美乐园，于是金字塔就一座连着一座开建，成为那个时代他们的热衷追求。

马小宇他们校园三侠跟着阿窖长老看着一座又一座金字塔，心中除了惊叹还是惊叹！各座建筑的形式与结构都大致相同，这可是他们凭自己雪亮的眼睛亲眼看见的，走在其中，荒凉的地脉使人产生一种小小的不安感，毕竟这是埋葬古埃及国王法老遗体的墓穴，想想从影视中看到的木乃伊，会令人生出一种毛骨悚然之感。

特别是叶梦琪，本来胆子就特别小，走在金字塔林立的阴影之中，阵阵寒风吹来，背脊开始有点发麻了，努努也不由自主地靠近了马小宇，这可能也是他们自然的心理反应。

小宇看了他们一眼，现在还没有进入金字塔里面去看，就已经成为这个样子，不知能不能坚持到最后看完里面的一切，找到解开秘密的时机。

不过，他没有流露，而是边走边对同行的好友说："在以往的书籍记载中，我们现在的人类都认为金字塔是十分庄严与神秘的，从建造到放入法老遗体都是保密进行的，但从现场观察来看，好像不是这样的，你看这些停停建建的金字塔，有好多都是半拉子工程，有的一建就是三四十年，人来人往的，有什么秘密可言。这跟我们那个时代的土葬没有区别，只不过这个工程浩大、烦琐一些罢了，普通人是没有机会，也没有富可敌国的人力物力财力来建造这些超级巨无霸的工程，这和中国古代有着相同的一幕，帝王可以建造宏大的陵墓，普通人亡故后，只要有个容身之地就行，埃及只有国王法老才能进入自己建造的金字塔，这是身份地位的象征，他们有权力才能如此做而已，一般人是没有资格去想这些的，你们认为呢？"

"我看也差不多，如此没完没了的长期性建设，根本就没有多少秘密可言，因此不存在什么神秘不可告人的东西。或许是下葬的时候最后在墓穴中做了一些手脚，设计了一些机关，施放了一些有毒物质，以防被盗，保障陵墓的安全，不知是不是这样。"努努听后进行联想。

叶梦琪看了看小宇，她只是充当一个好奇的听众，这时她提出来，是不是可以问问阿窖长老，只有他最有发言权。

梦琪将她们的疑问向阿窖长老求教。阿窖长老摸摸自己不太长的胡须，慢慢向他们解释说："其实这个问题不存在秘密，因为作为国王，他们的继承者会永远保卫祖宗王陵的，修建不但是个漫长的工程，就是修建好了的，他们也有自己的卫士在轮值，根本不存在有谁胆大包天去搞什么破坏的，你设想一下，在这一马平川的尼罗河畔，又有人保护，根本就不会有盗掘的事发生，何况这样坚固的金字塔，一般人还根本没有能力去撬动整座巨大的建筑！"

说到这，他稍稍喘了口气，继续补充说："不过普通人是不清楚里面的内幕的，最后法老安放好遗体后，那些最后的奴隶都会成为殉葬品，并且还会在墓道里设置一些特别的机关，以防来盗墓者，装置这些机关陷阱的术士们最后也不能幸免，他们都走不出墓室，这也是对国王效忠的最荣耀的表现形式，真正能够走出来的只有特许的可以世代为皇陵服务的人，因为只有他们有特异功能，皇室需要他，要不就会断绝这门手艺。不过，在这样的情况下，他们也会将最后处理的秘密交给下人，让他们陪葬，而保留下来的他们也是需要受到契约诅咒的巫士，并且还会受到国家特别看管的，基本没有人身自由。"

校园三侠听到这儿，心里有点兴奋激动，又有点痛惜，每一座金字塔的建成都会有成千上万的奴隶的冤魂长眠于此，谁也不会为他们流下怜惜的泪水。他们为那些无辜死去的劳动者抱不平，希望这些善良的冤魂能够得到安息，但这又有什么作用呢？生在那个没有人身自由的时代，奴隶们就像一只只蚂蚁，统治者根本不会把他们当人看待，他们也没有体面与尊严，没有生活的自由与向往，这是那个时代带给他们的痛苦与悲哀啊！

"你们在听吗？怎么都不说话啊！今天你们真幸运，正巧我有这个特权，可以带领你们进入墓穴去看看里面的构造，有没有兴趣？"

听到阿窖长老的提醒，三人这才回过神来，异口同声地说："有兴趣，好，快带我们去。"

阿窖长老微笑着点点头，然后就选择了一座正在建的金字塔，不过只是规模比胡夫金字塔稍小一些的成型塔而已，从地下的深土坑中迂回曲折几个来回之后，这些都是修筑的迷惑假道，也只有这位长老才知道进入墓穴的通道，要不这样难找的、十分隐蔽的在修建过程中用沙土堆积做成的入口，一般人是难以找到的。

小宇知道胡夫是距今约 4600 年前埃及古王国第四王朝的法老，他在继任国王时期，下令为自己建造了最大的金字塔，以后所造的是否都是一样的模式呢？这些其实没有进行实地探索，谁也不知道具体是什么样子。

他们跟着阿窨长老慢慢进入塔基底部，一个可容人直立进入的通道口，需要绕过多个障碍物，在广阔的范围里，七弯八曲，走到一个标志点，又有一个祭坛似的平台，还有几个奇特的门，长老选取其中一个不太出色的门口，带着大家直接穿过通道就进入了金字塔的心脏部位，通道上面绘满了各种壁画，不太强的光线，让一时不适应的他们看不清到底画的是什么。再往里面就是法老的灵寝，塔壁都被打磨得十分光滑。曾经有人怀疑金字塔是用古时的混凝土浇筑而成的，听说是一个叫作大卫·戴维斯的找到了夹在石块内的一缕一寸长的头发，认定就是古埃及人在建造金字塔浇灌人造石头时掉进混凝土内的，小宇仔细地看着金字塔的内壁，可以肯定里面都是用花岗岩砌成的，因此可以否定人工浇筑的这个猜测。

科学家们试验过花岗岩还具有蓄电池的性能，也就是说它能吸收多种宇宙波并加以蓄存，说不定这也可以解释在漆黑的墓穴里绘制壁画的照明问题，刚才所见，金字塔的外部则多用不具有这种性能的石灰岩砌成，这样就可以防止金字塔内聚集到的宇宙波向外扩散。

开始产生的一种畏畏缩缩的感觉，一旦进入金字塔内室，感觉就明显不同了，温度不是我们常规感觉到的凉爽，而是一种湿热，梦琪继续问阿窨长老："长老，为什么在外面感觉到比较冷，而进入塔里面反而有点热？这是为什么？"

阿窨长老神秘地笑着说："这就是金字塔神奇的地方，要不法老的遗体怎么能保持不腐烂呢？"

小宇在一边解释："听科学家们说金字塔中有一种奇怪的能量，有人把金字塔能解释为一种微波，认为金字塔的结构是一种较好的微波谐振腔体，微波能量的加热效应杀灭了细菌，并使尸体快速脱水而成为木乃伊，从而不会腐烂，有利于长久保持，这就是前面所提到的金字塔能量，我们现在就有这种感觉，对不对？"

叶梦琪佩服地点点头，小宇确实知晓很多她不知道的东西，真不简单。

为了以防万一，小宇他们早就做好了防范，穿好了可以进行防护的反辐射衣服，这也是马明起博士一再交代的对付金字塔恶咒的最好方法，不管有没有危害，最起码这样可以做到万无一失，防患于未然。

这时小宇他们拿出了可以照射的强力小手电，不停地扫射神秘墓室内的装饰。这都是可以与现代最著名雕刻家雕刻出来的精品相媲美的艺术珍品以及一些他们至今都不能理解的图画,奇异的线条,还有许多神奇的壁画,据猜测其中有一些可能是古埃及人崇拜的图腾,虽然是在暗室中,但也显得对比鲜明,完全可与在我国敦煌石窟中发现的那些神奇的壁画相提并论,这确实是一个奇迹,在如此巨大的暗室中,这些古代的艺术家们是怎样精心绘制的呢?这可不是一日之功就能完成的呀!简直是一个谜。

金字塔中的神秘能量

阿睿长老好奇地看着小宇他们三人手里所拿的手电筒，既十分兴奋，又万分不解，这样一按就可以发出强光，将墓穴的壁顶照得如同白昼，真是个有用的好宝贝。

小宇看到他这样感兴趣，就将手电筒交给他让他欣赏把玩一下，不过他可没有放过继续请教的机会："长老，在这么大的墓穴里面绘制如此多的浮雕与壁画，这些能工巧匠们是怎样在漆黑的环境里完成如此高超的艺术创作的呢？这又是一个不解之谜啊！"

努努提醒说："我认为不是采用油灯等进行照明的，如果使用火炬或油灯进行照明，燃烧产生的废气就会对里面壁画的颜色产生腐蚀作用，这样色泽鲜艳、对比突出的壁画就根本不可能保存到现在还这样完好。几千年之后人们进到金字塔里面去参观时，发现壁画的色彩仍然十分鲜艳，有如当初，这就形成一个最好的明证，因此他们不可能使用这些工具来进行操作，这是多少考古专家与色彩研究专家早就得出来的结论。听说现代科学家对墓室和甬道里积存了 4000 多年的灰尘进行了全面而又仔细的科学化验和分析，结果证明灰尘里没有任何黑烟和油烟的微粒，没有发现一丝一毫使用过火炬或油灯的痕迹，所以人们猜测古埃及艺术家在金字塔地下墓室和甬道里雕刻或绘制壁画时，根本不是用火炬或油灯来照明的，而可能是利用某种特殊的蓄电池或者其他能够发亮光的电气装置，当然也有人说是采用夜明珠进行照明的，不过这只是神话传说而已，夜明珠根本不可能照亮如此大面积的空间进行工作。"

"努努你说得有道理，不知他们是不是真正采用电气装置来进行照明的，看到阿睿长老对我们的手电筒有着一种似曾相识又十分感兴趣的样子，是不是与他们使用的东西有关联呢？"小宇联系长老的举动做出合理的分析说。

"有可能，要不，他怎么会如此惊讶呢？"梦琪同意小宇他们的看法。

看完里面栩栩如生的雕刻与精美的壁画之后，他们又在阿窘长老的带领下参观各个墓室，发现有几条不同的通道，在墓室里还有几处专门的设计，可能是被分隔成的法老室、王后室等多个空格，与皇宫里面的建设有点相似，其中一个最大的可能是法老室，这可是王权的象征，旁边还有多个大小不一的空格，可能都是法老的王后室与妃子室，旁边还有窄小的甬道连通各个小室。

除此之外，在这座金字塔中，他们还看到了一个非常不一般的地方，那就是发现了一个更小的墓室，里面放置了一个小女孩的尸体，整个被浸在一种不可知的液体中，小女孩看起来像刚刚死去一样，听阿窘说是一个小公主，国王将公主的遗体停放在金字塔中，用神奇的液体养着，这样一来国王就可以经常看到早逝的爱女。原来古人还可以用这种液体来保存尸体，或许这就是除了制作木乃伊之外的又一种保存尸体的方法，这是使他们感到十分惊奇的大发现。

顺着这个小室，他们还发现了隔离墙上亮着一盏灯，看样子点燃的时间已经不短了，虽然光线不是很亮，但能在墓室中发现这样一盏灯，听说古埃及、希腊和罗马等地的风俗，死亡的人需要灯光驱逐黑暗，照亮道路，因此在坟墓被密封前，习惯于放一盏灯在里面，特别是放上一盏不熄的灯，永远为死者照亮。这是不是就是传说中的长明灯，在这儿能看到这个绝迹了好久的物件，令人叹为惊奇。

他们仔细观察下面的容器，不过只看见一些像油一样的液体，不知是什么东西与上面的发光管相连，微弱的光芒有点像小电珠，因此也就没有油烟，好像是风吹不熄雨浇不灭的，这可能就是科学家们所解释的古代的用电设备吧，要不没有办法可以解释。

小宇他们看到这儿对这个照明系统十分不解，就向阿窘长老请教。

阿窘长老听了，笑着说："要解释这个问题，你们得先说说我手中的这个东西是怎么回事？"说完他晃了晃手中小宇的手电筒，可能觉得这个手电筒与这个长明灯有什么相同之处吧。

小宇向他解释说："这是我们那里一种十分普遍的照明工具，不过是采用一种化学原料，产生一种可持续供电的简易装置。"

"啊，是这样，那应该与我们这儿采用特别方法点燃神灯的方式相同。"阿窖长老说着，还带他们三人来到一处围着的几个墓室小格，看了另一具保存完好的小男童遗体。这可能是法老最亲密的一个子孙，一些穿着奇异服装的方士正在进行处理，好像正在研究摆弄刚装不久的一颗人造心脏，或许这个不幸的小王子就死于心脏类疾病。

看到小宇他们三人都睁大惊奇的眼睛，阿窖长老说："这是方士们在为得病去世的小王子装人造心脏，他们想让小王子复活，特别还给他装了一个能使心脏跳动的东西，不信你们还可以近距离去观察，或许还能听到像心跳动的声音。不过不知为什么只使用了一些时日就发生故障了，这些方士被法老逼着再作详细的全身检查，不知还有没有希望。"长老担心地说。

三人静下心来，侧耳细听，果真听到了心脏跳动的声音，这回轮到小宇他们惊讶了，不解地对阿窖长老说："我们只听说过在我们那个时代才有人造心脏，特别是心跳起搏器也是近代才有的发明，你们这个时候是怎么做到的？"

"这，这个……就跟长明灯的道理相同，我们发明了一种可以长时间提供能量的东西，你们看，这块黑色的晶体，有了它，就可解决长时间的照明问题。"长老也只是含糊其词地解说。不知他是真不知，还是有所顾忌，或许这只是当时少数人才掌握的专利吧！

努努看到阿窖长老也说不出个所以然，只好顾左右而言他，跳开这个话题，说起另一件有意思的事来："我听到过一件特别奇怪的事，听说在埃及卢索伊城郊发掘出一具木乃伊，有人听到从中发出一种奇特的有节律的声音，就跟我们刚才听到的差不多，当时这些考古的专家们循着声音的方向去找，才发现声音来自心脏的位置。但他们也不知是什么声音，也不敢随便处理这个事件，为了解开这个特殊的声音之谜，这具木乃伊立即被运到开罗医院进行检查，专家们发现从木乃伊的表面无法查出声音存在的原因，于是决定对木乃伊进行解剖，彻底打开遗体来进行探究。医生们做好了一切安保准备工作，轻轻地用特制的手套慢慢解开了缠绕在木乃伊上的麻布，再想法解剖了该木乃伊，当时的场面惊呆了在场的所有医生，因为他们很惊奇地发现一个让人不敢相信的科学物件——在木乃伊的心脏附近有一个起搏器。人们可以很清楚地听到起搏器促进心脏跳动的声音。经计算，医生们发现该起搏器每分钟跳动八十下左右。医学界对这个能在几千年后仍然跳动的起搏器发生了兴趣：它是什么样的起搏器，以什么作为动力呢？利用先进的仪器对起搏器进行了测试，发现它是由一块黑色的水晶制成的，由于这块黑色的水晶含有放射性物质，故而能凭借自身的能量在那里不断地跳动。不知这是不是铀等核能物质，利用它慢慢地衰变来释放能量，维持数千年的运作跳动，这其实是谁也不能敲定的奇事。"

"啊，是这样的，有可能，假若是利用核物质，它们慢慢衰变释放能量转化为电能与动能，那能燃烧达两三千年之久的长明灯问题以及金字塔里面绘制壁画等的照明问题就可以迎刃而解了，还有这个神奇的起搏器就更不用说了。"小宇听了，心里明白多了。

"还有人们所说的，进入金字塔就会得一种奇怪的病，这是不是得了核辐射这种怪病再慢慢死去的？"叶梦琪对于这个生物体得病的问题也好像找到了答案，让压在心中的疑问一吐为快。

三人你一言我一语的，很多不解的问题，通过思想的融会贯通，都可以暂时得到解释，心里变得豁然开朗起来。

不过在一边的阿窖长老看着他们的争论，一句也不懂，站在原地无所适从，不知他们三个小孩在争论什么，待在那儿，插不上话，脸上尽是无奈的表情。

时间过得飞快，他们来到这个古老的国度，了解到一些在以前的生活中从来没有经历过的事情，他们感到十分愉快，他们知晓了一些在远古时代关于金字塔的知识的趣闻，尽管时间短促，不是那么全面地掌握，但解开金字塔藏在心里的谜底，已经有了第一次与前期时代的沟通，这是最好的开始。

在返回古代，全面了解埃及的风土人情，探索金字塔的过程，阿窖长老给他们提供了大量的帮助。面临返回之时，他们与长老依依惜别，感谢他在整个过程中提供的帮助，让他们度过了一段愉快的旅程。当然，小宇也没有要回那个小手电，算是留在古代，当作送给长老的一个小礼物。然后三人就乘坐时间飞船顺利地回到了现代。

一直坐在电脑前的马明起博士看到这三个小鬼有说有笑的安全返回之后，知道一切安好。他伸了一个懒腰，打了一个呵欠，然后在心里自言自语地说："终于可以睡个安稳觉了。"

遗漏了的时间细节

天色已晚，在淡淡的暮色下，商城市的发展已经迈入了现代化城市的快车道，处处目之所及，可以看到新建的摩天大楼一座接着一座耸入云天，放眼四望，万家灯火连成一片灯的海洋，红红绿绿的霓虹灯闪闪烁烁，如同天边点亮的无数街灯，给美丽的商城增添了一道怡人的风景。

楼群下面，高度发达的钢筋铁骨立交桥傲然屹立，如巨龙出海。飞驰的汽车给这个充满现代气息的城市带来了动感，车水马龙的光道将城市最绚丽的色彩一直延伸到远方。

"这些都是海市蜃楼吗？这些情景都曾在地球上反复出现过多次，不知什么原因，又在生命孕育旺盛的地球几次消失得无影无踪，有没有这种可能？"马明起博士看着这人世间美好的一切，自言自语地说，他感到一种无法言传的震撼与惊恐，特别是不久前马小宇、丁努努与叶梦琪他们三人刚刚到古埃及进行了一次远古之旅后，他的心情至今还是十分的激动。

虽然他们安全返回，以前的一些不能解释的现象有些也得到了求证，但还有无数的不解之谜，令人头脑显得异常混乱。例如 20 亿年前的核反应堆，3 亿年前的带有人类清晰脚印的三叶虫化石等谜团，作为一个有良心有责任感的科学家，他总不能释怀。

他在心中不止一次地反问自己，地球是不是出现过多次文明，后来是不是由于地球人超常的发展，加上人类自身的不爱惜，遭遇到了大自然的惩罚，以致于造成地球的多次毁灭呢？这是他至今一直在思考的、关于人类持续发展的不解之谜。

为了探索地球的远古文明，打开这无数个令人不可思议的谜团，虽然已到七十多岁的高龄，但精神矍铄的马博士站在他已经进行过改造的时间飞船面前，默默沉思，希望找到解决心中谜团的突破口。

但时代的久远，世事的无常，令他有种无力感，面对自己的人生，已是古稀之年，根本没有精力去实现未竟的梦想，不过看着马小宇他们，心里仿佛看到了希望，真是后继有人啊，想到这，他的心里不由生出一份自豪感，特别是这一次全程关注的事件：马小宇他们已经成功进行了时空旅行，整个过程都十分圆满，这也是他感到十分欣慰的地方，说明到远古时代的访问已经不存在问题，小宇已经完成了自己交给他们的任务，再次证明了到远古探索的可能性。

只要将这个过程进行科学合理的改进，一切都按人的意志开展活动，那么到以前更遥远的时代，也就没有任何顾虑了，想到这，马博士的心头算是放下了一个包袱。

他对到时代跨越超过几亿年的远古旅行，通过这次尝试，开始掌握了一些实践经验，收集到了第一手宝贵的实用资料，因此可以说对以后的探索活动也有了更大的把握，称心如意的微笑一时绽放在他布满了皱纹的脸庞。

马明起博士打开他所收藏的一段科学探索的录像，电视配音员又在重复他听过多次的简介："科学家早在1930年就在美国的肯塔基州发现过10处完整的人类足印化石，所有证据都表明那是原生代砂石海岸留下的，也就是说，在遥远的2.5亿年前已有人类在这个地区活动。

"1968年又有人在人类所知的最古老的三叶虫化石中发现了人类的足印痕迹，地点是犹他州的羚羊喷泉。当年有位考古学家在采集化石标本时，当他打开这片岩层时震惊地看到，一只人类的脚印和他想要的三叶虫完美地贴合在一起，这可是震惊世界生命科学界的巨大发现。

"其中的发现者之一是该州的教育家比特，后来又有一位是赫克公司的梅斯特。梅斯特提到的发现过程说：'当我将一片岩石敲开，像卡通片般地打开，吃惊地发现在一片岩石上面有一个清晰的印记，一个人的脚印踩着一只三叶虫，定型固化了的化石，仿佛在向世界诉说着一个远古时代的故事，打开另一片，发现上面也有完整的人类足印，这样的发现惊呆了当时好多考古学家。'"

"为什么会出现这样惊讶的表情，因为三叶虫绝迹在近3亿年前，按现在的时间推算，根本就没有谈到有人类的存在，而三叶虫在此期间曾在地球上生活了3亿年，所以我们猜测这片化石的年龄为3亿至6亿年前。这些频繁出现的考古发现正在向人类传递着一个信息，是否地球上还多次存在过人类！"他自言自语地说了一大通，但对于生命起源的科学探讨一直没有停止过。

虽然不能看到这些远古化石的原貌，但通过放大反复观看，马明起博士认为这一段录像应该没有造假，有很大的真实性。

时间过去已经很久了，但当年发现这个前期三叶虫与人类脚印化石的比特与梅斯特要是还健在，马博士一定会与他们进行联络与沟通的。

不过现在，对于他们的一切情况不知所踪，或许他们都已经作古，马博士最近在潜心研究到底存不存在前期的人类，通过查阅翻找大量的资料以及研究人类已经掌握搜集到的远古化石，他最后得出一个结论：从许多不可解释现象的频繁爆出，他认为地球上可能存在过多次人类的文明。

我们推测地球的年龄为46亿年，而我们可以推算到地球的生命历史已有30亿年。在这30亿年中，从三叶虫鱼类时代进化至高级哺乳动物当期，只用了不足3亿年的时间，从高级哺乳动物进化至人类的时间更短，只用了1000多万年。在这里，地球有生命的历史中有近27亿年的漫长岁月是我们不知道的空白，在这段空白期里，到底还发生过什么事情？它会不会在某一发展过程中不再前进，而是原地踏步，把某一个过程反复重演几遍呢？

完全有可能！应该说在这27亿年中，地球有充分的时间实现这不足3亿年就能完成生物进化的轮回，而且在大陆板块解体后，海洋面积相对稳定和海水温度所形成的温箱效应中，使完成这种轮回的时间还会再缩短一些。

由此我们设想：地球在3亿年前曾经发生了巨大的灾变，地球人类及哺乳动物在这次灾变中尽数灭绝。但海水有效地保存了一些三叶虫或鱼类，这些幸存下来的鱼类和三叶虫再次勇敢地走上陆地，终于完成重新进化为高级哺乳动物直至人类的又一个过程，这才可能是我们今天的人类，不过不敢肯定的是，那时被定义为人的生物可能是一段枯树的形状，或是一个电饭煲样的物体，甚至是其他奇形怪状的东西也不得而知，毕竟时代太久远，根本就不可想象到会与现代人完全相同。

马明起博士想到这儿，心里还是比较迷茫，认为现存人类要了解与我们相隔有几亿年之遥的隔代祖先，不管这个隔代祖先存不存在，还是相当难并且十分具有冒险性。

无忧无虑的花季

马明起博士不经意看了一眼上次小宇他们成功使用过的时间飞船，心中突然有了一个比较好的想法，开始变得明晰起来。自己不能实现的梦想，最起码还有爱冒险喜欢探索的新一代，要是让小宇他们行动，或许从这儿可以找到解决问题的突破口。现在的关键问题是对时间飞船再进行科学合理的全面升级改造，多增加时空飞船的功能，提高它的安全性能，保障每次的任务都能圆满完成，这才是当务之急，也是他在目前第二件潜心在做的最重要的准备工作——改造时间飞船。

岁月不饶人，年事已高的马明起博士想在自己的有生之年发挥自己更大的光和热，极力想多做出一些力所能及的贡献，特别是能解开那个长时期困扰人们的远古不解之谜。因此连续几天，他都在对时间飞船进行升级改造：在保留原有的功能之外，还将外围防高温的隔热层上又涂了多层纳米钨，可以保证不受超高温的损害，同时将启动装置改为全电脑操控，加装了反引力操纵设计，与国家高能物理研究所的几位同仁联系，共同携手研究进行了能源改造，加入了一种浓缩的高能物质，可以保障时间飞船在短期内所需的全部能量。同时还在着陆设想中加入了一些特别的保护措施，时间飞船会发出一种不断警戒的控制波，时时提醒面对危险与不适就会返回的逃逸系统，相当于比现在的卫星导航还要更完整更先进的提醒式搜寻引擎，它会保证你不会迷路，并且能快速返回飞船，顺利回到现实中来。

当你在外遇到不能自行解决的困难时，可以按下装在衣服上的强制弹射按钮，将自己用本身的动力送回飞船，这样一来，这个两米多长、宽不足两米的简简单单的机器，看起来就更像是一个流线型的飞碟了，但它的功能却加强了，足以帮助人类重返过去。

　　他还与陈亦文教授就地域问题交换了意见，从探讨中论证了进入远古时代的可能性。这样完善了各项功能的飞船，真是做到了万无一失，除非是遇到不可抗拒的力量，否则不会出现任何故障。

　　理念上是过关了，但实践才是检验科学的唯一真理，马博士又重新选了两只小兔，先进行了一轮模拟穿越旅行，用上了全程封闭的摄像装置，将控制权选择为自己全程的电脑控制。

　　他将时间选定为三亿两千年，然后按动按钮，一阵高能的转换之后，飞船就进入选定的那个特殊的年代，通过摄像镜头，看到过去的景色图案，两只小兔没有什么不适应的现象，打开舱门，放出一只小兔，让它踏上了那片神奇的土地，它嗅着慢慢前行，自由自在地呼吸着新鲜的地面空气，想吃前面不远处的一束不知名的青草，这时，从天空中飞来一只怪物，吓得小兔子慌忙转身，敏捷地跳上飞船，才没有成为那个怪物的口中之食。

　　马博士亲眼看着这一幕，慌忙启动飞船的快速返回程序，很快就回到了现在，整个飞船没有被那只怪物毁坏，两只小兔也安然无恙。看到这一幕，他感到十分欣慰。

　　看来这次短时间的试验，在理念与实践上已经没有任何问题了，只要不出意外，就是去超远古时代也是十分安全的。

　　你选择前进或停留、飞行或着陆，为了保障安全起见，不过，要加大安全系数，保障没有任何意外，多加防范，这个时间点的控制必须掌握在现代人的手中，由他们全程监控，进行实时跟踪保护，一旦有什么意外就采用紧急措施终止，就如马博士刚刚进行的小实验，这样才能确保万无一失。并且，在规定的时间内必须重返现在，如果你不完全执行操作指令，你将和过去一起化为一团烟雾而彻底消失，这一切都是马博士为了安全起见所做的傻瓜式改动装置。

　　看着自己精心创作的高科技产品，一艘全新的时间飞船屹立在自己面前，多日以来所有辛辛苦苦的付出终于制成了令自己最满意的作品，脸上不由露出了笑容。他相信自己一定会得到最满意的回报，为科学付出辛劳，虽苦犹甜，其实这都是所有科学家们的共识。

　　马明起博士认为自己的努力没有白费，这样一来，只要有合适的人选与最好的时机，人类就可以放心大胆地去拜访我们的隔代祖先了。

他不由长长地嘘了一口气，有点如释重负的快意。

现在是万事俱备，只欠东风了，这时他才想起来，以后的探险任务派谁去实现呢？不知校园三侠怎么样了，不知他们有没有这股勇气，能够继续进行更惊险更刺激的远古探索之旅，这可是充满危机与挑战的艰巨任务啊！

且说商城中学的校园里，这几日异常热闹，从校园的喇叭中传出高亢激昂的运动员进行曲，这是学校一年一度的大型运动会，连续几天激烈的运动会从今天起正式拉开了帷幕，按照学校以往的惯例，运动会举办三天，这三天里不上文化课，相对来说大家都可以自由散漫，非常惬意，因此，孩子们都把这段日子当作学习生涯中最快乐最难忘的中学时光。

作为参加运动会的第一个条件是必须报名，才有资格参赛，但小宇遵循的生活信条是淡泊以明志，宁静以致远，因此他不太爱好运动，没有报名，也就没有比赛的任务，虽然没有比赛的任务，但班上还是有20多个同学报名参赛，他们这些没有比赛任务的同学，必须全力以赴地搞好后勤工作，为本班运动员解除一切后顾之忧，让他们轻装上阵，能享受到后勤队最好的服务，这样才能让他们在赛场上多夺奖牌，奋勇拼搏为班级争得荣誉，这可是七年级八班最具人气的团队精神。

开始的预赛，时间还是比较宽裕，在休息的空档时间，校园三侠就与同学们一起观看比赛，一边喊着加油，一边讲着生活中的笑话段子，氛围显得十分轻松与活跃。

刚参加比赛的周娜坐在田径场边的台阶上休息，随口飙出了一首恶搞诗："鹅鹅鹅！曲项用刀割，拔毛烧开水，点火盖上锅。"参加比赛，本身就需要耐力，她的感觉是运动会真累。

朱明明听了和了好一首："猫猫猫，整日爱撒娇，白猫配短腿，没事就喵喵。"

周娜知道朱明明是在讽刺她，因为他们两人总是在生活中对着干，于是马上灵巧地反击他："猪猪猪，头大脖子粗，以前十来块，现在三十五。"

不言而喻，她将朱明明说成是猪，加之他的姓氏本来就是朱，因此朱明明听了之后，红着脸不理她了。

小宇听到这儿，感觉有点兴趣了，也加入这个作诗的行列，他吟诵了一首改写的诗，为大家助兴："鸭鸭鸭，扬颈朝天呱，红烧二十二，炭烤五十八。"

努努听了笑一笑，也和了一首："鸡鸡鸡，尖嘴对天啼，三更呼皓月，五谷换晨曦。"

"狗狗狗，仰头对天吼，喂肉跟你走，逗它咬你手。"看到大家兴致这么高，梦琪也不甘落后，随口诌了一首打油诗，弄得大家都哄笑起来。

这时班主任刘佳丽过来，这样热闹的场面算是被镇住了，大家才又停止了互相取笑打闹。刘老师看了看大家，质问他们说："为什么都不说了，刚才不是说得好起劲吗，继续作诗呀，怎么变哑巴了？"

看到大家都不作声，刘老师故意放松语气，装着随和的样子说："刚才你们作的诗都不错呀，看来大家的语文水平都很高，不如我也来和一首，唐朝若是有网友，唐诗何止三百首，若非李白死得早，诗仙之名恐难保。不知大家作何感想，只在学校狗咬狗！"

几个人互相看了看，有刘老师在此坐镇，敢跟她对着干，谁才是真的吃了豹子胆，不过，大家听了，也只是跟着客气地笑几声，然后借故离开了。

大家继续看了一会儿比赛，今天的比赛并不激烈，好多预赛在大家的观望里都慢慢结束了。

第一天的比赛，七年级八班的体育健儿们就取得了投掷类三金六银二铜的好成绩，特别是大力士吴天康还两次打破了铅球与标枪的校级最高纪录，一向嘻嘻哈哈的周娜也取得了女子乙组60米跑的冠军，校园三侠马小宇、丁努努与叶梦琪这次好像约定好了似的，都没有报名参赛，而是在全心全意地为本班的运动员搞好后勤服务，他们得热情地为运动员们端茶送水、准备糖水，还要到比赛场地为他们做搀扶保障工作，不能让运动员们有一丁儿的不舒服。

总之，一天下来，运动员可能还没有他们那样十分劳累的感觉，校园三侠感到异常疲倦，整个身子骨好像都散了架。

接连两天，七年级八班的体育比赛可以说是战果辉煌，丝毫没有悬念，在这个年级段中团体总分已经在几个平行班中遥遥领先，最终获得团体总分第一已经没有什么悬念了。小宇他们作为后勤保障队，总算可以轻轻地舒一口气了，到明天本班的所有参赛项目就没有几个了，并且都是几个已进入决赛、轻松就可以获胜的项目。

这样一来，校园三侠他们就可以放松一下，三个人坐在一起，又变得有说有笑的，谈论起今年体育比赛中冒出的几匹黑马，如一向不被人看好的周娜连续夺得 60 米、100 米、200 米三项冠军，这可是没有预料到的特大新闻，还有朱明明、吴天康、李威等这些为班级争得荣誉的冠军们，不过说来说去，话题并没有多少创意，他们说着说着，话题就不由自主地转到特异功能上来了。

小宇说："这次比赛，要是我参加，我最少可以获得十项以上的冠军，你们信不信？"

努努与叶梦琪都点头，异口同声地说："这有什么不信的，你的特异功能我们不是没有见识过，只要你肯出马，保证会创造许多新的学校纪录，你肯定行的，对不对！"

"那是那是，真的让我去参赛，那么比赛就失去了意义，所以我选择当一个服务大众的志愿者，这才是最好的安排。"小宇有点无奈地说。

"当然了，你在这样的比赛中没有对手，真的让你参加，美国的飞鱼菲尔普斯在第 29 届奥运会上一举夺得 8 枚金牌，你大可超过他，要是没有限制，你得二三十块金牌也不是没有可能，根本不在话下，对不对？"努努在一边调侃小宇说。

叶梦琪看到小宇只是咧着嘴自个儿乐着，她也跟着大笑起来，沉吟一阵，才说："小宇，不但如此，你可以获胜，我们也一样可以夺冠，其实这一切都是马爷爷的功劳，要不是他给我们……"说到这，她觉得没有说下去的必要了，就打住了。

"是呀，上次我们去探访金字塔，他可费了不少力，操了不少心，现在也不知马爷爷还有没有什么新想法，不如我们再去看看他如何？"小宇听梦琪提到马爷爷，比较无聊的心里顿时变得开朗起来。

现在的学校学习生活没有多大变化，弄得他们一个个耷拉着脑袋，没有多少激情。马爷爷曾经说过，上次不过是一次短时间访古旅行的演习，积累了经验就可以进行一些更长时间的远古之旅。是不是现在可以抽空去看看，看有没有什么更惊奇更刺激的活动，或许马爷爷正在等待着我们去完成他未竟的探险任务呢，这样就可以给沉闷的生活带来更大的乐趣。小宇心里这样想着，心情也一下子变得好了起来。

　　说到去看望马明起博士，梦琪与努努都十分兴奋，他们近段一向觉得学校生活太枯燥乏味，就是最近的运动会也不过如此，与马爷爷谈一谈科学中带趣味性的话题，去探讨世间一些不解之谜可能有趣得多。

　　这时，叶梦琪想起马爷爷提到过的一个问题，说："上次我们到古埃及进行时空旅行他就说到，这只是一个尝试性的旅行，以后还可以进行更遥远的超时空旅行，现在我们正好有时间，今天加上双休日，不知马爷爷可不可以让我们继续进行这样的探索冒险活动？"

　　"怎样打发这几天，我也正为此犯愁呢，你们真是好记性，我怎么就忘记了呢，这样正好，要是能行，我们就可以到远古祖先那儿去拜访了，顺便也可了却马爷爷的心愿，解答一些至今困扰我们的不解之谜。"努努被激发了兴致，一时也打开了话匣子，滔滔不绝地说个不停。

　　小宇打断努努的话说："好，既然如此，那么在明天学校运动会结束后，时间应该很早，我们就抓紧时间去看望马爷爷，看有没有什么意外之喜，怎么样？"

　　"好，就这样说定了。"努努与梦琪同时点头，脸上都露出了会心的一笑。

改装后的飞船

学校运动会圆满落下帷幕，大家绷紧的神经终于松弛下来，七年级八班的教室里又是一片热闹。

爱搞笑的周娜在休息的当儿又来给大家调口味了，她问道："你们说说'蠢'字下面的两只虫子，哪只是公的，哪只是母的？"

围在一起凑热闹的想了好久，一时也晕圈了，谁都答不上来。

朱明明可不是一盏省油的灯，马上问道："你聪明，那你自己必定知道'蠢'字下面两只虫子的公母了！"

"那当然，我没有两把刷子，怎么能在你们面前卖弄呢，对不对？"周娜故意吊大家的胃口。

"那就快说，别自己都不知道，只知道忽悠人！"李雪丰也站在朱明明那边，开始组成同盟反驳周娜了。

看到大家兴致正浓，周娜也不好再扫大家的兴，慢慢说出答案："这么简单的问题都做不出，你们可以回去再读几个六年小学，男左女右的排序，难道看不出蠢字下面左边是公的，右边是母的吗，真是蠢到家了！"

大家听了如释重负，原来这个问题如此简单，谁会想到是这个答案呢。

学习生活在如此轻松愉快的气氛里过得飞快，搞完运动会，接着就是学校发奖和布置双休日放假事项，这可是大家十分喜欢的事情。

不过，校园三侠从运动会中就开始酝酿，准备搞一次特别有意义的活动，希望马明起博士能让他们进行一次超时空的旅行，他们没有其他的活动，重点就是想抓紧这几天的时间去实现他们的远古探访。

他们快速搭乘了公交车，很快就来到了清园疗养院，想见到马博士的心显得十分迫切。此时，疗养院里空气清新，景色宜人，除了几个休闲的人在游走外，几只可爱的小画眉在飘着花香的花树上穿梭打闹，不停地发出好听的叫声，偶尔飞过的小麻雀在高树上扇翅玩闹，地面上不时传来叶片儿掉下的声音。

马明起博士今天的情绪特别好，显得精神矍铄，很早就起来为时间飞船做最详细的检查与调试，当他做完这一切之后，轻轻地舒了一口气，然后静静地坐在湖边的长条椅上，等待着小宇他们的到来，因为小宇在前一天打过电话，他又在做着新一轮的飞船检查，才心满意足地坐着等他。

表面平和的他，充满睿智的大脑其实早就算准了小宇他们三个小鬼的心思，这个周末，他们肯定坐不住，何不让他们去了结自己人生最期待的心愿，一想到这，此时也是心潮澎湃，久久不得平静。

他虽然为此次远古之旅做了百分之百的保障，但这可是充满危机的，是一次充满未知变数的挑战之旅，心中毕竟还有许多不能让自己轻松下来的感觉。正当他想到这里，望着疗养院前面人工湖发呆的时候，被刚刚走到离他不远的小宇他们看到了，打断了他的发呆，特别是几声亲切的招呼与问候，使他重新从沉思默想中清醒过来。

他们三人经过慎重考虑，通过与马爷爷协商，一再思考各个应该准备的环节之后，悬着的心才放了下来。

校园三侠做好了一切准备，并愿意经受一切考验，决定完成马爷爷交给他们的这一次特殊探险任务。因此还在很早的时候，小宇他们三人就相约在今天一起来看望马爷爷，他们早早地来到了马博士的家中——清园疗养院，加上刚好有假期，不用为学习担忧，最后他们三人决定就从今日开始，利用这次机会去完成探访地球是否存在隔代祖先的远古之旅，正好可以顺利完成这一次充满刺激的冒险之旅。

马明起博士将他们三人带到经过全面改造升级的时间飞船面前，再做动身前的细致解说工作。

他说："时间飞船比上次有了较大的改进，一般情况下，可以由你们自己操作，我在家中也会进行长时间的跟踪，一旦情况有变，我会及时进行保护性的程序终止，保障你们三人及时返回现代。这样一来，可以说在安全方面具有多重保险，你们不用担心会出危险。"

小宇他们三人听了，都点点头，努努看了看同伴说："我们知道，对这次到远古探访不存在任何思想顾虑，请马爷爷放心。"

"那好，这个我就不多说了。"马博士听了，心中宽慰不少，接着提醒他们，"不过，你们还是要有心理准备，毕竟到3亿年以前进行超时空旅行是我们现存人类的一个不可知的未知世界，是否真的存在前人类，还是什么生物也没有，这只是我们的一种推测加冒险，一时也说不清楚。"

叶梦琪听了，笑着说："这有什么问题？没有人类，最起码我们可以看看远古时代的风景呀！"

"问题并没这么简单，你想，前几次你们到未来旅行，那是我们知道地球上存在人类，就是到古埃及探秘，也是已经知道了有人类活动的存在，但这次就不同了，你们是到一个充满神奇的未知空间去探访，有人类的存在（当然也有可能是与我们现存的人类完全不同的人），这倒没有问题，要是没有人类的活动，你们也就没有那么幸运，超时空的大跨度，有可能改变你们的基因，那就会改变你们的整个状貌。或许你们到了那个时空真的会变成一种不可知的物体：或者是一个细胞、一种小动物，甚至是一种不能行走的植物也不得而知，不过，不管你们变成什么，你们仍然具有人类的智慧，这可是不能改变的东西。因此我说充满了危机，存在巨大的挑战，就在于此，要是你们变成了一种植物，又不能行走，怎么完成拜访任务，就是不实行探访，在那时已经变成了植物的你们，要回来之时又如何实现自由地移动，快速返回时间飞船呢？这可是我们最需要考虑的安全问题啊！"马爷爷做出通盘考虑，有点担忧地说。不过通过用小兔子的试验，好像现代的物体到那个时代不会改变模样，希望校园三侠这次去也能有这样的好运气，他说出来也只是考验他们的信心而已。

"啊！？难怪您一直这样慎重又慎重，细心又细心的，原来是这样啊！"听说要发生基因变化，人有可能改变现在的模样，变成不可预知的物体，叶梦琪心里明显带有点害怕的感觉说。

"对，这也是我一直在考虑的问题，当然这是没有什么妨碍的，你一旦回到现实中来，又可以恢复你的原貌。这只不过是我为了探访顺利所做的全面考虑与假设罢了。"马爷爷看到他们有点畏缩的情绪，再说特别严重的话，生怕打消他们的科学探究积极性，只好又绕回来，装着放松心情的样子来开导他们。

好久没有搭话的马小宇，清了清嗓子说："其实，马爷爷刚才所说的一些问题只不过是推测，以防万一。就是真正变成了其他的物体，我们三人也完全可以应付过来，最多不过是不能自由行动，也可以选择不走出时间飞船，坐地巡看一天河，直面世界又如何。最终就是欣赏远古美景，体验一下童话中变为小动物小物体的美妙，也未尝不可。何况有马爷爷在现代的家中为我们保驾护航，并且还可以随时选择终止程序，让我们安全回到现实中来，这又有什么可担忧的呢？你们认为怎么样？"

"那倒是，那倒是。"经此打气，受到鼓舞之后的叶梦琪心中总算舒了一口气，恢复了平静。

"现在还有没有其他的问题，有没有勇气将这项活动进行下去？"看到校园三侠刚才存在的犹豫被打消，马明起博士采用激将法继续问他们。

三人你看看我，我看看你，同时回答说："去！当然去。"

为了坚定他们的信心，马明起博士又旁敲侧击地提议说："这样去有很多疑点，还存在不少风险，要不，你们先派一个人去，留下来的人也可以与我一道为好友加油，怎么样？"

"不，要去就同去，参加活动，我们三人可从未分开过啊！"如此的激将法，此时的努努有点变得无语了。

小宇也回应马爷爷说："要去就同去，三人无论如何都不分开。"他说着将头转向努努与叶梦琪，眼睛看着他俩，像征求意见似的。

努努与梦琪这时态度都非常坚定地表决："同去，同去，要去就一起去。"

"好啦，好啦，我又不是硬要将你们分开，不过是一个提议，没有必要如此豪情万丈，弄得像要分别好久似的。"马明起博士笑着出来打圆场说，"既然如此，那什么时候出发，你们商量着办吧！"

"我们已经做好了一切出发的准备，要去，现在就可以出发。"三人异口同声地说。

"那好，现在就出发。"马明起博士也快言快语地答应了他们。

此时被改进的时间飞船已经安静地立在清园疗养院一个比较空旷的地方，马博士安排校园三侠进入时间飞船，将时间定在3亿年前，重新演示了时间飞船最科学的操作规程，并且告诫他们："这次穿越时空，因为跨越的时代久远，要消耗巨大的能量，环境有可能发生巨大的动荡与灾变，大地倒转，日月无光，气温会骤然升高，灼热的光亮会燃烧在群山之巅，随着时空转换，眼前的一切都将化为乌有，生物将会消失，这一切全靠你们自行处理，保持好镇定的心态，我也不能在近旁观看，只能远远地为你们祝福。"

"这一切，您给我们讲过，我们有心理准备。"努努记起了以前马博士所交代过的事情，抢着回答。

"你们从这里进入超远古的时空中，在那停留一个时期后，务必早点回到时间飞船里，才能在最后的时机里不耽误重返现代。"马博士在他们出发之前，一再反复嘱咐着他们。

"放心吧，马爷爷，我们一定安全回来，一定会给您带来好消息的！"善解人意的小宇怕马博士过分担心，在时间飞船里宽慰马明起博士说。

"好，好，祝你们三个小勇士都能够平安凯旋，再见！"马博士说完就离开了小宇他们所乘坐的飞船。

小宇他们三人坐在时间飞船里，调整了一下各自的心态，按照马博士所说的操作流程，先将时间飞船升到 3 万米的高空中，远离地面，怕高温给地面造成不必要的损害，然后静静调整心态，专等小宇发令，只要将启动按钮轻轻一按，他们就会进入到 3 亿年前的那个时代，到时天地倒转，时光就要倒流，一个谁也不可能看到的景象就会出现在他们面前。

不过，在这巨变到来之时，自身也要发生骤变，他们想不出自己会变成什么样子，但只要还有人类的智慧，也就对即将面临的一切无所畏惧了。

小宇站在时间飞船前面的操作平台上，看着满天的云朵，但他这时没有心情欣赏，有点哆嗦地把手轻轻地放在按钮上，然后做了多次努力，之后他不顾一切地快速按下那个让他们即将进入 3 亿年前的按钮。红灯一亮，机器运转，紧接着耳边就响起了大到无法形容的轰鸣，几十钞后，天空瞬变，太阳消失，仿佛在脑海里重现一幕怪异的不可思议的现象：天地昏黄，眼前的景物在迅速变化，高大的树木一株株倒下，顷刻之间退缩成了矮小灰色的裸子蕨类植物，地面上到处伏满弯弯曲曲水草似的植物，他们脚下的陆地快速移动分裂，很快就恢复到 3 亿年前的古陆地模样。

一切都在剧变，眼前的景物在顷刻之间变得面目全非。大海扬起的巨浪将沿海两岸的一切席卷殆尽，海底火山吞吐着巨大的烟柱，足有山那么高的海啸带着强烈的震荡向陆地涌来，所有的一切在瞬间变得扑朔迷离，像放电影似的在他们三人的脑海中幻化消失。

校园三侠来到了他们期待的那个世界：失去了植被保护的大地，被各种大大小小的陨星碰撞打击，地面留下无数的深坑，千疮百孔、面目全非，天空中弥漫着一层厚重的尘埃，不少细碎的灰尘阵阵横扫，从他们的时间飞船前一掠而过，飞船自动控制，十分小心地规避可能碰撞他们的飞行物，坐在其中的校园三侠不时惊出一身冷汗。

"呼——！"随着一片令人颤抖的尖利呼啸声发出，天空中顿时变成了炽烈炫目的惨白色，那是一颗巨大的陨星划破长空，拖着长长的光色火尾，从数百公里的高空呼啸而来，发出巨大的轰鸣，带着相当于3000颗原子弹的巨大冲撞威力向地球全速撞来，当它距离地球还有100多公里时，强烈到可以把一座城市化为粉末的爆炸已在空中接连不断地震响，稍后被大气层剧烈摩擦，留下了一条长长的光色响尾，迅速撞击地球，连片的高山不堪撞击，在炽热的摩擦与爆炸中迅速分化消融，形成了一个2000多米深的巨坑，从地面升腾起的地球土灰遮天蔽日，滚烫灼人的气浪炙烤着一切，原本幸存的一些生物继续遭受到最痛苦的毁灭性打击，大地重又进入死寂的世界，巨大的死亡阴影笼罩着大地。

马小宇看着好友丁努努与叶梦琪，他们也被这种突如其来的变化吓得目瞪口呆，好在飞船能自行躲避陨星碎片，不过从未见过如此场面的他们，不断的爆炸与冲击猛烈地冲撞着他们的心，确实使人胆战心惊。

他们在此次惊心动魄的冒险之旅中完全没有思考的时间，就在时间飞船即将进入临界状态之时，一颗巨大的陨星突然在眼前爆裂，飞船被巨大的冲击波干扰，自动返回功能被激活。三人也被震晕过去。不知过了多久，当他们醒过来时，他们已返回到现代。在陨星毁灭一切的当下，可惜没有探访到真正远古时代的真貌！